Toen het donker werd

Van Simone van der Vlugt verscheen bij Ambo|Anthos *uitgevers*

De reünie
Beste thrillerdebuut 2004 door Crimezone
Nominatie voor de NS Publieksprijs 2005

Schaduwzuster

Het laatste offer
Nominatie voor de NS Publieksprijs 2007

Blauw water
Nominatie voor de NS Publieksprijs 2008
Nominatie voor de Gouden Strop 2008
Winnaar Zilveren Vingerafdruk 2009

Herfstlied

Jacoba, Dochter van Holland

Op klaarlichte dag
Winnaar NS Publieksprijs 2010
Beste Nederlandstalige thriller 2010 door Crimezone

In mijn dromen
Nominatie voor de NS Publieksprijs 2012

Rode sneeuw in december

Aan niemand vertellen
Nominatie voor de NS Publieksprijs 2013

Morgen ben ik weer thuis

Vraag niet waarom

De ooggetuige & Het bosgraf

De lege stad

Nachtblauw

Met Wim van der Vlugt
Fado e Festa. Een rondreis door Portugal
Friet & Folklore. Reizen door feestelijk Vlaanderen

Simone van der Vlugt ontving in 2006 de Alkmaarse Cultuurprijs voor haar tot dan toe verschenen werk.

Simone van der Vlugt

Toen het donker werd

Ambo|Anthos
Amsterdam

FSC
www.fsc.org
MIX
Papier van verantwoorde herkomst
FSC® C110751

ISBN 978 90 263 3556 3 (gebonden)
ISBN 978 90 263 3208 1 (paperback)

Omslagontwerp Roald Triebels, Amsterdam
Omslagillustratie © Tracie Taylor/Trevillion Images
Foto auteur © Wim van der Vlugt

Verspreiding voor België:
Veen Bosch & Keuning uitgevers nv, Antwerpen

DEEL I

1

'Dus jij wacht hier. Niet naar boven gaan,' zegt Luuk terwijl hij het portier van de auto opendoet.

Menno knikt. 'Ik blijf hier. Zo lang zal het toch niet duren?'

'Nee, ik ben zo terug.'

'Tot zo.' Menno kijkt hoe zijn zeventienjarige zoon uitstapt en naar het restaurant loopt. In de plassen op de parkeerplaats reflecteren de lichtjes van de lantaarnpalen en het restaurant. Zijn ogen volgen Luuk, die om de hoek verdwijnt naar de achterzijde van het restaurant.

Met een zucht laat hij zich terugzakken in zijn stoel en legt zijn hoofd tegen de steun. Hij staart voor zich uit, het donker in. Het enige wat hij hoort is het zachte tikken van de regen op het dak, en af en toe een golf van geluid als de deur van het restaurant opengaat en er gasten weggaan of binnenkomen.

De Meerval. Twee Michelinsterren, niet slecht. Daarom begrijpt hij niet waarom Luuks afspraak juist hier plaatsvindt.

Zijn vingers trommelen op het stuur, zijn blik glijdt naar de plek waar Luuk uit het zicht is verdwenen. Om de tijd te verdrijven pakt hij zijn mobiel en checkt zijn mail. Een tiental berichten komt binnen, met een eigen bedrijf is er altijd wat.

Hij zet zijn leesbril op en zit een tijdje te lezen en te typen.

Daarna kijkt hij op Facebook. Niet dat hij daar actief is, hij heeft alleen een account om anderen te checken. Werknemers en sollicitanten bijvoorbeeld. Wat mensen posten vertelt veel over hun persoonlijkheid. Te veel. Hij kan er met zijn verstand niet bij dat mensen hun hele hebben en houden op internet zetten.

Op kantoor heeft hij een verbod ingesteld op het gebruik van smartphones tijdens vergaderingen en bedrijfsuitjes. De bedoeling van een vergadering is dat je vergadert, niet dat je stiekem je privéberichten leest, en bedrijfsuitjes zijn om te *bonden*, niet om op je smartphone te zitten tikken.

Hij kijkt hoe laat het is. Luuk is al een kwartier weg.

Hoelang kan het duren om een envelop af te geven? Je overhandigt hem en je vertrekt. Tenzij er problemen zijn.

Menno zet zijn telefoon uit, opent het portier, stapt uit en vergrendelt de auto. De regen daalt zachtjes op hem neer. Hij drentelt wat heen en weer, blijft staan en kijkt naar het restaurant. Het begint harder te regenen. Met zijn hoofd wat voorovergebogen loopt hij naar De Meerval en slaat de hoek om.

Op het plaatsje achter het restaurant is het nog donkerder dan op de parkeerplaats. Een flikkerende lamp is de enige lichtbron en die dreigt het elk moment te begeven. Langs de muur staat een rij vuilnisbakken, voor de deur ligt een plas waar sigarettenpeuken in drijven. Hij probeert eroverheen te springen, maar kan niet voorkomen dat hij met één dure Italiaanse schoen in het water belandt.

Met een geïrriteerde zucht duwt hij de deur open en stapt een halletje in. Er komt één deur op uit, die waarschijnlijk naar de keuken leidt, en een trap, die hij op gaat.

Halverwege slaat de twijfel toe. Luuk heeft hem uitdrukkelijk gevraagd zich er niet mee te bemoeien. Voor hetzelfde geld staat hij daarbinnen gewoon een beetje te ouwehoeren.

Net als hij overweegt terug te gaan, dringen er geluiden tot hem door: gebonk, mensen die met stemverheffing praten, een onderdrukte kreet. De laatste twee treden van de trap neemt Menno tegelijk. Er zijn maar twee deuren boven en hij opent de rechter, waar nu nog meer herrie achter vandaan komt. Zijn ogen vliegen door het vertrek. Het is een bescheiden feestzaal met een bar. Daar staan twee mannen. Een van hen, kaal en breedgeschouderd, heeft Luuk bij zijn haar gegrepen en houdt zijn gezicht stevig tegen de bar gedrukt.

'Dacht je dat, hè? Dacht je dat?' schreeuwt hij in Luuks oor.

De andere man, lang en met een knotje achter op zijn hoofd, staat erbij met de handen in de zij, zijn rug naar Menno toe gedraaid. Geen van hen heeft de deur open horen gaan.

'Hé!' zegt Menno.

Hij heeft nog geen vijf stappen gezet of hij ziet een pistool op zich gericht. In een reflex gaan zijn handen omhoog.

'Wie ben jij? Wat moet je hier?' De lange man is jong, waarschijnlijk halverwege de twintig, maar de uitdrukking op zijn gezicht en de scherpe klank van zijn stem maken hem jaren ouder.

'Niet schieten! Dat is mijn vader!' roept Luuk.

'Ik vroeg je wat, idioot. Wat moet je hier?'

Het pistool blijft op Menno gericht, met droge mond kijkt hij in de loop. 'Ik kwam alleen even kijken waar mijn zoon bleef. Is er een probleem?'

'Je zoon krijgt een waarschuwing, dat zie je toch,' zegt de kale.

'Hoezo, "een waarschuwing"? Hij heeft toch betaald?'

'Maar daar hebben we wel erg lang op moeten wachten. En daar houden we niet zo van, van wachten.'

'Oké,' zegt Menno behoedzaam. 'Dat begrijp ik, maar je hebt je punt nu wel gemaakt, toch?'

De mannen wisselen een blik. De een lacht en laat het pistool langs zijn lichaam bungelen, de ander geeft Luuk een duw.

'Oprotten,' zegt hij.

In de auto moet Menno even bijkomen. Pas na een paar minuten is hij in staat iets te zeggen, dan komen de vragen achter elkaar. 'Wat was dat in godsnaam? Je zei dat je alleen een schuld hoefde af te lossen. Ik kreeg goddomme een pistool op me gericht!'

'Ik weet het niet. Ze zijn gek. Kunnen we gaan, pap?' Nerveus tuurt Luuk uit het zijraam.

'Ze hadden ons wel dood kunnen schieten! Wat is er aan de hand, Luuk? Ik wil alles weten. Alles!'

'Rijd nou maar! Straks komen ze naar beneden!'

Hoewel zijn hart als een razende bonst, start Menno de motor. Luuk heeft gelijk, ze moeten hier weg. Haastig rijdt hij de parkeerplaats af.

'Dit zijn niet zomaar een paar vrienden met wie je hebt zitten gokken. Die twee zijn een stuk ouder dan jij. En gewapend. Godallemachtig, gewapend! Waar ken je ze van?'

'Gewoon.'

'Hoe bedoel je, "gewoon"?'

'Van de kroeg. Vrienden van mij kenden ze en vroegen of ik mee ging pokeren. Wist ik veel wat voor gasten dat waren.'

'Maar nu is het klaar? Je hebt betaald, dus je bent van ze af?'

Luuk knikt.

'Zeker weten? Kijk me aan, Luuk.'

'Ja! Het is klaar, ik ben van ze af.'

'Mooi.' Grimmig neemt Menno de rotonde en slaat rechts af. Als ze de weg weer volgen, kijkt hij naar zijn zoon. 'Je betaalt me elke cent terug. Drieduizend euro, verdomme. Voorlopig heb jij geen weekend en geen vakanties meer.'

'Dat weet ik, dat heb je al tien keer gezegd.'

'Een beetje dimmen, hè. Ik had ook kunnen zeggen: zoek het maar uit.'

'Ja,' zegt Luuk. 'Bedankt, pap.'

In stilzwijgen rijden ze verder. Voor de oprijlaan van een moderne, witte villa remt Menno af, drukt op de afstandsbediening en wacht tot het hek opengaat. Opnieuw kijkt hij Luuk aan.

'Geen woord tegen je moeder,' zegt hij, en hij geeft gas.

2

Haar glas is alweer leeg. Ze probeert wel te nippen, maar dat lukt haar nooit. De eerste slok is de lekkerste, die neemt ze heel bewust, en daarna vallen al snel haar remmingen weg.

Sascha loopt naar de woonkeuken, trekt de Amerikaanse koelkast open en schenkt zichzelf bij. Even blijft ze staan, genietend van de koude witte wijn, dan gaat ze voor het raam staan en kijkt naar de oprijlaan. Ze zijn laat. Waarschijnlijk maakt Luuk geen enkele haast, terwijl Menno ongeduldig zit te wachten. Ze glimlacht.

Buiten klinkt het geknerp van autobanden op grind, het schijnsel van koplampen doorboort de duisternis.

Snel loopt Sascha naar het aanrecht en giet de inhoud van haar glas in de gootsteen. Daarna gaat ze op de bank in de woonkamer zitten en kijkt naar een talkshow.

Even later hoort ze de voordeur opengaan en komt Menno binnen. Ze kijkt afwachtend naar de deur, in de veronderstelling dat Luuk hem zal volgen, maar haar zoon is al op weg naar boven.

'En, heeft hij zijn boek?' vraagt ze.

Menno knikt en trekt zijn jas uit.

'Dus hij kan aan de slag. Als hij nog maar tijd genoeg heeft om te leren.'

'Dat proefwerk is 's middags pas, en hij heeft de eerste drie uur vrij. Ik heb gezegd dat hij zijn wekker op zes uur moet zetten, en anders sleep ik hem uit bed.' Menno loopt weg om zijn jas op te hangen. Als hij terugkomt zegt hij: 'Ik ben in mijn werkkamer. Ik moet nog wat doen.'

'Zullen we eerst wat drinken?'

'Het spijt me, schat, maar het is druk op kantoor. Ik moet echt wat werk afmaken.'

'Zullen we zaterdag naar het strandhuisje gaan? Het wordt mooi weer, en jij bent er amper geweest deze zomer. Nog even en het is herfst.'

'Prima, doen we.' Menno draait zich om en verlaat de kamer.

Zonder veel interesse richt Sascha zich weer op de talkshow. Zodra de reclame begint, zet ze de tv uit en gaat naar boven. Luuks kamer is dicht, maar onder de deur is een streep licht zichtbaar. Ze klopt aan, en als ze een brommerig 'ja' hoort, doet ze de deur open.

'Ik hoorde van papa dat je je wiskundeboek terug hebt,' zegt ze, met een blik op het computerspel dat Luuk aan het spelen is. 'Moet je niet leren?'

'Het is vet laat. Ik kan me nu niet meer concentreren, hoor,' zegt Luuk, al zijn aandacht op het scherm gericht.

'Ik zou er toch maar aan beginnen. Die toets is morgen.'

'Het komt goed, mam. Relax.'

'Nee, ik kan niet relaxen als ik weet dat jij morgen een belangrijk proefwerk hebt terwijl je hier een stom schietspel zit te doen,' zegt Sascha ongeduldig. 'Dus zet uit dat ding en ga aan de slag.'

'Ik sta morgen wel vroeg op, oké?'

'Je gaat nú leren en morgen sta je óók vroeg op.'

Met een geïrriteerde zucht gooit Luuk de controller neer, zet de tv uit en legt met een klap zijn wiskundeboek voor zich neer. Als Sascha nog iets wil zeggen, steekt hij zijn vingers in zijn oren en zegt: 'Ik moest toch leren? Nou, laat me dan met rust.'

Sascha opent haar mond en doet hem weer dicht. Laat je niet provoceren, houdt ze zichzelf voor. Dan wordt het ruzie en gaat hij zeker niet meer studeren. Ze slikt haar ergernis in en loopt weg.

Elke keer als ze naar haar zoon kijkt, kan ze niet geloven dat die lange puber met zijn raspende stem ooit haar kleine Luuk was. Een aanbiddelijk mannetje met blonde krullen, grote blauwe ogen en een stralend snoetje. Dat beeld is op haar netvlies geëtst, maar ze is vergeten hoe zijn stem klonk. Heel soms, hooguit één keer per jaar, staat ze zichzelf toe filmpjes van vroeger te kijken. Toen ze die maakte dacht ze dat het leuk zou zijn voor later, maar het is helemaal niet leuk. Integendeel. De beelden van wat ooit was, doen alleen maar zeer.

Misschien komt het doordat ze zoveel moeite heeft moeten doen om zwanger te worden dat ze Luuk niet los kan laten. Ze wilde al jong kinderen, wat een geluk was, want zo kwam ze er snel achter dat dat bij hen niet zo gemakkelijk ging. Toen ze begin dertig was ging ze het medische circuit in, waardoor ze, dankzij ivf, toch relatief jong moeder werd.

Ze heeft intens genoten van Luuks kindertijd en het gezinsleven. Toen Luuk bleef zitten in 4 vwo vond ze dat niet eens zo erg, het betekende dat hij een jaar later zou gaan studeren en dat voor haar het legenestsyndroom uitgesteld werd. Al had hij net zo goed ergens in Groningen op kamers kunnen wonen, zo weinig ziet ze hem. Als hij thuiskomt verdwijnt hij onmiddellijk naar zijn kamer. Ooit kon hij geen minuut zonder haar, zette hij het op een krijsen als ze hem naar de peuterspeelzaal bracht en keek hij vol aanbidding naar haar op. Tegenwoordig kijkt hij meestal geërgerd op haar neer.

3

In zijn werkkamer, achter zijn bureau, neemt Menno de tijd om te herstellen van de schrik. Hij kan nu niet bij Sascha zitten en over strandhuisjes praten, ze zou meteen merken dat er iets is. Als ze wist wat er is gebeurd zou ze flippen. Ze kan zich zo druk maken. Voor je het weet gaat ze weer drinken, en dat risico wil hij niet lopen. Hij regelt het wel.

Zijn gesprekje met Luuk in de auto heeft zijn ongerustheid niet weggenomen, maar hij komt er natuurlijk nog op terug. Morgen niet, dat wordt een overvolle dag.

Hij zucht en masseert zijn voorhoofd. Je hebt van die periodes dat alles tegelijk komt, en dit is er zo een. Gezeik. Alsof hij nog niet genoeg problemen heeft. Mistroostig kijkt hij naar zijn computerscherm.

De deur gaat open en Sascha kijkt om de hoek. 'Ik ga slapen. Kom je ook?'

'Ja, zo. Nog even wat afmaken.'

Ze knikt en even later hoort hij haar rommelen in de badkamer. Hij blijft net zolang zitten tot het stil wordt. Pas als hij zeker weet dat ze slaapt, komt hij overeind en gaat naar boven.

De volgende dag is hij wat later dan gewoonlijk op zijn werk. Als hij zijn Audi parkeert en het logo, Riebeek Transport, op de gevel van het bedrijfspand ziet, voelt hij een steek van verdriet. Nog niet zo lang geleden was hij trots en vol energie als hij aan kwam rijden, nu is elke dag een slijtageslag. Het moment dat hij zijn mensen zal moeten inlichten, komt snel dichterbij.

Hij blijft even achter het stuur zitten en kijkt naar het modern vormgegeven gebouw met de glazen gevel. Vijf jaar zit hij hier alweer. Tegen de zin van zijn vader heeft hij het oude pand verlaten om in een gloednieuw kantoor op een bedrijventerrein verder te gaan.

Zijn opa is het bedrijf begonnen, met vrachtwagens voor de deur en een klein kantoor achterin. Later nam Menno's vader de leiding over. Als kind vond Menno het leuk om op de zaak te komen, en in zijn tienerjaren kon hij er altijd een vakantiebaantje krijgen. Na zijn studie economie is hij definitief in het bedrijf gestapt. Zijn vader heeft hem opgeleid en op een gegeven moment het bedrijf aan hem overgedragen. Twee kapiteins op één schip werkte niet. Het werd tijd voor innovatie. Waarschijnlijk had zijn vader niet verwacht dat Menno dat zo letterlijk zou nemen. Het eerste wat hij deed was dat oude, krakende gebouw verlaten en de accessoires waarmee het interieur werd opgeluisterd, zoals oude kentekenplaten, wieldoppen en vooroorlogse vervoerskistjes, weggooien. Nu heeft hij dit strakke pand, met in de hal zwart-witfoto's uit de begintijd van het bedrijf, en in de overige ruimtes kleurrijke schilderijen van Sascha. Hij heeft geïnvesteerd in extra vrachtwagens en werknemers, uitgebreid waar hij maar openingen zag, en de bedenkingen van zijn vader genegeerd.

Inmiddels is Riebeek Transport uitgegroeid tot een middelgroot bedrijf met twaalf man personeel op kantoor, dertig vrachtwagens en veertig chauffeurs. Een hele prestatie. Desondanks is Menno blij dat zijn vader alleen de eerste jaren van die frisse wind heeft meegemaakt, toen de zaken nog voorspoedig gingen. Op dit moment zou hij zich omdraaien in zijn graf.

De dieselprijs is de afgelopen jaren fors gestegen, en ondanks het gebruik van brandstofclausules lukt het Menno niet om de hogere kosten volledig door te berekenen aan zijn opdrachtgevers. Door de crisis, de hoge brandstofprijzen, de dalende vraag naar vervoer en de toenemende internationale concurrentie is zijn bedrijf in de problemen gekomen. Toen de markt zich eindelijk herstelde en hij opgelucht ademhaalde, werd Europa overspoeld door vluchtelingen. Keer op keer bestormden ze zijn vrachtwagens, beschadigden de lading of gooiden de handel gewoon naar buiten. Hij liet de transporten beveiligen, maar toen kwamen de wagens stil te staan bij de grenzen, wat zoveel oponthoud opleverde dat klanten bij hem wegliepen.

Alsof dat nog niet genoeg was, diende zich onlangs een nieuw probleem aan, dat hem de nekslag zal geven als hij het niet bliksemsnel oplost.

Laura, de receptioniste, knikt hem glimlachend toe en wenst hem goedemorgen. Menno beantwoordt haar groet en neemt de trap naar de eerste verdieping. In zijn kantoor legt Ruben, zijn assistent, net een stapeltje post op zijn bureau.

'Goedemorgen, Ruben. Heb je al iets gehoord van de verzekering?' vraagt Menno terwijl hij zijn jas uittrekt.

Ruben draait zich om. 'Goedemorgen. Nee, nog niet, maar volgens mij komt het wel goed. Ze zullen moeten uitkeren.'

'Ik wil het zeker weten, vandaag nog. Als ze die lading niet vergoeden, kunnen we de tent wel sluiten.' Menno gooit zijn colbert over de stoel.

'We hebben eerder zakengedaan met Nieuwland. Daardoor kunnen we aannemelijk maken dat we rekenden op een goed verloop van de deal en dat het niet fair is om ons de schade in de schoenen te schuiven.'

'Daar kan de rechter weleens heel anders over denken.' Menno neemt plaats achter zijn bureau en start zijn computer op. Terwijl het apparaat met de vertrouwde geluiden tot leven komt, pakt hij de telefoon. 'Ik ga Jan bellen. Ik heb geen zin om zo het weekend in te gaan.'

'Koffie?'

Menno knikt en kijkt hem na terwijl hij wacht tot er opgenomen wordt. Jonge, ambitieuze kerel, die Ruben. Een prima assistent, zijn steun en toeverlaat.

Hij hoort de stem van Jan Leyenbergs secretaresse en vraagt haar hem door te verbinden.

'Een ogenblik alstublieft, meneer Riebeek.'

Hij wacht weer, ongeduldig trommelend op zijn stoelleuning. Als Jan nou maar op kantoor is. Deze kwestie vreet de hele week al aan hem. Er klinkt wat rumoer en dan zegt zijn vriend en advocaat: 'Menno! Ik wilde je net bellen.'

'Goedemorgen, Jan. Heb je nieuws?'

'Ja, maar geen goed nieuws. Nieuwland gaat jouw bedrijf aansprakelijk stellen. Dat was te verwachten, maar het probleem is dat ze waarschijnlijk in het gelijk gesteld zullen worden als je de zaak voor de rechter brengt.'

De boord van zijn overhemd voelt opeens erg strak aan. 'Verdomme.'

'Het spijt me, het is een vrij duidelijke zaak. Nieuwland is bestolen, maar jouw bedrijf heeft de vracht afgeleverd op het adres van de oplichter, dus is Riebeek Transport verantwoordelijk.'

'En dat ik niet persoonlijk toestemming heb gegeven om dat servies ergens anders te lossen doet er niet toe?'

'Nee. Je chauffeur had zich aan de gegevens op de vrachtbrief moeten houden. Het is zijn fout, maar jij blijft verantwoordelijk.'

'Kan ik het geld claimen bij de verzekering?'

'Je bedrijfsaansprakelijkheidsverzekering geeft alleen dekking als je kunt aantonen dat je te goeder trouw hebt gehandeld.'

'Als ik aansprakelijk word gesteld, ga ik failliet.'

'Zo ver is het nog niet. Ik ga er alles aan doen om dat te voorkomen.'

'Dat hoop ik wel, ja.' Vanuit zijn ooghoek ziet Menno een zwarte Saab de parkeerplaats op rijden. Hij kent die wagen niet, geen van zijn klanten rijdt een Saab. Terwijl hij nog een paar woorden wisselt met Jan houdt hij de auto in de gaten. Twee mannen in zwarte leren jacks stappen uit. De een is kaal, de ander heeft een knotje.

Menno fronst zijn wenkbrauwen.

'Jan, ik moet ophangen,' zegt hij, en zonder gedag te zeggen verbreekt hij de verbinding.

Hij komt overeind en slaat de mannen gade. Ze kijken op hun gemak om zich heen, wijzen naar het bord met het bedrijfslogo. Vervolgens gaat hun blik omhoog, naar zijn kantoor, en lopen ze naar de ingang.

4

Hij ligt natuurlijk nog in bed. Sascha kijkt naar de gesloten kamerdeur van haar zoon. Van beneden komen niet de gebruikelijke geluiden zoals het schuiven van stoelpoten, de televisie in de woonkeuken en de afzuigkap. Alles is rustig, en dat bevalt haar niet.

Ze kijkt op haar horloge; bijna halfnegen. Ze doet de deur open en een walm van puberzweet komt haar tegemoet. De slaapkamer is in duisternis gehuld, ze kan vaag een lichaamsvorm onder het dekbed zien. Vastbesloten stapt ze naar binnen, doet het rolgordijn omhoog en schudt Luuk aan zijn schouder.

'Opstaan, nu meteen. We hadden een afspraak.'

Verblind door het licht schermt Luuk zijn gezicht af met zijn arm. Hij draait zich op zijn zij en mompelt iets onverstaanbaars. Sascha trekt het dekbed van hem af en gooit het in een hoek.

'Dit is je examenjaar, weet je nog? Je hebt vanmiddag een toets, ga douchen en leren. Ik zal een ei voor je bakken.'

'Mam, ik heb gisteravond tot fokking één uur zitten leren. Mag ik even uitslapen?'

'Nee, dat mag je niet. Schiet op, douchen.' Zonder verder in discussie te gaan, loopt Sascha de kamer uit en gaat naar beneden. Haar hart bonkt.

Hoe gedecideerd ze ook optreedt, ze blijft het moeilijk

vinden om zo met haar zoon om te gaan. Vanaf het moment dat Luuk in de puberteit kwam, heeft ze geprobeerd het gezellig te houden, met hem te praten, hem te overreden en hem van haar goede bedoelingen te overtuigen. Het had geen enkele zin. Zijn cijfers werden steeds minder, zijn mond steeds groter.

Achteraf moet ze toegeven dat Menno gelijk had dat haar aanpak te zacht was. Volgens hem is de grootste fout die je als ouder kunt maken dat je vriendjes met je kind wilt blijven. Dat is niet je taak. Ouders moeten grenzen trekken en regels opstellen, en die ook handhaven.

Daar is ze het wel mee eens, maar ze blijft het moeilijk vinden om zich als de vijand te gedragen.

Terwijl ze een omelet bakt, luistert ze naar het gestommel boven. Even later hoort ze de douche lopen. Ze glimlacht opgelucht.

Als Luuk beneden komt zegt hij geen woord en dus zwijgt zij ook. Vroeger zou ze geforceerd een gesprek begonnen zijn om de kou uit de lucht te halen. Vergeefse moeite, dat doet ze niet meer. Ze schuift de omelet op een bord, en Luuk loopt er zonder een bedankje mee naar boven.

Sascha kijkt hem na, zucht en opent de vaatwasser om hem uit te ruimen.

Het liefst zou ze gaan boetseren, maar er is te veel spanning in huis. Of misschien zit er te veel spanning in háár. Je zou zeggen dat boetseren dan een goede afleiding biedt, maar zo werkt het niet. Om zich creatief te kunnen uiten, moet ze rust in haar hoofd hebben. Het heeft geen enkele zin om nu aan het werk te gaan, ze kan beter wat aan het huishouden doen.

Later op de ochtend gaat Luuk, zonder gedag te zeggen, de deur uit. Voor het raam van haar slaapkamer, waar ze het bed verschoont, kijkt Sascha hoe hij wegfietst.

'Succes,' zegt ze zacht. Als hij rechts afgeslagen is, loopt ze naar zijn kamer en zet het raam wijd open. Ze raapt zijn dekbed van de vloer en verzamelt de was. Terwijl ze bukt, ziet ze iets groots en donkers onder zijn bed liggen. Een houten, platte kist.

Ze trekt hem naar zich toe, verbaasd dat ze hem nooit eerder heeft gezien. Luuk houdt zelf, min of meer, zijn kamer schoon. Hij wil niet dat zij door zijn spullen gaat, wat ze wel begrijpt. Het is ook niet heel erg nodig, hij is best netjes. Maar af en toe, als de wasmachine niet helemaal vol is, kijkt ze toch even in zijn kamer rond.

Sascha vraagt zich af wat er in die kist zit. Ze moet hem natuurlijk dichtlaten, haar zoons privacy respecteren. Ze aarzelt.

Menno zou hem gewoon openmaken, onder het motto dat een ouder moet weten waar zijn kind mee bezig is. Dat argument geeft de doorslag. Ze opent de kist, verwacht iets van sterkedrank of sigaretten te zien, maar kijkt neer op een indrukwekkende hoeveelheid zakjes met groene inhoud.

Menno weet niet wat hij moet doen. De twee mannen zijn naar binnen gegaan en staan nu waarschijnlijk bij de receptie. Of ze zijn al op weg naar boven. Hij had naar buiten moeten gaan om ze op de parkeerplaats af te poeieren. Het laatste waar hij op zit te wachten is een scène op de werkvloer. Aan de andere kant was een ontmoeting buiten, in het volle zicht van al zijn werknemers, ook niet wenselijk geweest. Wat hij sowieso niet moet hebben is dat ze bovenkomen.

Haastig neemt Menno de trap naar beneden, waar het bezoek al met de receptioniste staat te discussiëren.

'Het is goed, Laura. Heren, komt u verder.' Rustig en met rechte rug loopt hij naar de mannen toe, hopend dat hij een zelfverzekerde indruk maakt. Zijn uitgestoken hand wordt aangenomen, wat hij als een goed teken beschouwt.

Hij gaat het tweetal voor naar de vergaderruimte en sluit de deur achter hen. 'U wilde mij spreken?' Met een glimlach draait hij zich om.

De kale man glimlacht terug. Hij is ouder dan de man met het knotje, waarschijnlijk de dertig ruim gepasseerd.

'Ja, we waren nog niet helemaal klaar,' zegt hij. 'En aangezien je zoon ons blijkbaar niet kan helpen...'

'Wat is het probleem?' Menno gebaart naar de stoelen, maar de mannen blijven staan.

'Het probleem is dat je zoon ons het een en ander schuldig is,' zegt het knotje.

'Luuk had het over drieduizend euro, en die heb ik hem gegeven. Hij heeft gisteravond toch betaald?'

'Ja,' zegt het knotje, 'maar dat was niet alles. Het heeft namelijk nogal een tijdje geduurd voor hij over de brug kwam, dus we hebben rente moeten berekenen.'

'Rente.'

'Yep. Dat begrijp jij vast wel, als zakenman. Je hebt een mooi kantoor trouwens.' De kale kijkt waarderend om zich heen. 'Moderne spullen, kunst aan de muur. Ziet er goed uit.'

'Dank je.'

'Dus die rente zal voor jou vast niet zo'n probleem zijn als voor je zoon.'

Menno kijkt de mannen beurtelings aan. 'Wie zijn jullie?' vraagt hij ten slotte. 'En wat moeten jullie van Luuk?'

'Niets,' zegt de kale geruststellend. 'Luuk is een toffe gast. Niks mis mee. Maar hij moet wel zijn afspraken nakomen.'

'Welke afspraken? Die rente? Dat regel ik.'

'Kijk, daar hoopten we al op.' De kale knikt goedkeurend.

'Om hoeveel gaat het?'

'Zesduizend euro. Kun je meteen even aftikken?'

'Zesduizend? Maar dat is twee keer zoveel!'

'Tja,' zegt de kale.

Met stijgende woede kijkt Menno van de een naar de ander. 'Dat is belachelijk.'

'Vind je? Nou, als dat de boodschap is die we aan onze baas moeten doorgeven... Je zegt het maar.'

'Je baas? Ik dacht dat Luuk die schuld bij jullie had.'

'Nee, wij halen het geld alleen op.' De kale kijkt hem vriendelijk aan.

'Zie ons maar als het incassobureau,' zegt het knotje.

Menno denkt even na. 'Als ik jullie dat geld geef, laten jullie Luuk dan met rust?'

'Tuurlijk. We hebben niets tegen die jongen.'

'Ik heb dat bedrag niet in huis, maar ik kan het overmaken.' Menno pakt zijn telefoon.

'Nee, joh,' zegt de kale. 'Doe maar cash.'

'Zoals ik al zei, ik heb het...'

'Dan gaan we toch naar de bank. Geen probleem.' Ze kijken hem ontspannen aan, de kale maakt een uitnodigend gebaar naar de deur.

Menno staart naar de achterwand, waar zijn vader op een grote zwart-witfoto met een wat norse uitdrukking terugkijkt.

'Goed,' zegt hij. 'Oké, dan doen we dat. Nu meteen?'

'Graag.'

Ze laten hem voorgaan, wachten bij de uitgang tot hij zijn jas heeft gepakt en tegen Laura heeft gezegd dat hij even de deur uit is. Daarna loopt hij naar zijn auto, stapt in en rijdt weg. De twee mannen volgen vlak achter hem.

5

Ook 's middags komt er niets van schilderen en boetseren. Bladerend in een tijdschrift wacht Sascha tot Luuk thuiskomt, haar gedachten bij de inhoud van de kist. Als ze grind hoort knarsen, spannen haar spieren zich.

De voordeur gaat open, voetstappen klinken in de hal, dan op de trap.

Sascha gooit het tijdschrift op de bank en loopt vlug de woonkamer uit. 'Luuk,' zegt ze tegen haar zoon, die al boven aan de trap is. 'Ik wil even met je praten.'

'Het ging goed. En nee, ik zal mijn boeken niet meer bij vrienden of in mijn kluisje laten liggen. Maar dit was het laatste proefwerk, dus geen zorgen.'

'Daar gaat het niet over. Ik wil weten waarom jij een kist met wiet onder je bed hebt liggen.'

Even blijft het doodstil. Ze verwacht een woede-uitbarsting omdat ze in zijn kamer heeft gesnuffeld, maar hij komt langzaam naar beneden. In zijn ogen is schrik te lezen.

'Dat is van een vriend.'

'Welke vriend?'

'Rodney. Die ken jij niet.'

'En wat moet Rodney met dat spul?'

'Gewoon, een beetje hosselen.'

'Hosselen,' zegt Sascha. 'Dealen dus. En waarom ligt die troep onder jouw bed? Handel jij ook?'

'Nee, ik bewaar het voor hem.'

'Wat is dat nou voor onzin. Waarom moet jij dat bewaren?'

Luuk ontwijkt haar blik. 'Hij moest er gewoon even vanaf.'

'Omdat deze hoeveelheid illegaal is. Dat weet Rodney donders goed, en jij ook. Die wiet gaat het huis uit. Bel Rodney maar en zeg dat hij het moet ophalen, vandaag nog. En blijf voortaan uit zijn buurt. Je kunt vast leukere vrienden vinden.'

Luuk haalt zijn schouders op.

In de stilte die valt overdenkt Sascha wat ze moet doen. Was Menno maar thuis, hij zou het wel weten. Al zou het dan wel een drama worden.

'Gebruik je zelf ook?' vraagt ze.

'Soms.'

'Wat is soms? Een keer per dag of een keer per week?'

'Weet ik veel, dat ligt eraan. Of ik stress heb.'

Onderzoekend kijkt Sascha haar zoon aan. 'Heb je stress? Waarvan?'

'School, van alles. Dat begrijp jij toch niet.'

Sascha zucht diep. 'Waarom gaan kinderen er altijd van uit dat hun ouders niets begrijpen? Iedereen heeft weleens stress, ik ook.'

'Drink je daarom zoveel?'

Een paar seconden is Sascha sprakeloos. 'Ik drink helemaal niet veel. Vroeger misschien...'

'Je drinkt wel veel, mam. Elke dag minstens drie glazen en vaak meer. Misschien dat je papa om de tuin kunt leiden, maar ik zie het echt wel. Wist je dat alcohol drug nummer één is? Het was laatst nog op het journaal. Ouders maken zich vreselijk druk over het drugsgebruik van hun kinderen terwijl ze zelf hun lever aan gort drinken.'

Het duurt even voor Sascha zich herstelt en nog wat langer voor ze kan accepteren dat Luuk gelijk heeft. Domweg gelijk. En dat hij, aan zijn gezicht te zien, een ontkenning en een uitvlucht verwacht.

'Dat is waar,' zegt ze. 'Ik zou minder moeten drinken, en ik werk er ook aan. Maar het is moeilijk, en daarom maak ik me zorgen over jou. Een verslaving ontstaat heel geleidelijk, je hebt amper in de gaten dat je ergens niet meer buiten kunt. En dan is de weg terug heel zwaar. Het verschil tussen ons is dat jouw hersenen nog in ontwikkeling zijn en dat je ze beschadigt als je drugs gebruikt.'

'Af en toe een blowtje kan echt geen kwaad, hoor. Ik zei toch dat ik het maar heel weinig doe. Eigenlijk vind ik er niet eens zoveel aan. Laat anderen zich maar suf roken. Ik handel er af en toe in, als ik geld nodig heb.'

'Dus die voorraad is wel van jou?'

'Nee, van Rodney. Hij levert de boel en verspreidt het onder zijn vrienden, zodat er niet zoveel bij hem thuis ligt.'

Het kost Sascha moeite om geen schampere opmerking te maken. 'Luuk,' zegt ze, 'het valt me al een tijdje op dat we weinig van je vrienden te zien krijgen. Wat voor jongens zijn het?'

De scherpte is uit haar stem verdwenen. Misschien dat Luuk daarom een stap naar haar toe doet en een arm om haar heen slaat. 'Maak je niet druk, mam, het valt allemaal wel mee. Ik zorg dat die wiet verdwijnt. Je hebt gelijk, het is geen goed idee om het hier te hebben liggen.'

'Hou alsjeblieft ook op met dealen.'

'Is goed.'

Sascha maakt zich los en kijkt hem onderzoekend aan. 'Beloofd?'

'Beloofd.' Luuk aarzelt even en vraagt dan: 'Zeg je het niet tegen papa?'

'Nee,' zegt Sascha. 'Dat lijkt me niet verstandig.'

Terwijl Menno geld opneemt bij de bank, blijven de mannen in de auto zitten. Door het openstaande raampje kijkt de kale naar buiten, met één stevige, gespierde arm rustend op de rand. Even later komt Menno naar buiten en overhandigt zonder een woord te zeggen het geld.

'Ook weer geregeld,' zegt de kale opgewekt. Bij wijze van groet steekt hij twee vingers op, dan rijden ze weg.

Menno kijkt hen na. Na een paar seconden trekt hij het portier van zijn auto open en stapt in. Woede borrelt als een geiser in hem op. Hij slaat een paar keer met zijn vuist op het stuur, tot hij de claxon raakt en een fietser verschrikt opzij kijkt. Met een diepe zucht start hij en rijdt weg.

De rest van de ochtend kan hij maar niet tot rust komen. Opgefokt loopt hij rond op kantoor, zijn hoofd vol zorgen. Negenduizend euro. Dat kan Luuk nooit terugbetalen, hij zal het zelf voor zijn rekening moeten nemen. Dat is al erg genoeg, en hij moet nog maar afwachten of het daarbij blijft. Wat als ze terugkomen voor meer? Hij heeft zich laten overdonderen, hij had dat geld nooit moeten betalen.

Er komt iemand zijn kantoor in en hij kijkt op.

'Alles goed?' vraagt Ruben terwijl hij de deur sluit.

'Ja, hoezo?'

'Ik dacht dat er iets aan de hand was. Wat moesten die kerels?'

'O, niets bijzonders.'

'Waar ging je met ze naartoe?'

Menno slaakt een zucht en leunt naar achteren. Razendsnel denkt hij na over een bevredigend antwoord en hij zegt: 'Ik heb thuis nog een oude motor staan waar ik nooit op rijd, dus die heb ik te koop gezet. Daar kwamen ze voor.'

'Op kantoor?'

'Tja, hier zit ik het meest. We zijn even naar mijn huis gegaan om dat ding te bekijken.'

'En, heb je hem verkocht?'

Menno knikt en doet alsof zich weer op zijn computerscherm concentreert. Tot zijn opluchting vraagt Ruben niet door.

's Middags ebben zijn boosheid en frustratie weg. Het heeft geen zin om je druk te maken. Het is gebeurd en het is maar geld. Als ze hem weer komen lastigvallen, stapt hij naar de politie, wat de gevolgen voor Luuk ook mogen zijn. Er zijn grenzen.

Nu zijn oude vastbeslotenheid terugkeert voelt hij zich beter. Hij concentreert zich weer op zijn werk. Jan heeft nog niet teruggebeld, en Ruben komt melden dat ze een probleem hebben met een kapotte vrachtwagen die gestrand is in Polen.

Menno overlegt, belt en mailt. Zijn telefoon gaat voortdurend.

Als de werkdag voorbij is en hij zijn kantoor afsluit, is hij moe. Terwijl hij naar zijn auto loopt, schijnt de septemberzon in zijn gezicht en Menno blijft even staan om van de warmte te genieten.

De afgelopen tijd is het te koud geweest voor de tijd van het jaar, maar dat wordt onverwacht goedgemaakt met een nazomertje. De weersvoorspellingen voor het weekeinde zijn gunstig. Misschien moeten ze met z'n drieën iets leuks gaan doen. Luuk zal zelf wel plannen hebben, maar ze kunnen iets gaan eten aan zee. Of weer eens naar het strandhuisje, zoals Sascha al voorstelde. Sowieso zou het goed zijn om wat meer tijd samen door te brengen.

Na vierentwintig jaar huwelijk is het vuur uit hun relatie, maar hij is zeker nog niet uitgekeken op zijn vrouw.

Ooit waren ze zo verliefd. Krankzinnig lang geleden. Desondanks herinnert hij zich die tijd tot in detail. Sascha Hoogendoorn, mooi en populair, de koningin van de middelbare school. Altijd met een gevolg van vriendinnen en aanbidders om haar heen. Kansloos was hij, althans, daar ging hij van uit. Eén keer durfde hij haar aan te spreken, toen ze elkaar tegenkwamen in de bibliotheek. Ze zaten in 6 vwo en moesten boeken lezen voor het examen Nederlands. Een beetje schutterig had hij haar gedag gezegd en ze glimlachte naar hem. Hij vroeg welke boeken ze op haar lijst had staan, en of ze van plan was ze ook allemaal te lezen. Ze zei van wel, zei dat ze lezen leuk vond. Zelf had hij er een hekel aan en maakte hij gebruik van uittrekselboeken om zijn examens door te komen, maar dat zei hij natuurlijk niet. In plaats daarvan begon hij over het enige boek waarvan hij in ieder geval een paar hoofdstukken had gelezen; *De ogen van Roosje*, van Clare Lennart.

'Die heb ik ook gelezen. Hoe vond je de afloop?' vroeg ze geïnteresseerd.

'Wel oké,' zei hij.

Ze was in lachen uitgebarsten. 'De hoofdpersoon rijdt haar zus overhoop, noem je dat oké? Je hebt dat boek helemaal niet gelezen.'

Met een schuldbewust glimlachje gaf hij het toe. Ze praatten nog even met elkaar en toen zei ze hem vriendelijk gedag. De rest van de dag was hij zo ondersteboven van dat korte gesprek, dat er van studeren niets meer kwam. De volgende dag, op school, had ze hem de groeten van Roosje gedaan en naar hem geknipoogd. Zijn vrienden zagen het en lieten hem niet met rust voor hij verteld had waar die knipoog op sloeg. Vol bravoure vertelde hij dat hij een afspraakje met Sascha had gehad, gevolgd door de meest geweldige seks.

Zijn vrienden geloofden er niets van, ze zochten Sascha op en informeerden te midden van een grote groep klasgenoten of ze echt een afspraakje met Menno had gehad. En seks. Iedereen keek naar haar, en vervolgens naar hem. Het werd zo stil dat het leek alsof de hele school op het antwoord wachtte.

Sascha liet haar ogen naar Menno glijden, hield zijn blik een paar seconden vast en zei toen rustig: 'Ja, dat klopt.'

Met dat antwoord redde ze zijn positie, zijn aanzien, zijn leven. In een film zouden ze vanaf dat moment een stelletje geworden zijn, maar zo ging het niet. De rest van het schooljaar keek ze hem niet meer aan, en na het eindexamen verloor hij haar uit het oog. Tot hij haar op een dag tegenkwam in de kroeg, ze herinneringen ophaalden en lachten om dat ene voorval. Daarna heeft hij haar niet meer laten gaan.

6

Sascha heeft de barbecue klaargezet en kijkt verheugd op als Menno aan komt lopen. 'Je bent vroeg!'

'Ja, ik vond het mooi geweest.' Menno zakt neer op een tuinstoel en opent het bovenste knoopje van zijn overhemd.

'Heel verstandig. Je ziet er moe uit. Wil je een biertje?'

'Graag.'

Via de openstaande terrasdeuren gaat Sascha het huis in. Even later komt ze terug met een geopend flesje bier en geeft het hem. 'Drukke dag gehad?'

'Niet drukker dan anders.' Hij laat zijn hoofd tegen de stoelleuning rusten en sluit een moment zijn ogen. Als hij ze weer opent, zegt hij: 'Het wordt morgen mooi weer. Zullen we bij Parnassia lunchen en daarna naar het strandhuisje gaan?'

'Ja, leuk. Het is eeuwen geleden dat we samen iets hebben gedaan. Ik wil zondag ook even naar mijn moeder. Ga je mee?'

'Misschien,' zegt Menno vaag. 'Ik heb nog het een en ander te doen.'

'Wat dan? Waar heb je het de laatste tijd zo druk mee?'

'Ach, gedoe. Niets bijzonders.' Hij knikt naar de barbecue en verandert van onderwerp. 'Zal ik straks een goede fles wijn opentrekken? Om te vieren dat we nog een beetje zomer hebben?'

'Oké,' zegt Sascha met een glimlach.

Ze is mooi, zoals ze daar zit, in dat jurkje. Het is aan de korte kant, maar ze kan het hebben. Ze mag dan achtenveertig zijn, ze heeft nog steeds fantastische benen. Minstens zo mooi als die van Laura.

Dat herinnert hem aan kantoor, en aan het bezoek van vandaag. 'Waar is Luuk?'

'Op zijn kamer. Hij zit te gamen.'

Eigenlijk zou hij naar boven moeten gaan om met zijn zoon te praten, maar hij heeft er de energie niet voor. Eerst een biertje. Even rustig zitten. Kijken naar het groen van de tuin en genieten van de zon op zijn huid. Doen alsof er geen problemen zijn. Hij sluit zijn ogen.

Als hij wakker schrikt is de tafel gedekt en liggen de eerste hamburgers te sissen op de barbecue. Luuk staat tegenover hem met een biertje in zijn hand en lacht een beetje onbeholpen. 'Hé, pap.'

'Hé,' zegt Menno terwijl hij rechtop gaat zitten. 'Ik ben in slaap gevallen.'

'Blijkbaar.'

Er valt een ongemakkelijke stilte, die Menno verbreekt. 'Waar is je moeder?'

'In de keuken.'

Menno knikt naar de stoel naast hem. 'Ga zitten.'

Met zichtbare tegenzin gehoorzaamt zijn zoon.

'Die twee kerels hebben me vandaag op kantoor opgezocht,' zegt Menno.

'Fuck! Wat moesten ze?'

'Rente. Zesduizend euro. Ik ben met ze naar de bank gereden om het op te nemen.'

Geschokt kijkt Luuk hem aan. 'Sorry, pap. Ik betaal alles terug, echt.'

‘Het gaat me niet om het geld. Ik wil weten wie die gasten zijn, en wat ik nog meer kan verwachten. Want als ze nog een keer komen, stap ik naar de politie.’

‘Dat zou ik niet doen, pap. Echt, dat moet je niet doen.’

‘O nee? Wat stel je dan voor?’

‘Niets. Ze hebben hun geld, dus het is klaar. Ze komen niet terug.’

‘Dat hoop ik.’

Sascha komt aanlopen met een schaal salade. ‘Zijn de hamburgers al klaar? Luuk, ze branden aan! Let eens op, jij zou ze toch omdraaien?’

Haastig komt Luuk overeind en loopt naar de barbecue. Met één hand draait hij het vlees om, met zijn andere hand pakt hij zijn mobiele telefoon, die het geluid van een binnenkomend whatsappje laat horen.

‘Pap, kun jij het overnemen? Er staat een vriend van me aan de deur.’

Menno knikt en pakt de spatel van hem aan. Hij snuift de kruidige baklucht op, neemt nog een slok bier en voelt iets van de spanning uit zijn lichaam wegvloeien.

Dat moet Rodney zijn. Verscholen achter de lamellen slaat Sascha de lange, niet onknappe jongeman die bij de voordeur staat gade. Ze is achter Luuk aan naar binnen gelopen, en toen hij de haldeur nadrukkelijk achter zich sloot, is ze Menno’s werkkamer in geslopen. De lamellen waren dicht. Ze heeft er twee uit elkaar geschoven, net ver genoeg om naar buiten te kunnen kijken.

Ze ziet hoe Rodney een zwarte tas van Luuk aanpakt en hem over zijn schouder hangt. De jongens praten kort met elkaar, dan stapt Rodney op zijn Vespa en rijdt weg. Sascha kijkt hem na tot hij de oprijlaan af is.

Ze wacht tot Luuk weer in de tuin is, en loopt naar de keuken. Met een fles water in de hand voegt ze zich weer bij man en zoon.

Tijdens het eten wordt er niet veel gezegd. Sascha probeert een luchtig gesprek op gang te brengen, maar Luuk houdt het bij eenlettergrepige antwoorden en Menno lijkt met zijn gedachten ver weg. Na een tijdje geeft ze het maar op.

'Mag ik gaan?' Luuk komt half overeind en kijkt Menno vragend aan.

Hij knikt afwezig, verdiept in een bericht dat net binnenkomt. Hij begint te typen en Sascha kijkt toe. Na één blik op haar gezicht zegt Menno: 'Sorry,' en hij legt zijn telefoon weg.

'Wie was dat?'

'Jan Leyenberg. Of ik vanavond tijd heb om langs te komen.'

'Heeft die man geen weekeinde?'

'Het is belangrijk.'

'Wat is er dan?'

Menno haalt zijn schouders op. 'Een akkefietje, niets om je druk over te maken. Maar het moet wel opgelost worden.'

'Kan het niet tot maandag wachten? Ik was van plan om zo de vuurkorf aan te steken en dan samen met een kaasplankje en een portje...'

'Het spijt me, dat gaat niet lukken. Morgen misschien.' Hij komt overeind, stapelt de borden op elkaar en brengt ze naar de keuken. Even later komt hij terug en zegt: 'Ruim jij de rest op? Dan ga ik even.'

Sascha knikt. Als ze de voordeur hoort dichtslaan, schenkt ze haar glas bij en staart de tuin in.

7

'Goed dat je kon komen.' Jan staat in de deuropening van zijn negentiende-eeuwse herenhuis. 'Het spijt me dat ik het vanmiddag niet heb kunnen afhandelen.'

'Ik ben allang blij dat je niet tot maandag hebt gewacht,' zegt Menno terwijl hij de gang in stapt. 'Vertel, heb je goed nieuws?'

'Ja en nee. Kom, eerst koffie.'

Met slinkende hoop volgt Menno zijn vriend naar de keuken. Nieuws dat ingeleid moet worden met koffie kan niet veel goeds zijn.

Jan maakt twee espresso's en neemt ze mee naar de woonkamer. Die is strak ingericht. Zoiets had Menno wel verwacht. Hij is nog niet eerder bij Jan thuis geweest. Hij weet dat Jan twee volwassen dochters en een ex-vrouw heeft, maar Menno kent hen niet.

Ongeveer een jaar geleden hebben ze elkaar op de squashbaan ontmoet en ze konden het meteen goed met elkaar vinden. Sindsdien sporten ze regelmatig samen.

'Ter zake,' zegt Jan terwijl ze gaan zitten. 'Ik heb bij een paar collega's navraag gedaan en ze zijn het er allemaal over eens dat Riebeek Transport fout zit. Jij was verantwoordelijk voor de lading van de klant, dus als iemand anders ermee vandoor gaat, is dat jouw probleem. De rechter zal jou opdragen het verlies van Nieuwland te vergoeden.'

Met een kreun verbergt Menno zijn gezicht in zijn handen. 'Dat kan ik er echt niet bij hebben. Waarom nou net die lading? Het lijkt wel alsof ze wisten dat het om kostbaar porselein ging.'

'Wie weet.'

Er valt een stilte waarin Jan zijn koffie opdrinkt en Menno het slechte bericht tot zich door laat dringen. Uiteindelijk gaat hij rechtop zitten en kijkt hij met een verbeten gezicht voor zich uit.

'Als ik die klootzakken die me dit geflikt hebben in mijn handen krijg...'

'Wat zou je dan doen?'

Iets in de klank van Jans stem brengt Menno in verwarring. Niet alleen zijn stem, ook zijn gezichtsuitdrukking maakt duidelijk dat hij een serieuze vraag stelt. 'Weet ik veel, wat zou ik kunnen doen?'

'Je zei net dat als je die klootzakken in je handen kreeg, je ze iets zou aandoen.'

'Ja, die verleiding zou wel groot zijn.'

Jan zet zijn lege kopje op tafel, gaat verzitten en vouwt zijn handen. 'Stel dat ik erachter kan komen wie die oplichters zijn. Want het klinkt inderdaad alsof ze op de hoogte waren van dat transport.'

'Hoe zou jij daarachter kunnen komen?'

'Nou ja, ikzelf niet, maar iemand met wie ik weleens samenwerk. Een vriend van me.'

'Wie?'

'Laten we nog even geen namen noemen. Alles wat je hoeft te weten is dat ik iemand ken die dit soort dingen... regelt.'

'Aha,' zegt Menno. 'En op welke manier zou die vriend van jou deze zaak regelen?'

'Door die gasten op te sporen en het servies terug te halen.

Of het geld dat ze ervoor gevangen hebben.'

In de stilte die op zijn woorden volgt, kijken ze elkaar recht in de ogen.

'Wie is die vriend?' vraagt Menno nogmaals.

'Je zult begrijpen dat ik je niet zijn naam en adres ga geven. Dat ik iemand ken moet genoeg zijn.'

Langzaam klaart de mist in Menno's hoofd op. Door de nevel heen ziet hij de uitweg die hem geboden wordt. Geen rechtszaak. Geen faillissement. 'Meen je dat nou?'

'Zeker weten.'

'Dat zal die kennis van je niet gratis doen. Wat gaat het me kosten?'

Van het bedrag dat Jan noemt schrikt Menno. Twintigduizend euro. Maar zijn bedrijf zal blijven bestaan.

'Je hoeft niet meteen te beslissen,' zegt Jan. 'Denk er dit weekeinde maar over na.'

Drieëntwintig graden, een zwakke aflandige wind en een wolkeloze hemel. Op het terras van strandpaviljoen Parnassia is het druk. Gelukkig zijn Sascha en Menno vrij vroeg gekomen, zodat ze een tafeltje hebben. Ze hebben koffie gedronken en bekijken de lunchkaart.

'Ik wil graag de tonijnsalade,' zegt Sascha als de serveerster hun bestelling komt opnemen. 'En een glas rosé.'

Menno kijkt op van de kaart. 'Rosé? Nu al?'

'Het is twaalf uur geweest, het is middag.'

Hij zwijgt, wil zijn vrouw niet bekritiseren waar de serveerster bij is. Als het meisje zijn bestelling heeft opgenomen, eendenborstsalade en een cola light, richt hij zich tot Sascha.

'Ik dacht dat je overdag niet meer zou drinken.'

'Af en toe kan toch wel? Het is zulk heerlijk weer.'

'En als we nou een heel mooie oktobermaand krijgen?'

Een beetje geïrriteerd wendt ze haar blik af. 'Dan trek ik elke dag om twaalf uur een fles rosé open, nou goed?'

Hij doet er het zwijgen toe.

Na een tijdje legt Sascha haar hand op de zijne en zegt: 'Alleen vandaag. Ik beloof het.'

'Oké.' Om de stemming niet te bederven glimlacht hij, maar het gaat niet van harte. Dat ligt niet aan dat glas rosé, al bevalt het hem niet. Afwezig luistert hij naar Sascha's plannen voor het strandhuisje, waarvan ze de inrichting wil veranderen. Intussen kijkt hij naar de zee.

Hij had gedacht dat een beetje afleiding hem goed zou doen, maar na een nacht woelen en piekeren zou hij liever in zijn eentje thuis of op kantoor zitten.

Als er een stilte valt, kijkt hij naar zijn vrouw en ziet haar ogen strak op hem gericht.

'Wat is er toch? Ik heb het gevoel dat je ergens mee zit,' zegt ze.

'O ja?' Menno laat zijn blik over het terras dwalen en er gaat een schok door hem heen. Twee mannen, een kale en een met een knotje, komen de trap op. Er is net een tafeltje vrijgekomen en ze lopen er op hun gemak op af. Hoewel er nog twee stellen op een plekje staan te wachten, wijst niemand hen erop dat ze nog niet aan de beurt zijn. Lachend en pratend ploffen ze neer en bestellen een biertje.

Vol ongeloof kijkt Menno toe. Is het toeval dat die eikels hier ook zijn?

'Ja, je kunt zo afwezig doen,' zegt Sascha. 'En je slaapt slecht. Vannacht was je er een tijd uit, en ik heb je niet meer naar bed horen komen. Wat was je aan het doen?'

'Even tv-kijken. In bed liggen draaien helpt niet als ik niet kan slapen.' Zijn ogen blijven op het tafeltje verderop gericht. De kale kijkt in zijn richting, trekt een verrast gezicht en proost. Menno vertrekt geen spier.

'Wat is er? Wie zijn dat?' Sascha volgt zijn blik en kijkt onderzoekend naar de twee mannen.

'Weet ik veel,' zegt Menno.

'Je zit anders de hele tijd naar ze te kijken.'

'Ik vroeg me af of ze het niet warm hebben in die leren jacks.'

'Ze trekken ze uit. Jee, moet je die ene zien.'

De kale hangt zijn jasje over de rugleuning van zijn stoel en stelt zijn gespierde armen vol tatoeages bloot aan de zon. Meer mensen gluren in de richting van de twee mannen, maar die lijken zich daar niet van bewust. Ze zetten hun zonnebril op en gaan zo zitten dat ze naar de zon kijken. En naar Menno, recht in zijn gezicht.

'Maar ik vroeg dus of er iets is, omdat je zo onrustig slaapt,' zegt Sascha.

Menno draait zijn stoel zodat hij de twee mannen niet meer kan zien en wendt zich met een glimlach tot zijn vrouw. 'Ach, wat problemen op kantoor. Het gewone gedoe. Niets om je druk over te maken.'

8

Ze gelooft hem maar half. Het liefst was Sascha opgestaan en weggelopen. Ze had zich deze lunch heel anders voorgesteld.

'Zullen we maar naar huis gaan?'

Ze ziet hem schrikken van die vraag, of misschien van de scherpe klank in haar stem.

'Hoezo?' vraagt hij verbaasd.

'We zitten hier nu al een halfuur en je zegt geen boe of bah. Ik wil naar huis.'

'We hebben net besteld. Waarom wil je weg?'

'Omdat je mijlenver weg bent met je gedachten. Wat is er aan de hand op de zaak?'

Hij buigt zich naar haar toe, legt zijn hand over de hare en kijkt haar in de ogen. Zijn gezicht is heel dichtbij, ze ruikt zijn adem. 'Sorry dat ik zo afwezig ben. Het is een ontzettend drukke week geweest en ik heb helemaal geen zin om erover te praten. Maar er is niets ergs aan de hand. Ik ben moe, dat is alles.'

Opluchting stroomt door Sascha heen. 'Tijd om op vakantie te gaan.'

'Ja. Waar zou jij naartoe willen?'

'Het maakt mij niet veel uit. De Dominicaanse Republiek?'

'Dat klinkt geweldig.' Hij glimlacht breed.

'Een eendenborstsalade, een tonijnsalade, een cola light en een rosé,' zegt de serveerster.

Ze kijken toe hoe hun bestelling op tafel wordt gezet. Menno valt meteen aan.

'Heb je haast of zo?' vraagt Sascha.

'Ik heb trek. En ik heb zin om nog even een strandwandeling te maken.'

'Ik ook, maar ik wil ook graag rustig van onze lunch genieten als je het niet erg vindt.' Terwijl ze eet voelt ze zijn onrust. Telkens weer gaan zijn ogen naar de twee mannen met de tatoeages, tot hij merkt dat Sascha naar hem kijkt.

'Aparte types, hè?' Hij lacht een beetje gemaakt. 'Waarschijnlijk lid van een motorbende. Wat bezielt die gasten om elke vierkante centimeter van hun lichaam te tatoeëren.'

'Geen idee,' zegt Sascha slechts.

Elke keer als ze de rijen strandhuisjes ziet liggen, gaat er een golf van blijdschap door Sascha heen. Zoals ze daar staan op de zanddijkjes, wit en compact, met een houten trap en terras, roepen ze een gevoel van vrijheid en ontspanning bij haar op. Het seizoen loopt van half april tot half september, maar vanwege het onverwacht mooie weer blijven ze nog iets langer staan.

Tijdens hun wandeling over het strand was Menno opnieuw vrij stil, maar nu hij het huisje ziet liggen, wordt hij weer spraakzaam. Met grote passen steekt hij het strand over, af en toe omkijkend naar Sascha, wijzend en pratend. Er is een plank beschadigd en een stuk teer op het dak staat omhoog. De boel kan ook wel een lik verf gebruiken voor het huisje de opslag in gaat.

Hij pakt zijn telefoon en belt het onderhoudsbedrijf.

'Maandag komen ze,' zegt hij als hij heeft opgehangen.

Sascha knikt en beklimt de trap. Ze steekt de sleutel in het slot en opent de deur. Zand waait op de witte planken.

Met een glimlach draait ze zich om naar Menno, die naar het strand staat te kijken. 'We hadden een picknickmand mee moeten nemen, dan hadden we hier kunnen lunchen.'

'Dan doen we dat morgen toch,' zegt hij, zonder zich om te draaien.

'Morgen ga ik naar mijn moeder.'

'Je kunt toch wel een dagje overslaan?'

'Nee, dat wil ik niet. Zondags zie ik Carolien ook altijd, dat vind ik gezellig.'

'Dan hoef ik niet per se mee, toch?'

'Nee, eigenlijk niet.' Sascha gaat naast haar man staan en leunt tegen hem aan. Hij slaat een arm om haar heen, zijn blik op een paar wandelaars in de verte gericht.

'Eigenlijk zitten we hier best afgelegen,' zegt hij.

'Dat valt toch wel mee?'

'De grote massa komt hier niet.'

Sascha haalt haar schouders op. 'Juist fijn. Ik hoef al die mensen niet voor de deur.'

Hij trekt haar even tegen zich aan, laat haar dan los en gaat naar binnen. Na een inspectierondje kijkt hij of er elektriciteit is. 'Net genoeg,' zegt hij, terwijl hij zijn telefoon aan de oplader legt. 'De zon moet een tijdje goed schijnen voor de panelen weer opgeladen zijn.'

'We hebben water en gas, elektriciteit hebben we niet nodig. Zullen we vanmiddag hier blijven? Een beetje zwemmen en zonnen?'

'Eigenlijk moet ik nog even naar Jan.'

'Op zaterdag?'

Menno gaat voor het raam staan en kijkt naar buiten.

Sascha kijkt naar zijn rug, wachtend op een verklaring, die niet komt.

'Ik ga zwemmen.' Ze trekt haar short en T-shirt uit, pakt

een handdoek en loopt met een stuurs gezicht langs hem heen.

Menno kijkt haar na als ze in bikini het strand op loopt. Zal hij haar achternagaan, ook even gaan zwemmen?

Zijn blik glijdt naar de grijze zee. Hoe Sascha het kan opbrengen om dat koude water in te duiken heeft hij nooit begrepen. Zijn hobby is het niet. De liefde voor zwemmen in zee heeft ze duidelijk van haar vader. Ongelooflijk hoeveel die twee op elkaar leken, zowel innerlijk als uiterlijk.

Zelf heeft hij meer van zijn moeder. De band met zijn vader is nooit erg sterk geweest, ondanks het bedrijf. Of misschien wel juist daardoor. Hij kan zich niet herinneren dat hij ooit een woord van waardering heeft gekregen van zijn vader. 'Als je niets hoort is het goed,' was zijn devies, en: 'Complimenten verzwakken een karakter.'

Misschien is dat wel waar. In een poging een betere, liefhebbende vader te zijn voor Luuk heeft hij hem altijd aangemoedigd en geprezen. Met de shit van nu als resultaat.

Menno draait zich om en zoekt zijn zwembroek. Dat hij de kou de rest van de dag niet meer uit zijn lijf zal krijgen, weegt niet op tegen Sascha's blijdschap als hij straks naast haar opduikt.

Net als hij zich heeft uitgekleed, hoort hij gestommel buiten op de trap. Op één been, het andere in de pijp van zijn zwembroek gestoken, kijkt hij over zijn schouder. De kale en de knot komen de vlonder op en stappen binnen.

Razendsnel trekt Menno zijn zwembroek aan. 'Wat moeten jullie hier? Jullie kunnen niet zomaar naar binnen lopen!'

De twee kijken rustig om zich heen.

'Leuk huissie,' zegt de kale. 'Is dat van jou?'

'Dit is privé-eigendom, ja. Dus als jullie het niet erg vinden...'

'Maak je niet druk, we zijn zo weer weg.' De kale loopt wat rond. 'Echt een heel leuk huissie. Wat kost dat nou, zo op het strand?'

Zwijgend kijkt Menno van de een naar de ander. 'Ik vroeg wat jullie hier moeten.'

'Ja, laten we ter zake komen. We kwamen erachter dat we een foutje hebben gemaakt,' zegt de knot.

Even denkt Menno dat ze hem het geld zullen teruggeven, maar het volgende moment realiseert hij zich wat een idiote gedachte dat is. En dan beseft hij ook waar ze voor komen.

'Een foutje,' zegt hij.

'Ja, we hadden de boodschap verkeerd overgebracht. Je moest geen zesduizend betalen, maar twaalf. Stom van ons. Sorry.'

Menno voelt zijn bloed koken, en hij moet zich beheersen om ze er niet uit te schoppen. IJzig kijkt hij naar het tweetal. 'Denken jullie dat ik gek ben? Dat ik dat ga betalen?'

'Ja,' zegt de knot. 'Dat denken we.'

'Eigenlijk heb je niet veel keus.' De kale komt op Menno afgelopen en posteert zich vlak voor hem.

'Want anders schiet je me overhoop?' Menno weet niet waar hij de moed vandaan haalt om zo'n sarcastische toon aan te slaan. Waarschijnlijk versluiert de woede die in hem kolkt zijn verstand.

'Néé,' zegt de kale met slepende stem. 'Wat hebben we daar nou aan? Daarmee krijgen we ons geld niet. Nee, dat pakken we heel anders aan.'

Voor Menno het weet, plant de man een vuist in zijn maag. Alle lucht wordt in één keer uit zijn longen geslagen. Hij hapt naar adem, probeert de pijn onder controle te krijgen. Net als hij denkt dat dat lukt, krijgt hij een tweede stoot.

Menno klapt dubbel en zakt door zijn knieën. Zijn ingewanden lijken te verschrompelen, hij hoort zichzelf hijgen en kermen.

Een harde trap in zijn zij werkt hem tegen de grond. Hij probeert weg te kruipen maar komt niet ver. De mannen lopen met hem mee, trappen met z'n tweeën op hem in.

De pijn opent van alle kanten de aanval. Menno wil schreeuwen maar heeft er de lucht niet voor, krijgt ook de tijd niet. Kreunend blijft hij in foetushouding liggen.

'Je speelt met je organen, vriend,' zegt de kale, op hem neerkijkend. 'We kunnen ze natuurlijk aan gort trappen, misschien dat je ons dan beter begrijpt. Zeg het maar.'

Het kost Menno te veel energie om te reageren. Een nieuwe trap zorgt ervoor dat hij toch een poging doet. Ze moeten hier weg voordat Sascha terugkomt. Als teken van overgave steekt hij zijn hand op.

'Mooi.' De kale trekt hem van de vloer en kijkt hem in de ogen. 'Maandag komt er iemand bij je langs op kantoor. Zorg dat het geld klaarligt.' Bij wijze van afscheid geeft hij Menno een kopstoot, die hem achterover doet slaan.

Terwijl hij half overeind krabbelt, lopen de mannen weg. In de deuropening draait de kale zich om en zegt: 'O ja, en nog wat: als het geld er niet ligt, dan komen we terug. Voor je vrouw.'

9

Met een sierlijke duik verdwijnt Sascha onder water en meteen voelt ze zich beter. Ze houdt van de kracht van de zee, het zout van de golven. En van de herinneringen die bovenkomen als ze zwemt, die even pijnlijk als dierbaar zijn.

De stroming trekt aan haar benen. Boven het geruis van de golven uit hoort ze de stem van haar vader, alsof hij naast haar zwemt: 'Nu niet veel verder gaan. Nog tien meter en je komt in diep water. Als het goed is, voel je de verandering.'

Die voelt ze inderdaad. De kou neemt toe en de zuigkracht van de zee lijkt haar middel te omvatten, alsof hij haar wil optillen en meevoeren.

Sascha keert om. De golven rollen in protest over haar heen, laten haar niet zomaar gaan. Ze zwemt, grotendeels onder water, tot ze in een rustigere stroming belandt en het getij haar naar het strand helpt.

Buiten adem loopt ze door de branding op Menno af, die met zijn handen in zijn zij aan de vloedlijn staat. Zijn gezicht ziet bleek en hij kijkt een beetje raar.

'Wat is er?' vraagt ze terwijl ze haar handdoek pakt en omslaat.

'Niets. Wat ging je ver.'

'Dat leek maar zo. Was je ongerust? Ik neem geen risico's, dat weet je.' Ze wringt het water uit haar haren en samen lopen ze het strand op. Normaal gesproken neemt Menno te grote stappen, nu moet ze een paar keer inhouden.

'Loop eens door, ik heb het koud,' zegt ze klappertandend.

Met een handgebaar geeft hij aan dat ze wel naar het huisje mag rennen. Dat doet Sascha niet. Haar blik dwaalt over het strand en blijft hangen op twee mannen in motorjacks een eindje verderop.

'Die twee van het terras,' zegt ze met een frons. 'Staan ze nou naar ons te kijken?'

'Ja. Ik zal een paar extra sloten op de deuren en ramen zetten.'

'Denk je dat ze hier zijn om in te breken?'

'Waarschijnlijk wel. Zullen we naar huis gaan? Ik heb het hier wel gezien.'

Sascha aarzelt, maar heeft weinig zin om alleen achter te blijven met die twee figuren in de buurt. Ze knikt, klimt de trap op en gaat het huisje in om zich om te kleden.

Menno's hoofd bonst pijnlijk en zijn ingewanden lijken te zijn verschoven. Zodra hij zich niet meer groot hoeft te houden, laat hij zich op de onderste traptree zakken en belt Jan. 'Jan, met mij. Ik kom zo even bij je langs.'

'Heb je erover nagedacht?'

'Ja. Ik heb nog een ander probleempje. Denk je dat die vriend van je dat ook meteen kan oplossen?'

'Ligt eraan wat het is.'

'Dat zal ik je zo vertellen. Waar zit je?'

'Thuis.'

'Prima, dan kom ik naar je toe.'

Drie kwartier later heeft hij Sascha thuis afgezet en zit hij bij Jan op het terras.

'Ik zeg niet meteen ja,' zegt Menno. 'Eerst wil ik wat meer weten over die vriend van je. Hoe heet hij, en waar ken je hem van?'

Jan drukt op de afstandsbediening van het zonnescherm. Terwijl het groen-witgestreepte doek naar beneden komt, wipt hij twee flesjes bier open.

'Ik ken Ed van vroeger,' zegt hij. 'We woonden bij elkaar in de straat in Amsterdam-Noord, speelden met elkaar. Als puber hadden we wat minder contact. Ik ging studeren, Ed ging in de cafetaria van zijn vader werken. Later begon hij iets voor zichzelf, en toen verloren we elkaar uit het oog. Toen ik als advocaat werkte, belde hij me opeens op. Of ik hem wilde verdedigen. Ik nam zijn zaak op me en kreeg hem vrij. Vervolgens heeft hij iemand van mijn nek gehaald; de broer van een crimineel die ik achter de tralies had gekregen. Als advocaat maak je net zo gemakkelijk vijanden als vrienden, zeker wanneer strafrecht je specialisatie is. Ed en ik hebben het contact zo'n beetje hersteld en we bewijzen elkaar af en toe een dienst.'

Menno heeft aandachtig naar Jan geluisterd en nog aandachtiger naar hem gekeken. De bedachtzame manier waarop zijn vriend zijn woorden kiest, is niet in overeenstemming met de luchtige toon die hij aanslaat. Waarschijnlijk krijgt hij maar een klein deel van het verhaal te horen.

'Die Ed is natuurlijk een crimineel,' zegt hij.

Jan kijkt hem kort aan, tuurt dan in zijn glas. 'Ed heeft in het verleden fouten gemaakt en daar heeft hij voor gezeten. Of dat hem een crimineel maakt weet ik niet. Tegenwoordig houdt hij zich niet meer bezig met strafbare zaken, maar hij heeft wel een interessante kennissenkring, om het zo maar te zeggen. En daar maakt hij gebruik van als het nodig is.'

'Op die manier. Dus ik zou mijn naam verbinden aan een bajesklant.'

'Ex,' zegt Jan met nadruk. 'Hij heeft nu een goedlopend restaurant.'

'En een knokploeg.'

‘Dat is wat overdreven. Vrienden die voor hem klaarstaan bij problemen. Of voor anderen, als die er geld voor over hebben.’

Menno staart voor zich uit. ‘Als uitkomt dat ik met hem in zee ben gegaan…’

‘Dat gebeurt niet. Ed en ik bespreken alles onder vier ogen, niets over de telefoon of over de mail. Tussen jullie zal geen contact zijn.’

‘Wat is zijn achternaam?’

Jan trekt een verontschuldigend gezicht. ‘Ed is nogal op zijn privacy gesteld.’

‘Dat zal best. En dat andere akkefietje? Kan hij dat ook oplossen?’ Bij binnenkomst heeft hij Jan alles verteld over Luuks gokschulden en de gasten die hem afgeperst en in elkaar geslagen hebben.

‘Geen probleem. Maar het gaat je natuurlijk wel extra kosten.’

‘Hoeveel?’

‘Een duizendje of tien.’

‘Dus dertig mille bij elkaar. Dat is veel geld.’

‘Maar dan ben je wel van alles af. Die partij servies kost je veel meer. Plus dat je dan nog met die twee eikels zit.’

Met een paar flinke slokken drinkt Menno zijn glas leeg. Hij staart voor zich uit. Het idee zaken te doen met een halve crimineel staat hem niet aan, maar nietsdoen is ook geen optie. Hij stelt zich voor hoe hij over een tijdje zijn werknemers zou moeten toespreken om hun ontslag aan te kondigen, en wat hij tegen Sascha zou moeten zeggen als ze gedwongen hun huis zouden moeten verkopen.

Jans stem verstoort zijn sombere gedachten. ‘We hadden afgesproken dat je er het weekeinde over na zou denken. Neem die tijd. Ed verwacht pas maandag antwoord.’

‘Maandag moet ik twaalfduizend euro schokken. Als ik

dat niet doe, gaan die klootzakken achter Sascha aan.'

Jan denkt even na. 'Betaal maar,' zegt hij. 'Ze krijgen de rekening later wel gepresenteerd.'

Thuis gaat Menno achter zijn computer zitten. Hij opent een zoekprogramma en typt 'Ed' en 'crimineel' in. Er verschijnen geen hits waar hij wat mee kan. Hij denkt even na en voegt er 'Amsterdam-Noord' aan toe. Dat levert een aantal krantenartikelen op waarin misdadigers met de naam Ed voorkomen, maar met verschillende achternamen.

Menno leest de artikelen vluchtig door en denkt na. Jan vertelde dat Ed en hij als kind bij elkaar in de straat woonden.

Hij wist de zoekopdracht en typt Jans naam in. Er verschijnen diverse resultaten, zoals de website van zijn kantoor, interviews en een paar artikelen over strafzaken waar Jan beroepshalve bij betrokken is geweest. Aandachtig leest Menno alles door. In een van de interviews vindt hij wat hij zoekt: 'De succesvolle advocaat Jan Leyenberg werd geboren in Amsterdam-Noord, op de Nieuwendammerdijk. Op jonge leeftijd wist hij al dat hij de advocatuur in wilde en dus...'

De Nieuwendammerdijk, dat is waar ook. Hij herinnert zich dat Jan dat eens verteld heeft.

Menno verandert de zoekopdracht in 'Ed, Nieuwendammerdijk, Amsterdam-Noord', en er verschijnt een artikel met foto. Het onderschrift luidt: 'Ondernemer Eduard Kesselaar en zijn vrouw Carlijn voor hun net geopende restaurant'. Snel leest Menno het artikel door, maar veel meer dan dat Eduard Kesselaar drie jaar geleden een restaurant aan het Purmerplein heeft geopend, staat er niet in. Geen woord over criminele activiteiten.

Hij zoekt op 'Eduard Kesselaar' en 'crimineel', maar krijgt geen hits. Misschien dateert die carrière van voor internet.

Kesselaar is eenenvijftig, net zo oud als Jan. En Jan heeft verteld dat Ed een restaurant had. Dit móét hem zijn.

Menno keert terug naar de foto en kijkt er lange tijd naar. Met zijn innemende lach, één arm losjes om de schouders van zijn vrouw geslagen, doet Ed niet denken aan een crimineel. Hij zou zijn buurman kunnen zijn. Of een vriend.

10

Sascha zoekt een plekje op het parkeerterrein van het verzorgingstehuis. Het is zondagmiddag en warm. Ze heeft met het raam open gereden, al heeft ze airco. Ze houdt van de zomerbries, en van de geuren die hij meevoert. Dan maar warm.

Een eindje verderop staat de auto van Carolien. Ze glimlacht. Straks even een drankje doen, eerst naar haar moeder.

Achteraf gezien zijn er signalen genoeg geweest die erop wezen wat er met haar aan de hand was. Het was natuurlijk ook een geleidelijk proces, waarvan de tekenen niet meteen tot haar doordrongen. Zo wilde haar moeder op een gegeven moment alleen nog maar over vroeger praten. Dat begreep Sascha wel, ze had die neiging om steeds terug te kijken zelf ook. Naar haar jeugd, naar Luuks kindertijd, noem maar op. Als je op middelbare leeftijd al zo melancholiek kon zijn, hoe moest het dan wel niet zijn als je bejaard was?

Heel normaal, dus met haar moeder was niets aan de hand.

Wat zou ze zonder haar moeten? De enige overgebleven persoon die haar kon vertellen over haar kindertijd, die haar liefhad en steunde zoals niemand ooit nog zou doen?

Sascha is een vaderskind, maar de band met haar moeder is ook altijd goed geweest. Niet zo sterk als die van Marlies, maar wel goed. Nadat Marlies naar het oosten van het land was verhuisd en hun vader was overleden, werd de band nog hechter. Toch was Marlies de eerste die in de gaten kreeg dat er iets mis was. Dan zat mam met het koffiezetapparaat te hannesen en wist ze niet meer hoe het werkte. Of ze nam de verkeerde trein als ze op bezoek wilde komen, reed helemaal mee naar het eindpunt en kwam uiteindelijk met een peperdure taxi aan. Meerdere keren per dag belde ze met de vraag waar haar sokken lagen. Ze lustte opeens niets meer, at alleen maar potjes babyvoeding, verwaarloosde zichzelf.

Marlies kwam eens in de maand een uurtje langs. Sascha hield het huishouden bij en ontdekte stapels onbetaalde rekeningen, aanmaningen en ongeopende belastingenveloppen tussen de reclamefolders. Toen ze een machtiging wilde regelen om haar moeders administratie op zich te nemen, bleken haar paspoort en rijbewijs al jaren verlopen te zijn.

Ze drong er bij haar moeder op aan zich te laten onderzoeken. De uitslagen van de onderzoeken en de hersenscan in het geriatrisch centrum waren duidelijk: alzheimer in een gevorderd stadium.

Daarna is het snel gegaan. Op het moment dat haar moeder 's nachts aan de wandel ging, was het duidelijk dat er ingegrepen moest worden. Nu zit ze op een gesloten afdeling van een verzorgingstehuis. Sascha zal nooit vergeten hoe haar moeder zich als een klein kind aan haar vastklampte, huilend en schreeuwend, omdat ze niet achtergelaten wilde worden.

Tegenwoordig lijkt ze zich er wel thuis te voelen, of misschien denkt ze dat ze thuis ís. De afgelopen maanden heeft Sascha haar voor haar ogen zien verdwijnen.

Op het terras voor het tehuis zit een aantal dames koffie te drinken, in fleurige jurken en met hoeden op. Hier en daar lopen bewoners door de tuin, achter een rollator of gearmd met familie of een verzorgende.

Met pijn in haar hart kijkt Sascha toe. Nog niet zo lang geleden kon ze haar moeder nog meenemen. Dan reden ze naar het strand of naar het bos, aten een ijsje en praatten op hun manier bij. Van een echt gesprek was al lang geen sprake meer, maar ze hadden in ieder geval nog contact.

Ze gaat het tehuis binnen en neemt de lift naar de bovenste verdieping. Zodra ze de gang in stapt, slaat een verstikkende warmte haar tegemoet. Ze groet Petra, een van de verzorgenden, en de familieleden van andere bewoners, die ze het afgelopen jaar goed heeft leren kennen. In de centrale huiskamer kijkt ze rond, maar ze ziet haar moeder niet.

'Ze is in haar kamer,' zegt Lydia, die een karretje met koffie en thee voortduwt.

Sascha loopt met haar mee. 'Hoe gaat het met haar?'

'Goed hoor. Ze heeft lekker geslapen en nu zit ze naar muziek te luisteren.'

'Heeft ze veel last van de warmte?'

'Dat valt wel mee. Haar kamer ligt aan de schaduwkant, alleen 's morgens heeft ze even de zon. En we hebben haar niet zo warm aangekleed.'

Sascha blijft staan voor de kamer van haar moeder. De deur staat wijd open, ze zit bij het raam, gekleed in een fleurige zomerjurk.

Ze wil dat haar moeder er goed uitziet. Dat heeft ze zelf ook altijd belangrijk gevonden. En dus koopt Sascha jurken, rokken en blouses van mooie stoffen voor haar. In alle kleding heeft ze een merkje gestreken, volgens de regels van het tehuis.

'Dag, mam.' Zo opgewekt mogelijk komt ze binnen, buigt zich naar haar moeder toe en geeft een kus.

Een verbaasde blik is haar reactie.

'Zit je lekker naar de radio te luisteren?' Sascha draait zich om en zet het geluid wat zachter. Ze schuift een stoel aan, dicht naast die van haar moeder, en pakt haar hand.

'Koffie graag. Met suiker.'

'Het komt er zo aan. Hoe gaat het? Wat is het warm, hè?'

Haar moeder knikt vaag. 'Oranje,' zegt ze. 'Dat vind ik het mooist.'

'Ik ook. Zullen we foto's kijken?' Sascha haalt haar telefoon tevoorschijn. Eerst lagen de albums in haar moeders kamer, maar toen er foto's uit verdwenen en af en toe een heel boek zoek was en in de kamer van een andere bewoonster teruggevonden werd, heeft Sascha ze mee terug naar huis genomen. Luuk heeft alle foto's gescand.

Nog niet zo lang geleden riepen ze nog weleens herkenning op, maar de laatste keer reageerde haar moeder geïrriteerd toen Sascha de babyfoto's liet zien en vertelde dat Marlies en zij dat waren. Haar kinderen.

'Dat kan helemaal niet,' zei ze. 'Ik heb nooit kleine kinderen gehad.'

Ook vandaag heeft haar moeder geen belangstelling voor de foto's, en daarom gaat Sascha maar gewoon een tijdje bij haar zitten. Zoals altijd vult ze de stilte door te vertellen wat er in haar leven gebeurt. Je weet maar nooit wat haar moeder ervan opvangt.

Na een uurtje stapt ze op, moe van haar eigen stemgeluid en de onbegrijpelijke, vage antwoorden. Bij de lift staat Carolien al op haar te wachten.

'Hoi.' Ze geeft Sascha een zoen. 'Hoe is het? Niet om uit te houden hier, hè?'

'Ik zweet me dood. Laten we snel gaan.'

Ze zijn niet de enigen die op de lift wachten. Drie stokoude bewoners hebben zich verzameld en kijken hoopvol naar de deur. Carolien toetst de code in en schermt hem met haar hand af. Als de lift arriveert, houden ze de ouderen, die naar binnen willen stappen, met zachte hand tegen, terwijl Sascha haastig op de knop drukt om de deuren te sluiten.

'Ik voel me elke keer weer schuldig als ik dat doe,' zegt ze met een zucht.

'Ik ook. Soms droom ik dat iemand mij tegenhoudt, dat ze me voor een demente bejaarde aanzien en ik ze niet kan overtuigen dat ik daar niet hoor.'

'Wat waarschijnlijk precies is zoals de mensen hier het ervaren.'

'Ja, dat denk ik ook. Je ziet het aan hun gezicht als ze ronddwalen of op de liftknop staan te drukken.'

Het terras van het tehuis biedt niet alleen de bewoners de gelegenheid om iets te drinken, familie is ook welkom. Sascha en Carolien hebben er een gewoonte van gemaakt om op donderdag en zondag, als ze allebei hun moeder bezoeken, samen wat te drinken.

Tijdens hun eerste kennismaking is het Sascha al opgevallen dat Carolien een eigenschap heeft die je maar bij weinig mensen tegenkomt: ze kan luisteren. Veel mensen praten niet met elkaar, maar tegen elkaar. Carolien kan gewoon rustig luisteren zonder van onderwerp te veranderen zodra ze de kans krijgt. Zonder er meteen haar eigen verhaal tegenover te stellen. Ze vraagt ook door, stelt vragen die interesse en betrokkenheid tonen.

Wat Sascha met Marlies en haar vriendin Leonora niet kan bespreken, deelt ze met Carolien. Haar zorgen over Luuk, Menno, haar moeder, alles.

'Mijn moeder denkt dat ze bestolen wordt,' zegt Carolien als ze achter een kop koffie zitten. 'De verzorgsters vertrouwt ze niet, en mij ook niet. Ze is voortdurend op zoek naar sieraden die ze helemaal niet heeft. Ik heb tenminste geen idee welke ze bedoelt.'

'Dat lijkt me zo moeilijk. Hoe reageer je daarop?'

'Ik zeg altijd dat er iets stuk is en gemaakt moet worden, en dat ik ze morgen weer meeneem. Dan is ze even gerustgesteld, maar tien minuten later begint ze weer te zoeken en te mopperen. Kan jouw moeder ook zo chagrijnig doen?'

'Nee, ze is altijd vriendelijk en beleefd,' zegt Sascha. 'Als ik binnenkom, zegt ze: "Dag, mevrouw. Koffie met suiker graag."'

Ze lachen erom, maar niet lang. Na elk verhaal, elke anekdote, valt er een stilte, waarin ze een slok nemen of voor zich uit staren.

'Zouden wij het ook krijgen?' vraagt Carolien zacht.

11

Het hele weekeinde heeft Menno lopen piekeren. Maandagochtend zit hij op kantoor uit het raam te staren. Veel meer dan zitten kan hij ook niet; vanochtend onder de douche waren er grote blauwe plekken zichtbaar. Gelukkig had hij de deur van de badkamer op slot gedaan, waar Sascha niets van begreep. Ze klopte op de deur en zei: 'Menno, doe open. Ik heb mijn föhn nodig.'

Hij had zijn badjas aangetrokken en de deur opengedaan. Met opgetrokken wenkbrauwen stapte ze naar binnen.

Nu zit hij op kantoor te nietsen. Hij zou wel op Jans voorstel in willen gaan, maar het geld is een probleem. Dat krijgt hij nooit bij elkaar. Vanochtend heeft hij twaalfduizend euro zwart geld uit de kluis gehaald en in een envelop klaargelegd bij de receptie. Een halfuurtje geleden is het opgehaald.

Waar moet hij in hemelsnaam het resterende bedrag vandaan halen? Zijn bedrijf draait al tijden verlies. Bovendien zou hij dat niet buiten medeweten van zijn boekhouder kunnen doen.

Hij denkt aan zijn vader, vraagt zich af wat hij in zijn plaats had gedaan. Niet betalen in ieder geval. Maar hij zou überhaupt niet in deze situatie terechtgekomen zijn, omdat hij hem, Menno, nooit te hulp zou zijn geschoten. Geen denken aan dat zijn vader schulden voor hem afgelost zou hebben. 'Je hebt die zooi zelf veroorzaakt, dus los het ook maar zelf op.'

Sowieso heeft hij nooit veel steun van hem kunnen verwachten, zelfs niet als hij iets presteerde. Als jongen van vijftien is hij ooit een handeltje begonnen in onderdelen van oude brommers, waarmee hij de voertuigen van vrienden repareerde. Al gauw wisten ook onbekenden hem te vinden. Hij heeft er aardig aan verdiend.

Zijn moeder was geïrriteerd door al die troep in de schuur, en zijn vader was evenmin onder de indruk van zijn prestaties. 'Als je je eerste ton hebt verdiend, praten we verder,' zei hij.

Die eerste ton is er gekomen, toen Menno op zijn eenentwintigste ook in tweedehands auto's ging handelen, maar gepraat hebben ze nooit. Eigenlijk is het een wonder dat zijn vader nog bij leven het bedrijf aan hem heeft overgedaan.

Menno staat op en gaat voor het raam staan. Hij kijkt uit op een pleintje waar verschillende bedrijven aan liggen. Mooie panden, het ene nog groter en moderner dan het andere. Hij herinnert zich hoe trots hij was toen hij dit gebouw betrok. En hoe zijn vader weigerde er een voet over de drempel te zetten.

De deur gaat open en in de spiegeling van het raam ziet hij Laura staan. Zoals gewoonlijk ziet ze er oogverblindend uit. Dat is ook niet moeilijk als je begin dertig bent en zo'n figuur hebt. Zelden heeft hij haar in een broek gezien, ze draagt altijd een jurk of rok. En bloesjes of truitjes met een beschaafd, en daardoor des te sexyer, decolleté.

Hij heeft nooit avances in haar richting gemaakt, al fantaseert hij er wel over. Maar Laura toont geen enkele belangstelling voor hem. Ze heeft een vriend met wie ze al jaren gelukkig is en dat is maar goed ook. Die ene misstap met Natascha heeft hem bijna zijn huwelijk gekost, een tweede kans krijgt hij niet van Sascha.

'Meneer Leyenberg staat bij de receptie,' zegt Laura.

Menno draait zich om. 'Daar hoef je toch niet helemaal voor naar boven te komen. Waarom bel je niet even?'

'Ik moest je je post nog geven.' Ze wandelt zijn kamer binnen en terwijl ze een stapeltje brieven op zijn bureau legt, vangt hij een vleugje van haar parfum op.

'Dank je. Laat Jan maar komen.'

Laura knikt en verlaat de kamer.

Menno kijkt haar na, gaat achter zijn bureau zitten en bladert de post door. Rekeningen, aanmaningen, een brief van een incassobureau. Hij trekt een la open, haalt er een doosje paracetamol uit en slikt met behulp van een slok koude koffie een tablet door.

'Goedemorgen, Menno.' Jan komt binnen, sluit de deur achter zich en gaat tegenover hem zitten. 'En, heb je een besluit genomen?'

'Ik weet het niet, ik vind het lastig. Het is raar om zaken te doen met iemand die je niet kent. Met een crimineel. Ik moet zeggen dat het me verbaast dat jij dat soort vrienden hebt.'

'Ik heb je verteld waar ik Ed van ken. En zo vreemd is het niet, als advocaat krijg je met zoveel verschillende mensen te maken. Alle lagen van de samenleving komen voorbij.'

'En hoe gaat Ed mijn problemen aanpakken? Gaat hij die gasten bedreigen, in elkaar slaan?'

'Wat doet het ertoe? Als jij maar van ze af bent.'

'Het probleem is dat ik het geld niet heb. Uit de zaak kan ik niets losmaken, ik sta al in de min.'

Jan leunt wat naar achteren in zijn stoel en kijkt hem aan. 'Je kunt het lenen.'

'De bank ziet me aankomen.'

'Ik bedoel van mij.'

Menno staart hem aan. 'Serieus?'

'Niet alles, de helft. Dan kun je in ieder geval een aanbetaling doen.'

'Wauw,' zegt Menno.

'Hé, je bent geen cliënt, je bent een vriend. En vrienden in nood helpen elkaar.'

'Bedankt, man. Maar dan nog kom ik een flink bedrag tekort.'

'Dat restant komt wel, Ed is niet zo moeilijk. Het is heel normaal om een deel vooraf te betalen en de rest later. De crisis is voorbij, de markt trekt aan, en als je van die claim af bent, kun je weer geld gaan verdienen.'

Menno draait zijn stoel een kwartslag en kijkt weer naar buiten. De strakblauwe lucht van het afgelopen weekeinde heeft plaatsgemaakt voor lichte bewolking, met een flets zonnetje dat moedig door de grijze laag heen probeert te dringen.

In zijn hoofd is het ook nevelig. Wie had ooit gedacht dat hij in zo'n situatie terecht zou komen.

Maar waarom zou hij het niet doen? Hij huurt iemand in die een probleem voor hem gaat oplossen, meer niet. Wat Eds aanpak ook mag zijn, het tuig dat zijn lading heeft gestolen krijgt wat het verdient.

Hij wendt zich tot Jan en zegt: 'Vraag het hem maar. Als Ed het goedvindt dat ik in termijnen betaal, dan hebben we een deal.'

Bijna alle tafels op het terras zijn bezet. Goed dat ze wat eerder is gekomen. Terwijl ze op Leonora wacht, bestelt Sascha alvast een kop koffie. Voor een maandagmiddag is het druk. Mensen drentelen rond, zoekend naar een plekje. Serveersters nemen bestellingen op en binnen klinkt het gesis van het espressoapparaat en het gerammel met servies.

Een serveerster brengt de menukaart, die Sascha voor de

vorm doorneemt. Ze weet allang wat ze gaat bestellen, ze kent de kaart uit haar hoofd. Haar blik glijdt naar de bar en ontmoet die van Oscar, die hier werkt. Hij glimlacht naar haar en ze glimlacht terug. Vervolgens ziet ze Leonora aankomen. Eigenlijk heet ze Eleonora, maar die naam gebruikt ze nooit, wat aan Luuk de opmerking ontlokte: 'Vond ze dat te lang?'

Sascha glimlacht bij die herinnering en kijkt naar haar vriendin, die gehaast als altijd tussen de tafeltjes door loopt.

'Hoi, sorry dat ik zo laat ben. Zit je er al lang?'

'Nee hoor, twintig minuten pas.' Sascha lacht als haar vriendin haar verschrikt aankijkt.

'Het is ook zo krankzinnig druk op mijn werk,' zegt Leonora terwijl ze gaat zitten. 'Toen het nog crisis was, kon ik tenminste fatsoenlijk lunchen.'

Sascha lacht weer. 'Dus de huizenmarkt trekt aan?'

'Hier in Haarlem in elk geval wel.' Leonora steekt haar hand op naar de serveerster. Nadat ze koffie heeft besteld, richt ze zich weer tot Sascha. 'Hoe is het met jou? Ik heb je een tijdje niet gezien. Is er nog nieuws?'

'Heb je even?' vraagt Sascha.

Leonora trekt een gezicht. 'Eigenlijk niet. Sorry, ik weet dat we elkaar lang niet gesproken hebben, maar het is zo druk op kantoor. Ik kan alleen even snel een kop koffie drinken.'

'Als lunch? Je moet toch eten!'

'Ik heb net een banaan gehad.'

'Een banaan. En daar leef jij op.'

'Het moet maar. Nou vertel, hoe is het met je?'

Sascha had er liever de tijd voor genomen, en even overweegt ze er helemaal niet over te beginnen, maar daar zit het haar te hoog voor. Zo beknopt mogelijk vertelt ze Leonora over de wiet die ze onder Luuks bed gevonden heeft, en hoe ze Rodney heeft bespied toen hij de handel kwam ophalen.

'Hoe reageerde Menno?' vraagt Leonora.

'Ik heb het hem niet verteld. Je weet hoe hij kan zijn.'

'Ja, maar toch. Dit is wel iets wat hij moet weten.'

'Menno heeft genoeg aan zijn hoofd. Geen idee wat, maar hij loopt te piekeren. Ik denk dat het met de zaak te maken heeft.'

'Gaat het niet goed?'

'Ik weet het niet. Hij is nooit zo mededeelzaam als het om het bedrijf gaat. Wel als het goed loopt, of als hij een belangrijke deal heeft gesloten. Dan komt hij met champagne thuis en vertelt hij eindeloos over alle details. Maar als er problemen zijn zegt hij niets.'

'Voor mannen is het moeilijk om toe te geven dat iets niet goed gaat. En voor Menno helemaal.'

'Ja...' Peinzend neemt Sascha een slokje van haar koffie. 'Zaterdag, toen we naar het strand gingen, gebeurde er zoiets vreemds.'

Aan het tafeltje naast hen komen mensen zitten, en Sascha dempt haar stem terwijl ze over de twee mannen in hun leren jacks vertelt. 'Heel enge types. Volgens mij waren ze van de een of andere motorbende.'

'Dus eerst zagen jullie ze op het terras en daarna bij je strandhuisje?'

'Ja. Ik had het gevoel dat Menno ze kende. Toen we op het terras zaten en die mannen daar verschenen, wilde hij opeens weg, en toen we ze bij het huisje tegenkwamen deed hij heel nors. En daarna wilde hij niet meer blijven.' Zorgelijk kijkt Sascha voor zich uit. 'Ik weet niet wat ik moet doen. Ik wil weten wat er aan de hand is, maar hij vertelt me niets.'

'Laat het hem zelf oplossen. Wat het ook is, hij kan het vast wel afhandelen. Het klinkt alsof hij zaken heeft gedaan met de verkeerde mensen.'

'Maar dat kan hij toch gewoon zeggen?'

'Dat hij een beoordelingsfout heeft gemaakt? Menno? Ik dacht het niet. Zeg, ik moet nu echt gaan. Het spijt me dat ik vandaag zo weinig tijd heb. Ik bel je van de week, oké?'

Ze geven elkaar een zoen en dan vertrekt Leonora. Sascha blijft zitten en pakt haar telefoon. Geen berichten. Ze kijkt om zich heen. Het is wat rustiger geworden. Zal ze in haar eentje lunchen of naar huis gaan? Ze voelt er niet veel voor om hier alleen te zitten, maar ze heeft wel trek. Net als ze zich omdraait om de ober te wenken, komt er iemand bij haar tafel staan.

'Dag schoonheid,' zegt hij met een brede glimlach. 'Goed je weer te zien.'

12

Als iemand haar ernaar zou vragen, zou Sascha zeggen dat ze Oscar in het grand café waar hij werkt heeft leren kennen. In werkelijkheid struikelde ze over een losse steen en viel ze languit op straat, waarna hij haar overeind hielp.

Ze had een flinke smak gemaakt, maar ze wist meteen dat ze niet echt iets mankeerde. Het ergste was de gêne. Ze droeg die dag hakken, was gekleed in een blauw-wit genopte zomerjurk en had de blik gevangen van een leuke vent op de eerste rij van een terras. Te jong voor haar, dat zag ze ook wel, maar ze schoof toch flirtend haar zonnebril in haar haren.

En toen smakte ze neer en vloog haar bril over straat. Ze deed wat ze altijd deed in een gênante situatie: ze stelde zich aan. Als je niets mankeert en te vlug weer opstaat, word je uitgelachen, maar je kunt op aandacht en medelijden rekenen als je je echt bezeerd hebt. Of lijkt te hebben. Dus bleef ze liggen, greep naar haar knie en deed alsof ze duizelig was toen ze probeerde op te staan.

Een sterke arm ondersteunde haar en hielp haar voorzichtig overeind.

'Gaat het? Als het niet gaat moet je het zeggen. Heb je je hoofd gestoten tegen die paal?'

De stem boven haar klonk zo bezorgd dat Sascha zich schaamde voor haar aanstellerij. Tegelijk werd ze zich bewust van een brandende pijn aan haar knie en van iets warms dat langs haar onderbeen droop.

'Je bloedt. Wacht, voorzichtig. Straks heb je wat gebroken.'

Ze wist dat dat niet het geval was, maar liet zich ondersteunen door haar helper, overigens niet de leuke vent op de eerste rij. Die zat gewoon met zijn vrienden toe te kijken.

Haar helper daarentegen begeleidde haar naar een vrij tafeltje, zette haar op een stoel en zei tegen de ober: 'Haal eens een pleister en wat ijs voor de dame.'

Twee uur later zaten ze daar nog steeds. Hij heette Oscar en bleek in het grand café waar ze gevallen was te werken.

Dat hij totaal haar type niet was, deed er toen allang niet meer toe. Het was lang geleden dat iemand naar haar had geluisterd, écht geluisterd, en ze kon niet ophouden met praten.

Zo begon het, en op één keer zoenen na is het bij praten gebleven. Echt een verhouding beginnen wilde ze niet. Daarvoor hadden Menno en zij te hard gewerkt aan hun relatie. Ze kon moeilijk na zijn misstap met die Natascha, die ze hem uiteindelijk had vergeven, zelf vreemdgaan. Over die zoenpartij voelde ze zich niet schuldig. Ze stonden quitte, verder hoefde die flirt niet te gaan.

Maar dat bleek moeilijker dan ze had gedacht. Om de een of andere reden zocht ze toch altijd Grand Café XO op als ze met vriendinnen ging lunchen. Dan kwam Oscar altijd even bij hen staan om een praatje te maken. Meer niet. Zijn complimentjes en knipoogjes waren genoeg, ze kleurden haar dag.

Uiteindelijk heeft ze haar kleine misstap een keer aan Leonora opgebiecht.

'Heb je met hem gezoend? Echt?' vroeg haar vriendin verbaasd. 'Vond je hem zo leuk dan?'

'Niet heel leuk, maar hij heeft wel wat. Hij is niet zo... glad.'

Ondanks de aantrekkingskracht die ze voelt, houdt ze Oscar op afstand. Dat voelt hij blijkbaar aan. Hij gedraagt zich niet opdringerig, eerder als een oude vriend, en neemt altijd precies op tijd weer afscheid. Ze raakt steeds meer op hem gesteld, en zijn aandacht vleit haar. En dus pakt ze af en toe een terrasje met hem als Leonora er niet bij is. Ze houdt zich voor dat ze vrienden zijn, dat het verder niets te betekenen heeft. Waarom zouden een man en een vrouw geen vrienden kunnen zijn zonder dat daar seks bij komt kijken?

Niet dat ze daar nooit over fantaseert. Regelmatig zelfs. Maar fantaseren mag.

Oscar kust haar op beide wangen. 'Alles goed?'

Terwijl hij gaat zitten, zegt Sascha dat ze het druk heeft gehad.

'Je vriendin en jij waren in een ernstig gesprek verwikkeld. Je keek erg verdrietig.' Zijn vragende blik nodigt uit om haar hart uit te storten. Tot voor kort zou ze dat gedaan hebben, maar nu ze geen idee heeft wat er aan de hand is, is ze terughoudender. Over de situatie thuis praten met een andere man voelt als verraad.

'Gedoe met mijn zoon,' zegt ze, omdat ze toch een verklaring wil geven. 'Pubergedrag.'

'Ja, dat hoort erbij. Trek je er maar niet te veel van aan. Ik vind het jammer dat ik zoveel van mijn kinderen mis, zelfs dat pubergedoe.'

'Dat krijg je met drie exen.'

Hij trekt een gezicht. 'Als ik alles over kon doen...'

'Wat zou je dan gedaan hebben?'

Hij pakt haar hand, streelt met zijn duim de rug. 'Op zoek gaan naar jou, zodat ik je man voor was.'

'Dan had je vier exen gehad. Sommige mannen kunnen zich beter niet binden.'

'Daar kon je weleens gelijk in hebben. Ik ga me ook niet

meer vastleggen. Alleen als jij beschikbaar bent natuurlijk.'

'Eigenlijk gaat het weer een stuk beter tussen Menno en mij.'

'Echt? Daar ben ik blij om. Voor jou dan.'

De manier waarop hij dat zegt, brengt een glimlach op haar gezicht. 'Kun je nou nooit eens een gesprek met me voeren zonder te flirten?'

'Ik flirt niet, ik meen wat ik zeg. Het was jouw idee om er een punt achter te zetten, weet je nog?'

'Er was niet veel om een punt achter te zetten, we hebben één keer gezoend. Dat is alles.'

'Misschien komt het daardoor. Nu blijf ik me maar afvragen hoe...'

Sascha heft haar hand. 'Stop, genoeg! Daar ben ik niet voor gekomen.'

'Waarvoor dan wel?'

'Voor de lunch natuurlijk. Als dat niet kan, dan zie je me niet meer.'

Geruststellend knikt hij haar toe. 'Natuurlijk kan dat wel. Ik plaag je maar een beetje. Je hebt nog niets gegeten, hè?'

'Nee, mijn vriendin had geen tijd, dus het is bij koffie gebleven.'

'Dan kan jij toch wel wat bestellen? Zullen we samen wat eten?'

Sascha glimlacht naar hem. 'Gezellig.'

13

Ze nemen beiden een carpacciosalade. Oscar bestelt er een fles witte wijn bij, waarop Sascha protesteert. 'Ik wil niet meer zoveel drinken. En jij moet nog werken. Mag je dan wel wijn?'

'Eigenlijk niet, maar m'n baas is op vakantie, dus ik leid de tent nu. Laten we één glas nemen. Dat kan best.'

Dat vindt ze eigenlijk ook wel. Als hun gerechten en de wijn gebracht worden, proosten ze.

'Doe je dat vaak, lunchen met je klanten?' vraagt Sascha met een lach.

'Alleen als ze bloedmooi zijn. Nooit, dus. Dit is de eerste keer.'

'Ja ja,' zegt Sascha. 'Heb je een relatie op dit moment? We praten altijd alleen maar over mij.'

'Ik praat ook liever over jou dan over mezelf. Maar nee, ik heb geen relatie. Niet echt.'

'Niet echt?' Sascha realiseert zich hoe weinig ze eigenlijk over hem weet. Op de een of andere manier weet hij altijd heel handig van onderwerp te veranderen. Nu vraagt ze eens een keer door. 'Vertel, hoeveel relaties heb je gehad? Vast wel meer dan drie.'

'Het ligt eraan wat je onder een relatie verstaat. Van vastigheid krijg ik het altijd snel benauwd. Mijn langste relatie duurde drie jaar. Dat was érg lang voor mijn doen.'

'Drie jaar? Dat meen je niet. Kom ik aan met vierentwintig jaar huwelijk. Je maakt dat ik me saai en stoffig voel.'

'Ik heb er alleen maar respect voor als mensen elkaar zo toegewijd zijn. Dat is een unicum in deze egocentrische maatschappij.'

'Maar toch lukte jou dat niet.'

'Nee, ik was te rusteloos. Misschien had ik ook wel een vorm van bindingsangst, zoals een van mijn exen beweerde. Wie zal het zeggen.'

'Je praat in de verleden tijd. Heb je daar nu geen last meer van?'

'Ik word ouder,' zegt Oscar. 'Ik heb mezelf nog een hele tijd wijsgemaakt dat meisjes van halverwege de twintig mij interessant vonden, maar op een gegeven moment kwam ik erachter dat dat niet zo was. En dat ik hén ook niet meer interessant vond. Dat was misschien nog wel de meest verrassende ontdekking.'

'Tussen halverwege de twintig en eind veertig zit wel een groot gat.' Sascha zegt het met een effen gezicht, maar ze hoort zelf de onderliggende vraag: wat moet je met mij als je gewend bent om met veel jongere vrouwen om te gaan?

'Mijn laatste vriendin, Naomi, was dertien jaar jonger dan ik. Zij was vijfendertig, ik achtenveertig. Op zich geen probleem, ze was niet zo jong dat mensen denken dat je met je dochter op stap bent. Maar wat willen vrouwen van die leeftijd?'

'Kinderen,' zegt Sascha, en neemt een hap van haar salade.

'Precies. En als ik ergens zeker van ben, dan is het wel van het feit dat ik geen kinderen meer wil.'

'Dus daar liep het op stuk?'

Oscar knikt. 'Dat was best pijnlijk, maar er zat niets anders op. Ik kon haar niet geven wat ze wilde. Er was zelfs geen discussie mogelijk want ik heb er op mijn veertigste voor gezorgd dat ik geen nageslacht meer kon produceren.'

'Dan was je wel erg zeker van je zaak.'

'Absoluut.'

'Ik zou mijn zoon nooit willen missen.'

'Nee, natuurlijk niet. Het is een leuke jongen.'

'Ken je hem?' vraagt ze verbaasd.

'Niet persoonlijk, maar ik weet wie hij is. Ik heb jullie weleens door de stad zien lopen.'

Sascha probeert zich te herinneren wanneer dat geweest kan zijn, want Luuk koopt bijna alles online. Misschien heeft Oscar het over wat langer geleden. Voor ze ernaar kan vragen verandert hij van onderwerp en wordt het gesprek weer wat luchtiger van toon.

Als ze opstapt, neemt Oscar afscheid met drie zoenen, waarvan er een op haar mond belandt. Sascha vindt het stiekem wel prettig.

Een beetje aangeschoten rijdt ze naar huis.

Het was gezellig. Iets van haar oude verliefde gevoelens is teruggekeerd, of misschien zijn ze nooit helemaal verdwenen. Ze houdt van Menno en haar huwelijk staat op de eerste plaats, maar het zou helpen als hij één keer net zo belangstellend was als Oscar.

Steeds vaker vraagt ze zich af of Menno haar nog wel aantrekkelijk vindt. Hij zegt van wel, maar ze ziet hem net iets te vaak naar jongere vrouwen kijken.

Twee mannen zwaar mishandeld

ROTTERDAM – In een loods in Rotterdam zijn woensdagavond twee mensen zwaar mishandeld. Een veertigjarige man uit Rotterdam en een tweeëndertigjarige man uit Dordrecht werden door onbekenden in elkaar geslagen. Een voorbijganger, die zijn hond uitliet, heeft de politie gealarmeerd.

Over de daders en hun motieven is nog niets bekend.

Mishandeling in loods was criminele afrekening

ROTTERDAM – De zware mishandeling in een loods in Rotterdam vorige week woensdag was mogelijk een afrekening.

Een veertigjarige man uit Rotterdam en een man van tweeëndertig uit Dordrecht werden door onbekenden in elkaar geslagen. Hun toestand is kritiek.

De slachtoffers werden aangetroffen in een loods waar gestolen waar stond opgeslagen. De identiteit van de dader(s) is nog onbekend.

14

Meer dan een week spelt hij de kranten en stroopt hij de nieuwsberichten op internet af. Het geld is op kantoor opgehaald, in een eenvoudige envelop, en nadat hij het had afgegeven is hij hard aan het werk gegaan. Hoe langer zijn dagen op kantoor, hoe minder hij hoeft na te denken over wat hem echt bezighoudt. Na een paar dagen heeft hij bij Jan naar de stand van zaken geïnformeerd, gevraagd of hij al iets gehoord had van Ed, of er nog iets gebeurde.

'Rustig afwachten,' zei Jan. 'Dat soort dingen heeft tijd nodig.'

Net toen Menno dacht dat hij een vergissing had begaan en dat hij zijn geld kwijt was, ontving hij een envelop met een krantenknipsel. Binnen de kortste keren kende hij het bericht uit zijn hoofd. Er zat geen briefje met afzender bij. Ondanks zijn wraakgevoelens is hij geschrokken van de berichten.

De politie heeft de gestolen lading servies teruggevonden in die loods in Rotterdam, en daarmee is zijn probleem opgelost, maar lekker zit het hem niet.

Voor de zoveelste keer onderzoekt Menno de envelop. Die is niet met de post verstuurd, iemand heeft hem persoonlijk in de brievenbus gedaan.

Stel dat de politie erachter komt wie die afstraffing op zijn geweten heeft, zouden ze dan bij hem uitkomen?

Nee, onmogelijk. Alles is zo voorzichtig afgehandeld. Maar wat weet hij daar eigenlijk van? Misschien staat zijn naam ergens genoteerd, is er een telefoontje te traceren waarin hij genoemd wordt.

Hij draait zijn stoel een kwartslag, bukt zich en stopt de envelop en de knipsels in de papierversnipperaar.

Op een warme ochtend eind september belt Jan met de vraag of ze elkaar kunnen zien. Ze spreken af om te lunchen in de Haarlemmerhout, niet in een restaurant maar op een bankje in de openlucht.

De Haarlemmerhout is een stadsbos aan de zuidkant van Haarlem. Vroeger, toen Luuk klein was, kwamen Sascha en Menno vaak bij de kinderboerderij en het pannenkoekenhuis. Terwijl hij over de vertrouwde paden loopt, voelt Menno nostalgie in zich opkomen. Herinneringen voeren hem terug naar een tijd waarin het leven een stuk ongecompliceerder was.

Hij vermant zich, loopt de parkeerplaats op en ziet Jan op de afgesproken plaats staan.

Hij houdt twee papieren zakken omhoog en als Menno dichterbij komt zegt hij: 'Koffie en broodjes gezond.'

'Prima.'

Ze slaan het pad in dat naar een rij bankjes leidt. Er zijn er twee vrij. Jan kiest de plek zonder buren.

'Hier kunnen we ongestoord praten,' zegt hij terwijl ze gaan zitten. 'Nooit over delicate zaken praten met muren om je heen. We hebben een probleem, Menno.'

'Wat is er aan de hand?'

'Ed wil zijn geld.'

Menno laat het broodje, dat op weg was naar zijn mond, zakken. 'Wat? Hij was toch akkoord gegaan met een afbetalingsregeling?'

'Ja, maar nu wil hij het toch in één keer. Ik heb tegen hem gezegd dat hij dat niet kan maken.'

'En toen?'

Jan zwijgt even en zegt dan: 'Hij zei dat het niet anders kon. De klus was lastiger dan hij gedacht had. Hij heeft extra kosten moeten maken.'

'Wat voor kosten?'

'Omkoping. Hij heeft wat mollen bij de politie zitten, die moeten worden betaald om informatie te geven en het onderzoek een andere kant op te sturen.' Jan wendt zijn blik af. 'Daarom heeft hij het bedrag moeten verhogen.'

'Wát?' Vol ongeloof kijkt Menno hem aan. 'Met hoeveel?'

'Twee keer zoveel.'

'Jezus! Is hij helemaal gek geworden? Dit is een grap, hè?'

Met een ernstig gezicht schudt Jan zijn hoofd. 'Het spijt me, man. Ik had je dat voorstel nooit moeten doen. Als alles goed gaat is het prima zakendoen met Ed, maar als hij zijn geld wil, kun je maar beter snel betalen.'

'Ik heb het niet. Waar moet ik opeens zestigduizend euro vandaan halen?'

'Kun je niet iets verkopen? Je auto of je strandhuisje?'

'En wat zeg ik dan tegen Sascha?'

Jan haalt zijn schouders op. 'Ik voel met je mee, echt. Maar je moet iets doen.' Hij aarzelt even en voegt er dan aan toe: 'Ik vind het vervelend om te zeggen, maar voor elke dag uitstel komt er tienduizend bij. Met ingang van morgen.'

Jans telefoon gaat en terwijl hij opneemt en zijn zaken afhandelt, verwerkt Menno die laatste toevoeging.

Zodra Jan klaar is, opent Menno zijn mond om iets te zeggen maar zijn vriend is hem voor.

'Ik moet weg, iets dringends. We hebben het er nog wel over, oké? Maak je niet druk, we bedenken er wel wat op.' Jan staat op, geeft Menno een klap op zijn schouder en loopt weg. De koffie en broodjes laat hij achter.

15

Lange tijd blijft Menno op het bankje zitten. Zijn gedachten schieten alle kanten op, als het balletje in een op hol geslagen flipperkast.

Hij staat op en loopt met grote passen het pad af, verder het bos in. De beweging doet hem goed, kanaliseert zijn woede en brengt hem langzaam tot rust.

Geen denken aan dat hij gaat betalen, hij rijdt rechtstreeks naar de politie. Al neemt hij dan wel een risico. Hij is zelf in zee gegaan met een crimineel, straks komt hij daardoor nog verder in de problemen. Ze zullen erachter komen dat hij iets te maken heeft met die mishandelingen. Misschien gaan die twee wel de pijp uit. Dan is hij medeplichtig aan moord.

Menno gaat wat langzamer lopen. Als hij zijn Audi verkoopt, heeft hij een groot deel van het bedrag binnen. De rest scharrelt hij ook wel bij elkaar. Die boete van tienduizend euro per dag is natuurlijk belachelijk, die betaalt hij niet. Mochten ze hem er toch mee lastigvallen, dan stapt hij alsnog naar de politie, wat de gevolgen ook mogen zijn.

De rest van de werkdag is hij slecht aanspreekbaar. Ruben werpt hem af en toe een onderzoekende blik toe en vraagt ten slotte: 'Is het nu helemaal opgelost met die zaak-Nieuwland?'

'Ja,' zegt Menno, zonder op te kijken van het document

dat hij aan het doornemen was. 'We hebben geluk gehad dat de politie toevallig de lading heeft teruggevonden.'

'Maar Nieuwland zijn we kwijt als klant, denk ik.'

'Ja, daar ben ik ook bang voor. Zeg, als je het niet erg vindt, ik moet me hier even op concentreren.'

Ruben knikt en loopt weg. Zodra Menno alleen is, schuift hij het document van zich af en trekt hij het toetsenbord van zijn computer naar zich toe. Op internet zoekt hij de waarde op van zijn twee jaar oude Audi. Die wagen heeft hem bijna een ton gekost en zou toch zeker zestigduizend euro moeten opbrengen. Hij kan hem zelf te koop aanbieden, maar dan kan het een tijdje duren voor hij zijn geld heeft. Een deal sluiten met de autodealer gaat waarschijnlijk sneller. Maar dan is hij er nog niet. Waar moet hij de rest van het geld vandaan halen?

Menno leunt achterover in zijn stoel en kijkt naar buiten. Diep in hem roert zich iets, een onderdrukte woede die met kleine, felle steken omhoog blijft schieten. Hij laat zich toch verdomme niet chanteren! Hij gaat naar de politie en vertelt het hele verhaal.

Vastbesloten staat hij op en trekt zijn jasje aan, maar nog voor hij bij de deur is, aarzelt hij alweer. Het geweld waarmee het tuig dat hem heeft bestolen is aangepakt, maakt duidelijk hoe Ed Kesselaar dat soort dingen oplost. Zijn mensen zullen hem zeker opzoeken als hij aangifte doet. En wat verwacht hij eigenlijk van de politie?

Met zijn autosleutels in de hand blijft hij staan. Hij zal moeten betalen, er zit niets anders op.

'Ik denk erover om de Audi te verkopen.' Hij zegt het losjes, alsof de wagen hem niet interesseert, maar aangezien dit het enige is wat hij die avond heeft gezegd, is Sascha meteen alert.

Ze zag het al aan hem toen hij thuiskwam: slecht nieuws. Vragen stellen heeft geen zin als Menno zo'n bui heeft, hij kiest zijn eigen moment om te vertellen wat er aan de hand is, of niet. De opmerking over de Audi kan weleens een inleiding zijn.

Sascha zet een bak chips op tafel en gaat zitten. 'Waarom?'

'Omdat ik er niet zoveel lange afstanden meer in rij. Een goedkopere auto is goed genoeg.'

'Echt? Je was als een kind zo blij toen je die Audi kocht.'

Menno zegt niets. Na een tijdje, als Sascha hem vragend blijft aankijken, zucht hij diep. 'Het gaat niet goed met de zaak, Sas. We moeten bezuinigen.'

'Hoe erg is het?'

'Niet heel erg, we gaan niet failliet of zo. Maar ik heb wel dringend geld nodig.'

Onopvallend houdt hij Sascha's reactie in de gaten. Tot zijn verrassing glijdt er opluchting over haar gezicht.

'Dus daar liep je over te piekeren,' zegt ze, en na een paar seconden voegt ze er met een frons aan toe: 'Moeten we ons huis uit?'

Hij schudt zijn hoofd.

'Om hoeveel gaat het?' vraagt ze.

'Zestigduizend euro.' Als hij de boeterente meerekent nog veel meer, en hij is bang dat hij dat inderdaad moet doen.

Daar zakt haar mond van open. 'Hoe kan dat? Wat is er misgegaan?'

'Ik ben bestolen. Nieuwland heeft bij ons een order geplaatst voor het transport van een partij porseleinen servies. Toen onze chauffeur met de lading onderweg was, kreeg hij een telefoontje dat hij op een ander adres moest leveren. Dat soort dingen gebeurt wel vaker, dus hij levert die handel af in een of andere loods en vertrekt weer.'

'En toen belde Nieuwland waar het servies bleef.'

'Ja. We weten niet wie er heeft gebeld met de chauffeur, we hadden alleen het adres van die loods. Maar die was natuurlijk leeg.'

'Maar je kon toch aan Nieuwland uitleggen...'

'Wij zijn aansprakelijk, Sas. We hebben wel een aansprakelijkheidsverzekering, maar die geldt alleen als er overmacht in het spel is. Dit was gewoon een stomme fout. Ik heb de chauffeur ontslagen, maar dat lost het probleem niet op. We zullen de schade moeten vergoeden.'

'Zestigduizend euro.'

'Ja. Als we het uit de zaak halen, gaan we failliet. Met die Audi komen we een heel eind, maar het is niet genoeg.'

'We kunnen ook mijn auto wegdoen.'

'Die levert niet genoeg op, hooguit vijftienduizend.'

'Het huisje op Texel. Daar komen we toch bijna nooit.'

'Dat zou genoeg zijn, maar ik moet het geld snel hebben, en dat soort huisjes staat lang te koop.'

Sascha kijkt naar hem, een stuk minder opgelucht dan daarnet. 'En dus? Waar dacht je aan?'

'Het strandhuisje.'

Vol ongeloof kijkt ze hem aan. 'Nee,' zegt ze dan.

'Er is een wachtlijst voor. We zouden het zo kwijt zijn.'

'Ik verkoop het niet, dat kun je uit je hoofd zetten. Het is nog van mijn vader geweest!'

'Ik weet het.'

'Dan weet je ook hoe belangrijk het voor me is.'

'Natuurlijk.'

'Hoe durf je dat dan voor te stellen! Verkoop jij je Audi maar!' Sascha bijt hem het woord toe. 'Dat huisje is van mij. We zijn op huwelijkse voorwaarden getrouwd en het staat op mijn naam. We verkopen het níét.'

Met die woorden staat ze op, verlaat de kamer en gooit de deur achter zich dicht.

'Hadden jullie ruzie?'

Menno maakt zijn blik los van de televisie, waar hij zonder interesse naar zit te kijken. Hij heeft zijn zoon, die met een fles cola in zijn hand in de woonkamer staat, niet horen aankomen.

'Niet echt,' zegt hij.

'Zo klonk het anders wel. Waarom wil je de auto en het strandhuisje verkopen?'

Met moeite houdt Menno een zucht binnen. 'Hoeveel heb je gehoord?'

'Genoeg. Komt het door dat probleem met mij van laatst?'

'Nee, dat is allang opgelost. Die gasten hebben me een paar duizend euro afgeperst, maar daarna heb ik ze niet meer gezien.'

'Ik ook niet.'

Iets in Luuks stem doet Menno opmerkzaam opkijken. 'Wat bedoel je?'

'Wat ik zeg. Normaal gesproken kom ik die jongens, die kale en die andere, wel tegen als ik uitga, maar nu niet meer. Niemand weet waar ze zijn.'

'Nou, mooi toch?'

Luuk zakt neer op de favoriete stoel van zijn moeder en zet de fles cola op de grond. 'Op zich wel, maar het is vreemd. Als een van hen nou verdwenen was, maar allebei...'

'Ik weet het niet en het interesseert me ook niet.'

'Nou, mij wel. Hun vrienden kijken me raar aan. Ze stellen allerlei vragen, ook over jou.'

'Wat denken ze dan, dat ik die twee heb omgelegd of zo?'

'Ja. Ik heb gezegd dat ze niet zo stom moeten lullen, dat je een zakenman bent, geen crimineel.'

'Precies. Die jongens zullen ook wel akkefietjes met anderen hebben. Misschien houden ze zich even schuil.'

'Ja,' zegt Luuk. 'Misschien.'

16

Natuurlijk doet hij die nacht weer geen oog dicht. Naast hem ligt Sascha te draaien en te zuchten, maar als hij haar naam fluistert, komt er geen reactie. Uiteindelijk dommelt hij toch in. Tegen achten wordt hij wakker en staat hij op. Sascha slaapt nog, met haar mond een stukje open, haar donkere haar uitgespreid over het kussen.

Hij neemt een douche en loopt met de handdoek om zijn middel terug naar de slaapkamer. Terwijl hij zich aankleedt kijkt hij op Sascha neer, met een vreemde mengeling van irritatie en schuldgevoel. Natuurlijk weet hij hoeveel dat strandhuisje voor haar betekent, maar kom op, het is maar een huisje. Als dit alles achter de rug is, kopen ze gewoon een ander.

Misschien kan hij het huis op Texel op naam van die Ed laten zetten. Een sprankje hoop gloeit in hem op. Waarom heeft hij daar niet eerder aan gedacht?

Hij pakt zijn mobiel en appt Jan. *Ik moet je spreken. Heb je zo tijd?*

Als hij de trap af loopt komt er al antwoord. *Niet echt. Drukke dag vandaag.*

Hoeft niet lang te duren.

Ontbijten? Parnassia, 9.00.

Prima, tot zo.

Menno stopt zijn telefoon in zijn broekzak, pakt zijn autosleutels en gaat de deur uit.

‘Ik heb niet veel tijd,’ zegt Jan terwijl hij een stuk van zijn omelet afsnijdt, ‘maar we moeten dit wel bespreken, dus dan maar zo.’

Voor de vorm heeft Menno ook een omelet besteld. Erg veel eetlust heeft hij niet. De geur maakt hem misselijk en de geluiden waarmee Jan zijn ei verorbert maken het ontbijt er niet aantrekkelijker op. Om zijn zintuigen af te leiden kijkt hij naar de zee, die in een sluier van ochtendnevel ligt.

‘Ik heb het geld niet,’ zegt hij. ‘Op termijn wel, maar ik kan niet zomaar aan meer dan zestig mille komen. Het enige wat ik kan doen is mijn auto verkopen, maar dat is niet genoeg. Dus ik vroeg me af of Ed mijn huis op Texel niet zou willen overnemen.’

‘Ik denk van niet. Wat moet hij nou met een huis daar?’

‘Wat alle mensen doen: vakantie houden, een beetje bijkomen. Altijd prettig als je hard gewerkt hebt.’

Jan lacht. ‘Ik zal het aan hem doorgeven.’

‘Serieus, denk je dat het iets voor hem is?’

‘Ik weet het niet, Menno. Ed heeft geld nodig.’

‘Dat huis ís geld.’

‘Nee, het is bezit dat hij niet kan verklaren als hem vragen worden gesteld.’

‘Ik kan proberen het te verkopen, maar dat kan even duren.’

Somber schudt Jan zijn hoofd ‘Ed is niet zo’n geduldig type.’

‘Maar als hij een beetje redelijk is…’

‘Redelijk is hij ook niet. Je hebt geen idee met wie je te maken hebt, man. Als Ed zijn centen wil, dan kun je die maar beter snel geven, anders heb je een probleem.’

Woede schiet door Menno heen. ‘En wie heeft me dat probleem bezorgd? Wie heeft me aangeraden in zee te gaan met die gast? Ik heb vannacht lang wakker gelegen en goed nagedacht. En weet je tot welke conclusie ik ben gekomen? Dit zaakje stinkt. Jíj stinkt. Ik dacht dat we vrienden waren, maar je hebt me er gewoon in geluisd.'

Jan buigt zich naar Menno toe. 'Rustig nou. Ik begrijp dat je dat denkt, maar zo is het niet. Ik doe mijn best voor je, echt.'

'Je had nooit met die Ed moeten aankomen, klootzak.'

'Dan was je failliet gegaan. Is dat wat je wilt? Dat gestolen servies had je ernstig in de problemen kunnen brengen. Als jij een manier vindt om Ed af te betalen, ben je in één keer van al je zorgen af.'

'Geweldig! En hoe moet ik dat doen? Als Ed alleen geïnteresseerd is in contanten krijgt hij niets. Van een kale kip kun je niet plukken. Zeg dat maar tegen hem.' Met een ruk schuift Menno zijn stoel naar achteren en beent het terras af.

Op het parkeerterrein loopt hij een paar rondjes om stoom af te blazen voor hij in de auto stapt. Een paar minuten blijft hij besluiteloos achter het stuur zitten, dan start hij de motor en rijdt terug naar Haarlem. Onderweg razen de gedachten door zijn hoofd. Hij moet naar de politie voor dit alles uit de hand loopt. Als hij eenmaal heeft betaald, is er geen weg terug. Nu kan hij tegenover de politie nog de vermoorde onschuld uithangen.

Een stroom van vastberadenheid gaat door zijn lichaam. Vol nieuwe energie rijdt hij Haarlem in. Even later parkeert hij voor het politiebureau aan de Koudenhorn. Hij gaat naar binnen en zucht als hij drie wachtenden in de hal ziet. Dat gaat nog wel even duren, zo te zien.

Terwijl hij wacht, vloeit iets van zijn energie uit hem weg en voelt hij de onzekerheid terugkeren. Om zijn gedachten af te leiden pakt hij zijn telefoon en leest zijn mail.

De deur gaat open en een man komt binnen. Iets in de manier waarop hij zich beweegt en om zich heen kijkt, trekt meteen Menno's aandacht. De man is groot en heeft kort, donker haar. Hij draagt een spijkerbroek met een wit T-shirt waar zijn bicepsen goed in uitkomen. Zijn zoekende blik blijft op Menno rusten. Zonder zijn ogen van hem los te maken leunt hij tegen de muur, de armen losjes over elkaar geslagen.

Een onrustig gevoel fladdert in Menno's borst. Zijn zelfvertrouwen krimpt nog wat verder.

De man bij de balie is klaar en vertrekt, een vrouw van Aziatische afkomst is aan de beurt. De krachtpatser die tegen de muur geleund staat, blijft Menno met zijn blik fixeren.

Menno probeert de priemende ogen te negeren, maar ziet ze telkens als hij zijn kant op kijkt.

Het zweet breekt hem uit. Hij moet gevolgd zijn. Wie weet hoelang ze dat al doen. Natuurlijk laten ze hem niet naar de politie stappen. Wat zal die kerel doen als hij straks aan de balie staat? Waarschijnlijk niets, midden in een politiebureau. Maar later misschien, als hij er niet op bedacht is.

Menno kijkt weer op zijn telefoon en leest het bericht van een energiemaatschappij die hem voorstelt om over te stappen. Met gefronste wenkbrauwen, alsof hij onverwacht dringend weg moet, laat hij de telefoon in zijn broekzak glijden. Zonder zijn achtervolger een blik toe te werpen, verlaat hij met grote stappen het bureau.

17

Voor hij naar kantoor gaat, rijdt hij naar de Audi-dealer. Hij kent de eigenaar, Bram Ploeg, al jaren. Bram zal hem wel matsen.

Menno parkeert vlak bij de ingang en stapt uit. Een eindje verderop is Bram in gesprek met een klant. Hij steekt zijn hand naar Menno op.

Terwijl hij wacht, loopt Menno wat rond bij de occasions. Er staat niet één auto bij die meer dan vijftigduizend euro kost.

Achter hem klinken voetstappen en hij kijkt over zijn schouder. Bram komt met grote stappen en met uitgestoken hand op hem af.

'Menno, goed je weer te zien! Tijdje geleden, hè?'

Ze schudden handen en praten even bij. Subtiel brengt Menno het gesprek op de tegenvallende resultaten van zijn bedrijf en zijn zorgen daarover. Hij vraagt hoe het met de autoverkoop gaat.

'Hou op, schei uit, ik heb er slapeloze nachten van gehad. Nu trekt de markt weer wat aan, maar hij is heel slecht geweest.' Bram haalt een hand door zijn grijzende haar. 'Zie je dit? Dat krijg je ervan. Hoe is het met Sascha?'

Ze keuvelen nog wat over vrouw en kinderen, en dan brengt Menno het onderwerp op zijn auto. Hij vertelt dat hij niet meer van die lange afstanden rijdt en dat hij erover denkt hem van de hand te doen.

'Echt? Zonde, man. Je hebt die wagen pas twee jaar. Als je hem nu wegdoet, heb je meer betaald aan afschrijving dan aan benzine,' zegt Bram.

'Hij wordt me te duur. Zoals ik al zei, gaan de zaken niet echt geweldig, dus ik wil iets eenvoudigers gaan rijden.'

'Op die manier.' Peinzend loopt Bram om de Audi heen. 'Het is wel een mooie bak, hoor. Jammer dat je hem weg moet doen. Ik ga kijken wat ik voor je kan doen en dan bel ik je, oké?'

'Prima.' Menno geeft hem een klapje op de schouder en schuift achter het stuur. 'Dan hoor ik het wel. Enne, Bram...'

'Ja?'

'Het heeft haast.'

Bram steekt zijn duim omhoog. 'Ik bel je vandaag nog.'

'Bedankt.' Menno start de Audi en zet hem in z'n achteruit. Even later is hij op weg naar kantoor.

Er zal wel een berg werk liggen. De hele ochtend is al om met dat gezeik. Vanavond vroeg naar huis kan hij wel vergeten.

Chagrijnig zet hij zijn auto in het parkeervak bij de ingang en gaat naar binnen. Laura komt meteen op hem af met allerlei mededelingen en vragen, die vertraagd tot hem doordringen. Het kost hem moeite om te reageren en hij is blij als hij in zijn werkkamer is. Nog voor hij zit, komt Ruben aangelopen.

'Eindelijk, daar ben je,' zegt hij opgewekt. 'Ik heb goed nieuws.'

'Je meent het.'

'Ja, we hebben er een mooie opdracht bij. Steenman en Zonen, een groot bedrijf. Handelen in sportkleding. Als het doorgaat kunnen al onze wagens gaan rijden.'

'Dat klinkt goed.'

'En er is gebeld door ene Eduard Kesselaar. Zegt je dat wat?'

Met een ruk draait Menno zich naar hem toe. 'Eduard Kesselaar?'

'Ja.'

'Wat wilde hij?'

'Lunchen. Hij zei dat jij wel wist waar het over ging.'

'Lunch? Wanneer?'

'Vanmiddag, om halftwee in xo, in de stad. Maar als ik zo in je agenda kijk...'

'Zeg alles af,' zegt Menno. 'En laat meneer Kesselaar weten dat ik er zal zijn.'

Je hebt van die dagen waarop alles tegelijk gebeurt, dagen die je geen seconde rust geven maar je voortdurend opjagen. Dagen die je opslokken en je in de greep houden van een nerveuze spanning.

Drie kwartier voor zijn afspraak met Ed Kesselaar bedenkt Menno dat hij beter even naar huis kan gaan om zich om te kleden. Er tekenen zich grote zweetplekken af onder zijn oksels.

Tijdens belangrijke zakendeals geven een goed pak en een kraakhelder overhemd hem altijd een gevoel van zekerheid, iets wat hij vanmiddag wel kan gebruiken. Als hij snel is, redt hij het net.

Hij jakkert naar huis, parkeert de auto slordig voor de deur en rent naar binnen. Zonder te kijken of Sascha thuis is, springt hij de trap op, gaat de badkamer in en zet de douche aan. Langer dan een paar minuten heeft hij niet nodig om zich op te frissen, al snel staat hij zich alweer af te drogen. Net als hij in zijn boxershort voor de kledingkast staat, komt Sascha binnen.

'Hé, ben je thuis? Ik was in mijn atelier, ik heb je niet gehoord.'

'Ik kwam even snel een douche nemen. Ik heb over twintig minuten een afspraak en ik stonk naar zweet.'

'Met wie heb je een afspraak?'

'Een nieuwe klant. Tenminste, dat hoop ik. Een die misschien een einde kan maken aan onze problemen.' Hij glimlacht naar Sascha en knoopt zijn overhemd dicht.

'Misschien moet je dan ook maar een das omdoen.'

'Nee, dat hoeft niet. Ik ga weer, anders kom ik te laat.' Hij kust haar en loopt de kamer uit.

'Succes!' roept Sascha hem na terwijl hij de trap af rent.

18

Vijf minuten voor de afgesproken tijd loopt hij het terras van Grand Café xo op. Alle tafels zijn bezet. Menno kijkt rond maar ziet geen man alleen zitten. Hij gaat naar binnen, maar ook daar hebben alle gasten gezelschap. Misschien is Kesselaar niet alleen gekomen.

Bij de bar vraagt hij of iemand met die naam zich heeft gemeld en de barman wijst naar een hoek van de eetzaal. 'De tafel waar die dame zit is gereserveerd op naam van Kesselaar.'

Menno draait zich om en kijkt naar een aantrekkelijke brunette die in haar eentje een kop koffie drinkt. Als ze merkt dat er naar haar gekeken wordt, kijkt ze terug en staat op. Met een glimlach komt ze op Menno af. 'Ik ben Vera van Dijk, ik kom namens Eduard Kesselaar.' Ze steekt haar hand naar Menno uit en hij schudt hem.

'Probleem opgelost,' zegt de ober. 'Had u de lunchkaart willen zien?'

'Heel graag,' zegt de vrouw. 'En nog een koffie graag. Voor jou ook?' Vragend kijkt ze Menno aan.

Hij knikt en volgt haar naar de tafel. Ze neemt plaats op de hoekbank, hij gaat haaks naast haar zitten.

'Zo,' zegt ze met een glimlach. 'Ik ben Eduards personal assistant. Hij kon niet komen, dus je zult het met mij moeten doen.'

Een crimineel met een personal assistant. Als hij niet zo gespannen was geweest, was Menno in lachen uitgebarsten. In plaats daarvan wacht hij af.

Vera komt meteen ter zake. 'Ik heb begrepen dat er problemen zijn met de afbetaling van wat je Eduard schuldig bent.'

'Dat klopt. Ik heb dat geld niet en ik kan er ook niet aan komen. Niet op korte termijn in ieder geval.'

'En op de lange termijn?'

'Ik heb een huis op Texel dat ik te koop kan zetten, maar ik kan natuurlijk niet voorspellen hoelang het duurt voor ik het kwijt ben. Hetzelfde geldt voor mijn eigen huis.'

De menukaarten worden gebracht. Vera werpt er een korte blik op en bestelt pasta, Menno neemt voor het gemak hetzelfde.

'Wat wilt u erbij drinken?' vraagt de serveerster.

'Ik heb wel zin in een glas witte wijn,' zegt Vera. 'Doe maar een fles sauvignon. Je drinkt toch mee?' Vragend kijkt ze Menno aan.

Hij knikt. Wijn, bier, kraanwater, het kan hem geen barst schelen wat ze drinken.

'Goed,' zegt Vera als ze weer alleen zijn. 'Ik begrijp het, Menno. En Eduard begrijpt het ook. Hij heeft er geen bezwaar tegen om op zijn geld te wachten. Hij vraagt zich alleen af of jij de rente wel kunt betalen.'

'De rente?'

'Tienduizend euro per dag.'

'Aha,' zegt Menno langzaam. 'Heet dat rente.'

Vera zwijgt als de serveerster met de wijn en twee glazen aan hun tafel verschijnt. Het meisje schenkt in en loopt weer weg. Vera buigt zich naar Menno toe. 'Eduard heeft je een dienst bewezen en nu is het tijd om af te rekenen. Als je dat niet kunt, wil hij rente. Dat lijkt me redelijk.'

Menno zwijgt even. 'Ik zou graag een keer met Eduard willen praten.'

'Ik ben bang dat dat niet mogelijk is. Het heeft ook weinig zin. Wij praten nu toch? Als jij uitstel van betaling wilt, vindt hij dat prima, maar daar staat wat tegenover. Als zakenman zul je dat begrijpen.' Vera pakt haar glas. 'Proost. Op de goede afloop.' Ze tikt met haar glas tegen dat van Menno. Dan schuift ze over de bank naar hem toe en kust hem op de mond.

Compleet overrompeld kijkt hij haar aan.

'Sorry,' zegt ze met een lachje, haar gezicht nog steeds dicht bij het zijne. 'Dit moet lijken op een romantisch afspraakje.' Ze legt haar hand op zijn arm. 'Jan zei dat je je auto gaat verkopen?'

'Ja.'

'Heel goed. Dat getuigt van goede wil. En je vrouw heeft toch een strandhuisje?'

'Dat kan ik niet verkopen, het staat op haar naam.'

'Jammer. Maar goed, het had toch niet genoeg opgeleverd.' Vera laat haar hand van zijn arm glijden en neemt een slokje wijn. Ze blijft dicht naast hem zitten, zo dichtbij dat hij haar parfum kan ruiken.

Hun gerechten worden gebracht en tot zijn verrassing heeft Menno trek. Vanochtend, met Jan, heeft hij niet ontbeten en nu rammelt hij. Er zijn meer mensen binnen komen zitten, en zolang de serveerster in hun buurt rondloopt, converseert Vera op luchtige toon over het eten en het mooie weer.

Zodra de serveerster naar achteren is gegaan, zegt ze: 'Er is nog een andere manier om je schuld af te betalen. Ik wil je namens Eduard een voorstel doen.'

Meteen is Menno alert. Hij laat zijn bestek zakken en kijkt Vera aan.

'Jij hebt iets wat Eduard niet heeft, maar wel goed kan gebruiken,' zegt Vera terwijl ze wat pasta aan haar vork prikt.

‘Wat dan?’

‘Een transportbedrijf. Eduard zou graag zaken met je willen doen.’

Ze heeft die woorden nog niet uitgesproken of Menno begrijpt het. Daar is het Ed al die tijd om te doen geweest. Hij heeft zich laten verblinden door die schuld, dacht het probleem te kunnen oplossen door wat bezittingen te verkopen, terwijl het in werkelijkheid om iets heel anders ging. Hoeveel geld hij ook bij elkaar had gesprokkeld, ze zouden altijd een reden hebben gevonden om meer te eisen.

Hij neemt een grote slok wijn, zet het glas neer en vraagt, hoewel hij het antwoord al weet: ‘Wat voor zaken?’

Vera glimlacht en legt haar hand op de zijne. ‘Wij willen dat je iets voor ons gaat vervoeren.’

‘Wat dan?’

‘Zaken die we hier niet gaan benoemen.’

‘Drugs.’

‘Sst!’ Ze leunt met haar elleboog op tafel, zodat ze Menno kan aankijken, en legt haar vinger tegen zijn lippen.

‘Dat kun je rustig uit je hoofd zetten,’ zegt Menno.

‘Niet meteen zo afwijzend.’ Vera blijft glimlachen. ‘Wedden dat ik je kan overtuigen om mee te werken? Laten we het eens over je zoon hebben. Luuk heet hij, toch?’

19

Het is alsof er opeens een poolwind opsteekt. Ondanks zijn warme pak krijgt Menno kippenvel. 'Wat heeft mijn zoon hiermee te maken?' vraagt hij met een dreigende ondertoon in zijn stem.

'Heel veel. We kennen hem goed.'

Hij gelooft haar direct. Het is alsof hij naar een toneelpodium kijkt waar een doek wordt weggetrokken, zodat hij zicht krijgt op wat zich daarachter afspeelt.

'De gokschulden,' zegt hij.

'Precies. Daarmee heeft hij zich behoorlijk in de nesten gewerkt. We hebben hem de kans gegeven zijn schulden af te lossen door een klusje voor ons op te knappen. Dat liep helaas op niets uit, maar nu wordt hij gezocht door de politie.'

'Wat hebben jullie hem geflikt?' Met een snelle uitval grijpt Menno Vera bij de pols.

Zonder te antwoorden kijkt ze naar zijn hand, net zolang tot hij haar loslaat.

'Rustig.' Vera schuift een eindje bij hem vandaan. 'Luuk heeft vrijwillig meegedaan.'

'Waaraan? Waar heb je het over?'

'Een overval op een juwelierszaak. Rustige buurt, weinig risico. Het had soepel moeten verlopen, zonder dat er slachtoffers vielen. Er was aan alles gedacht, maar de factor pech kun je niet uitschakelen. Toevallig was er net een agent in burger in de zaak, en die greep in. Onze jongens konden ontkomen, maar een van hen is later alsnog opgepakt. Tot nu toe heeft hij geweigerd de namen van zijn handlangers te noemen.' Vera kijkt hem recht aan. 'Maar dat kan natuurlijk veranderen.'

Vervuld van een duistere woede kijkt Menno terug. 'Wat wil je?'

'Dat heb ik net al gezegd. We willen zaken doen met jou. In Luuk zijn we niet geïnteresseerd. We laten hem met rust en zorgen dat de politie niet achter zijn identiteit komt, en in ruil daarvoor ga jij met ons samenwerken. Dan ben je ook van je schuld af. Hier heb je een mobiele telefoon, prepaid. Bel me daarmee als je contact wilt. Mijn nummer staat op de doos.' Vera haalt een vierkant pakketje uit haar tas en schuift het hem toe.

Menno kijkt naar de doos, maar raakt hem niet aan.

'Dat is toch een goede deal?' zegt Vera.

Daarop wil Menno zoveel terugzeggen dat hij niet kan kiezen, en dus zegt hij niets. Hij stikt bijna in zijn woede, zou dat klotewijf het liefst bij de keel grijpen, maar blijft onbeweeglijk zitten. Want ook al zit ze nu een meter bij hem vandaan, ze heeft hem bij de ballen. En flink ook.

Hij gaat niet terug naar kantoor. In de auto stuurt hij Ruben een bericht dat hij ziek is, waarna hij de parkeergarage uit rijdt. Voor de slagboom pingelt zijn telefoon ten teken dat hij een bericht heeft. In de veronderstelling dat het Ruben is, werpt hij een blik op de display. Het is Bram, van de Audi-garage.

Vijftigduizend. Meer kan ik er helaas niet van maken.

Snel typt Menno een bericht terug. *Laat maar. Ik heb me bedacht.*

Hij stopt de parkeerkaart in de automaat, de slagboom gaat open en hij trekt op.

Tijdens de korte rit naar huis razen de gedachten door zijn hoofd. Woede, onmacht, spijt, een wirwar van emoties houdt hem in een wurggreep en belet hem helder na te denken. Een doffe hoofdpijn komt opzetten. Hoe is hij in vredesnaam in deze nachtmerrie beland? Waar heeft hij de verkeerde afslag genomen?

Dat is natuurlijk duidelijk: op het moment dat hij op Jans voorstel inging. Jan heeft hem voorgesteld Ed Kesselaar in te schakelen, dus misschien zit Jan in het complot. Als dat zo is, beukt hij hem neer.

Vol onderdrukte woede en frustratie draait Menno de oprijlaan naar zijn huis op. Het liefst zou hij Jan bellen, maar hij moet eerst met Luuk praten. Die heeft donderdags tot één uur school en het is halfdrie, dus hij zou thuis moeten zijn.

Menno parkeert de auto, gaat zijn huis in en roept zijn zoon. Zijn stem echoot in de hal, en ergens boven hoort hij Luuk 'Ja!' roepen. Even later komt hij de trap af.

'Waar is je moeder?' vraagt Menno.

'Weg, naar oma.'

'O ja,' zegt Menno. 'Kom eens mee, ik moet met je praten.'

Ze gaan tegenover elkaar aan de keukentafel zitten. Menno legt zijn armen op het blad en kijkt Luuk ernstig aan.

'En nu het hele verhaal,' zegt hij. 'Waar ken jij dat tuig van en hoe haal je het in je hersens om een overval te plegen?'

Zichtbaar geschrokken kijkt Luuk terug. Even weifelt hij, maar blijkbaar komt hij tot de conclusie dat er geen ontkomen aan is. 'Ik ken ze via via. Door Rodney, en door vrienden van hem. Eerst leken het me wel chille gasten, tot we gingen pokeren. Ze lieten me geloven dat het voor de lol was, dat die fiches niets waard waren. Ik verloor steeds, maar ik bleef spelen want ze zeiden dat ik moest oefenen. Maar ik bleef verliezen. En toen wilden ze opeens geld zien.'

‘En jij dacht, ik ga een juwelier overvallen.’

‘Nee, ik wist helemaal niet wat ze van plan waren. Ze zeiden dat ze iemand een lesje moesten leren en vroegen of ik op de uitkijk wilde staan. Dan zou ik ze niets meer schuldig zijn. Dus ik zei ja.’

‘Klojo! Had je geen argwaan? Je moet toch iets in de gaten hebben gehad?’

‘Ze vertelden me toch niets? En ze liepen ook niet met bivakmutsen en wapens rond of zo, dus hoe moest ik weten wat ze van plan waren?’

‘Je gaat toch niet op de uitkijk staan zonder dat je weet waarvoor? Zo stom ben je toch niet?’

‘Nee, jij bent lekker slim,’ zegt Luuk geërgerd. ‘Gaat geld opnemen bij de bank voor twee criminelen.’

‘Dat deed ik voor jou, ja! Om jou uit de brand te helpen.’

In een broeierige sfeer zitten ze tegenover elkaar. Menno bestudeert zijn zoon. Hij zou hem graag willen geloven. Een overval plegen lijkt hem niets voor Luuk, maar wat weet je als ouder feitelijk van je kind? Hoe dan ook, hij heeft het gedaan, en nu zitten ze ermee. De jongen heeft trouwens gelijk, zo slim is hij zelf ook niet geweest.

Hij hervindt zijn kalmte en zegt: ‘Wat is er misgegaan?’

‘Iemand in die winkel greep in en toen gingen die jongens ervandoor. Eén werd tegengehouden, maar hij had een revolver en schoot. Niet op de juwelier, maar op die klant. Later hoorden we dat dat een agent was.’

Menno voelt alle zuurstof uit zijn longen wegstromen. Dat heeft Vera er niet bij gezegd. Hij ademt diep in. ‘Heeft hij het overleefd?’

Luuk knikt en Menno haalt verlicht adem. ‘Goddank.’

‘Als ik had geweten wat ze van plan waren, had ik nooit meegedaan, pap.’ Luuks gezicht staat niet langer afwerend maar smekend, en zijn stem gaat een octaaf omhoog. ‘Echt, je moet me geloven. Zoiets zou ik nooit doen. En die agent, dat vind ik verschrikkelijk. Ik heb er nachten niet van geslapen.'

'Ik geloof je.' Vermoeid wrijft Menno over zijn gezicht. 'Heeft de politie een idee wie de daders zijn?'

'Die ene jongen die heeft geschoten, Sem, zit vast. Die ander kon ontkomen, en ik dus ook. De politie weet niet hoe we heten, en Sem zegt niets.'

'Dat moet je nog maar afwachten.'

'Hij gaat echt niet praten. Waarom zou hij? Hij is degene die heeft geschoten, en hij krijgt echt niet minder straf als hij ons erbij lapt. Maar hij krijgt zeker problemen als hij dat wel doet. Dat weet hij, er is een soort erecode in die *gang*. Matennaaiers zijn niet populair.' Opeens kijkt Luuk op. 'Hoe weet jij trouwens van die overval?'

'Wat denk je? Ik zit er nu ook tot mijn nek in.'

'Chanteren ze je?'

Menno knikt.

Er valt een lange, diepe stilte waarin Luuk het duidelijk moeilijk heeft. Uiteindelijk zegt hij zacht: 'Het spijt me, pap.'

'Mij ook. Maar ik wil niet dat jij er verder over inzit. Ik regel het wel.'

'Weet mama het?'

'Nee,' zegt Menno. 'En dat houden we zo.'

20

De zee, steeds opnieuw de zee. Ze kan er geen genoeg van krijgen hem vast te leggen. Sascha doet een stap naar achteren en bekijkt het kleine olieverfschilderij waar ze net de laatste hand aan heeft gelegd. Thuis heeft ze een flink atelier tot haar beschikking, maar ze werkt het liefst hier, in het strandhuisje.

Op haar gemak maakt ze de penselen schoon en ruimt de tubes verf op. Genoeg gewerkt, tijd om te zwemmen. Het is al oktober, het zou weleens de laatste keer dit jaar kunnen zijn.

Snel trekt ze haar short en hemdje uit en verwisselt ze voor een badpak. Ze pakt haar zwembril, stapt de vlonder op en sluit het huisje af. De sleutel verbergt ze in een kier van de vlonder.

Op haar gemak, genietend van de zon op haar huid, loopt ze naar de vloedlijn. Ze huivert als er een golfje over haar voeten spoelt. De beste manier om door te komen is in één keer erin. Dat heeft haar vader haar al vroeg bijgebracht. Hij was altijd trots als ze zonder te piepen de zee in dook, hoe koud het water ook was. Wat dat betreft is ze heel anders dan haar zus, die, samen met hun moeder, liever in de zon bleef liggen. Marlies heeft vrij laat haar zwemdiploma's gehaald, terwijl zij, Sascha, acht was toen ze A, B en C op zak had. Daarna is ze doorgegaan met zwemmen, aangemoedigd door haar vader, die bij de vrijwillige reddingsbrigade van Bloemendaal zat. Ze deden samen aan waterpolo en langeafstandzwemmen, waarmee ze stevige armspieren ontwikkelde. Als het weer het toeliet zwommen ze in zee, wat ze als kind erg spannend vond. De weidsheid en diepte van het water, dat een eigen leven leek te leiden, trokken haar aan en beangstigden haar tegelijk. Ze hapte naar adem als een golf in haar gezicht sloeg, maar leerde door te zwemmen in plaats van in paniek te raken. Ze luisterde naar haar vaders aanwijzingen en begon de zee te zien als een bondgenoot in plaats van een vijand.

Sascha loopt een eindje het water in, zet haar zwembril op en duikt onder. Een stille, groene wereld verwelkomt haar. Ontspannen kijkt ze om zich heen, terwijl ze met rustige slagen zwemt.

Ze is nooit bang geweest onder water. Haar vader heeft haar geleerd eerst minutenlang diep in te ademen, zodat haar bloed volop zuurstof kon opnemen. Daardoor kon ze het aanmerkelijk langer volhouden.

Haar vader.

Vandaag is het vijftien jaar geleden dat hij stierf, maar ze kan nog steeds niet over hem praten zonder emotioneel te worden.

Na een uur komt ze buiten adem terug op het strand. In het huisje kleedt ze zich om, daarna sluit ze af en loopt naar de parkeerplaats. Het is drie uur, een mooie tijd om even langs haar moeder te gaan.

Het is een kort ritje, het tehuis is vlak bij Bloemendaal. Ook vandaag is het terras gevuld met bejaarden, die met steunkousen en bedekkende kleding onder een parasol zitten.

Ze zwaait naar Carolien, die haar moeder in een rolstoel

door het park duwt, en gaat naar binnen.

Sascha's moeder zit in de centrale huiskamer, in gezelschap van een paar andere dames. Een van hen heeft een babypop in haar armen en kijkt er vertederd op neer.

'Hallo, mam.' Sascha kust haar moeder op de wang. Haar moeder kijkt op en zegt dat ze naar haar kamer wil.

Gearmd lopen ze door de huiskamer, naar de gang. Daar gilt iemand de boel bij elkaar, maar haar moeder lijkt er geen erg in te hebben.

'De bus kwam niet,' zegt ze. 'Nu moeten we dat hele stuk lopen.'

'Dat geeft toch niet? Lekker, even wandelen.'

'Voor u misschien, maar ik heb meer te doen.'

In de kamer aangekomen helpt Sascha haar moeder in haar stoel en praat wat over koetjes en kalfjes. Intussen kijkt ze naar de trouwfoto aan de wand. Haar moeder stralend in haar japon, slank en knap, haar vader recht en lang, onherkenbaar jong. Het beeld ontroert haar elke keer weer. Twee mensen aan het begin van een leven samen, onwetend van wat de toekomst zou brengen. Het vervult haar altijd met nostalgie, vermengd met een zweem van angst, alsof ze iets opvangt van wat het leven voor haar in petto heeft.

'Ik wil naar mijn dochter,' zegt haar moeder opeens.

Verrast kijkt Sascha haar aan. 'Wat?'

'Mijn dochter, zei ik. Ik heb haar al zo lang niet gezien.'

'Bedoel je Marlies?'

Haar moeder fronst licht haar wenkbrauwen en staart voor zich uit. 'Mijn dochter,' herhaalt ze.

'Ze komt binnenkort. Vandaag ben ik er. Sascha.'

Een merel landt op de vensterbank en haar moeder wijst ernaar. 'Kijk, een vogel.' Ze begint een verhaal waar Sascha geen touw aan vast kan knopen, maar waar ze met instemmende geluiden op reageert.

Na een halfuur oogt haar moeder vermoeid en dut ze af en toe in.

Sascha staat op, en dan is ze weer klaarwakker. 'Wie bent u?' vraagt ze verschrikt.

'Ik was even op bezoek,' zegt Sascha. 'Ga maar lekker slapen. Ik kom snel weer terug.'

Vlak voor ze de deur uit gaat, hoort ze haar moeder zeggen: 'Wanneer komt mijn dochter?'

'Ik vraag me elke keer af wie ze bedoelt, Marlies of mij,' zegt Sascha. 'En waarom ze in het enkelvoud spreekt.' Ze wandelt naast Carolien door de tuin van het tehuis.

'Misschien bedoelt ze jullie allebei. Ze herkent je niet, maar ze is zich er wel van bewust dat ze een dochter heeft.'

'Ze heeft er twee. Waarom zegt ze niet "dochters"?'

'Waarschijnlijk bedoelt ze inderdaad je zus. Die komt niet zo vaak, toch?'

'Zelden. En dat vind ik zo zielig voor mijn moeder.' Sascha knippert met haar ogen.

Carolien kijkt haar van opzij aan en slaat een arm om haar heen.

21

Tegen halfvijf is ze weer thuis, ruim op tijd om een kip in de oven te zetten en een salade in elkaar te draaien. Menno is er al, ze ziet zijn auto staan. Luuks fiets staat tegen de gevel. Mooi, dan kunnen ze op tijd eten.

Sascha gaat naar binnen en roept dat ze thuis is, maar er komt geen reactie. Ze loopt door naar de woonkamer en ziet de tuindeuren openstaan. Menno zit niet op het terras. Net als ze naar zijn werkkamer wil gaan, komt hij door de tuin aanlopen, met een sigaret tussen zijn vingers.

Ze wacht tot hij bij haar is en zegt: 'Je rookt.' Haar stem klinkt vragend.

'Ja, heel af en toe heb ik daar behoefte aan.' Menno gooit de peuk op de grond en trapt hem uit.

'Ging je bespreking niet goed?'

'Bespreking?'

'Die lunch van vanmiddag. Je had toch een nieuwe klant?'

'O ja. Dat ging prima. Die opdracht is waarschijnlijk binnen.'

'Mooi,' zegt ze, met een blik op de peuk. 'Wordt het een grote opdracht? Een die een beetje armslag geeft?'

'Dat denk ik wel. Wat eten we?'

'Ik heb kip met sla.'

'Daar heb ik geen trek in, ik laat wel sushi komen.' Menno pakt zijn telefoon en gaat naar binnen.

Ze kijkt hem na en loopt dan de tuin in. Hij is het vergeten. Misschien moet ze het hem niet kwalijk nemen, de sterfdag van haar vader is in haar geheugen verankerd, niet in het zijne. Dat zij de datum waarop Menno's vader is gestorven wel onthoudt, doet er niet toe.

Ze pakt haar telefoon en belt Marlies. De telefoon gaat over, steeds weer. Sascha wacht net zolang tot de voicemail aanslaat en verbreekt dan de verbinding. Ze heeft geen zin om iets in te spreken. Terwijl ze terug naar het terras loopt, komt er een whatsappje binnen van Astrid, haar schoonmoeder.

Sterkte vandaag.

Dat is het enige wat er staat, maar het brengt een glimlachje op Sascha's gezicht. De band met haar schoonmoeder is niet heel sterk, ze is een nogal dominante persoonlijkheid, maar ze heeft ook een lieve, zorgzame kant.

Ze eten op het terras. Zelfs na een paar subtiele opmerkingen van Sascha lijkt Menno noch Luuk zich te realiseren wat voor dag het vandaag is.

Menno's telefoon gaat, en geheel in strijd met zijn eigen regels over bellen tijdens het eten, neemt hij op. Het is een kort gesprek, dat van zijn kant voornamelijk uit 'ja' en 'nee' bestaat.

'Ik moet zo weg,' zegt hij, als hij klaar is. 'Het kan laat worden.'

Sascha vraagt niet waar hij zo nodig naartoe moet. Eigenlijk komt het haar wel goed uit.

'Ik ga ook weg,' zegt ze. 'Naar Leonora.'

Gelukkig is Leonora er wel voor in om wat te gaan drinken in de stad. De terrassen zitten vol, heel Haarlem lijkt buiten te zijn. Sascha haalt haar vriendin op van het kantoor waar ze werkt, dat in het centrum zit.

'Eindelijk vrij. Het was vandaag veel te mooi weer om te werken.' Leonora heft haar gezicht naar de zon. 'Heb jij al gegeten?'

'Ja, sushi. We waren vroeg vandaag. Jij moet natuurlijk nog wel wat hebben. Waar wil je naartoe?'

'Maakt niet uit. Zullen we daar gaan zitten?' Leonora knikt naar een tafeltje op het terras van Brasserie van Beinum, waar net twee mensen weggaan.

Het duurt een tijd voor ze kunnen bestellen, maar Sascha vindt het niet erg. Met een jasje aan is het nog lekker genoeg om buiten te zitten.

Ze laten een fles wijn komen en vis voor Leonora, en ze praten bij. Heel even over Sascha's vader, en heel lang over Leonora's gecompliceerde verhouding met Jeroen, een weduwnaar met twee kinderen.

'Hij ziet mij als een tweede moeder voor zijn dochters. Het liefst heeft hij dat ik vanavond nog bij hen intrek, maar daar voel ik niets voor. Dat latten bevalt me prima. En volgens mij zitten die meiden van hem er ook niet op te wachten dat ik ze ga bemoederen. Dus ik laat het zo.'

Sascha luistert, knikt, vraagt en stemt in.

Later, als het fris wordt en ze haar hart heeft uitgestort, stapt Leonora op. 'Ik zou nog even naar Jeroen gaan. Ilona en Rianne gaan rond deze tijd uit, dus we zijn lekker met z'n tweetjes.'

'Doe hem de groeten.' Sascha staat ook op en pakt haar tas. Ze geven elkaar een zoen, gaan ieder een kant uit en zwaaien nog even.

Op de Grote Markt blijft Sascha staan. Ze heeft helemaal geen zin om naar huis te gaan en in haar eentje op de bank te zitten. Het is nog een gezellige boel in de restaurants en cafés op het plein.

De meeste gasten zitten buiten, op de verwarmde terrassen, maar er zijn er ook die al naar binnen zijn verhuisd.

Sascha zoekt een plekje aan de bar van XO. Oscar staat glazen te spoelen en kijkt haar blij verrast aan. 'Sas, wat gezellig! Ben je alleen?'

'Nu wel. Ik was met een vriendin, maar ze is naar huis gegaan.'

'En jij dacht, ik ga nog even naar Oscar.'

Sascha glimlacht alleen maar. Dat was precies wat ze dacht, maar dat hoeft hij niet te weten.

'Wat wil je drinken, schoonheid?'

'Doe maar een whisky.'

'Toe maar, aan de sterkedrank? Dan doe ik met je mee.'

'Moet jij niet aan het werk?'

'Niet per se. Eigenlijk is dit mijn vrije avond, maar met mooi weer zijn er altijd extra handen nodig. Dan spring ik even bij.' Hij pakt een fles Glenmorangie, Sascha's lievelingsmerk. Ze drinkt niet vaak whisky, daar vindt ze het te lekker voor. Net als met wijn is het makkelijker om het eerste glas niet te nemen dan het tweede of derde te laten staan.

'Deze is van het huis,' zegt Oscar terwijl hij een flinke bodem in hun glazen schenkt. Hij pakt er een op en houdt hem in de lucht. 'Proost.'

Sascha volgt zijn voorbeeld. 'Op mijn vader,' zegt ze. 'Die vandaag vijftien jaar geleden verdronken is.'

22

'Strikt gesproken is hij overleden aan een hartstilstand,' zegt Sascha. 'Maar hij zwom in zee, dus hij was kansloos. Anders had hij misschien nog gereanimeerd kunnen worden.'

Ze voelt de alcohol al naar haar hoofd stijgen en haar stem sleept een beetje. Leunend op de bar heeft ze haar verhaal verteld, achterelkaar door. Oscar heeft geluisterd zonder haar één keer te onderbreken.

'Wauw,' zegt hij. 'Dat is heftig. Was hij alleen?'

Ze knikt. 'Ik was met Luuk aan de vloedlijn een zandkasteel aan het bouwen. Hij was nog maar twee, dus ik kon mijn vader niet achternazwemmen toen ik hem niet meer zag.'

Oscar kijkt haar ernstig aan. 'Je bedoelt dat je je vader hebt zien verdrinken?'

'Dat niet echt. Ik heb hem niet terug zien komen. Pas toen het te laat was en hij uit het water werd gehaald.'

'Wat vreselijk.' Zijn ogen blijven op haar gericht, intens en meelevend. 'En je moeder? Leeft zij nog?'

'Ja, maar ze is dement.'

Ze begint weer te vertellen, er is geen houden meer aan. De woorden vloeien als vanzelf over haar lippen, alsof ze hebben liggen wachten op het juiste moment. Op de juiste persoon misschien wel.

'Sorry dat ik je hiermee lastigval,' zegt ze als ze uitgesproken is. 'Je zult wel denken.'

'Geen probleem. Blijkbaar had je het nodig.'

'Ja, Menno heeft andere dingen aan zijn hoofd.'

'Dan kan hij er toch ook wel voor jou zijn?'

Ze glimlacht flauwtjes. 'Op het moment even niet.'

'Hebben jullie problemen?'

'Ach nee, dat ook weer niet. We zijn ieder met onze eigen dingen bezig. Menno is niet zo'n prater. Hij heeft me nooit betrokken bij zijn problemen. Alleen als de zaken goed gaan hoor je hem. Dat meet hij breed uit.'

'Ik ken hem alleen van gezicht, maar hij lijkt me nogal een mannetje. Trots, eigengereid.'

Nu voelt Sascha toch de plicht Menno te verdedigen. 'Dat kán hij zijn, maar hij is ook een harde werker. En hij doet alles voor zijn gezin.'

'Vast, anders was je niet zo lang met hem getrouwd. Ik zag je man vandaag trouwens nog. Hij zat hier te lunchen.'

'Ja, klopt, hij had een afspraak met een nieuwe klant. Het was een belangrijke opdracht.'

Er verschijnt een nadenkende blik op Oscars gezicht en hij kijkt van haar weg.

'Wat is er?' vraagt Sascha als het te lang stil blijft.

'Niets,' zegt hij, maar ze hoort aan zijn stem dat er wel degelijk iets is. Ze dringt aan en ten slotte capituleert hij. 'Ik heb me de hele middag afgevraagd met wie hij daar zat. Het zag er niet uit als een zakelijke afspraak.'

Ze staart hem aan, voelt onraad. 'Hoezo?'

'Ik wilde het je eigenlijk een andere keer vertellen, niet nu je met je vaders sterfdag zit.'

'Wát, Oscar?'

Na een laatste aarzeling pakt hij zijn telefoon en legt hem tussen hen in. 'Ik heb een paar foto's gemaakt, voor het geval je me niet zou geloven.'

Hij draait de telefoon om, zodat ze de display beter kan

zien. Nog voor Sascha er een blik op geworpen heeft, weet ze wat ze te zien krijgt. Wat kan Oscar anders bedoelen dan een vrouw? En hij heeft gelijk, zonder die opnames zou ze hem niet geloofd hebben. Maar het bewijs is onweerlegbaar. De telefoon toont Menno met een vrouw, een knappe brunette, met wie hij wijn drinkt en proost, en die dicht tegen hem aan zit. Die hem op de mond kust.

Sascha kijkt er lange tijd naar. Het komt in de buurt van zelfkwelling, maar het is nodig. Dit is haar man. Met een andere vrouw. Ze ziet het, en toch weigeren haar hersenen de beelden te accepteren. Ze zal er nog veel vaker naar moeten kijken om de waarheid tot zich te laten doordringen.

Ze schuift de telefoon terug naar Oscar. 'Wil je die foto's naar me appen?' vraagt ze schor.

Het is alweer een paar jaar geleden dat Menno vreemdging met de lerares Engels van Luuk. Hij kreeg gevoelens voor haar omdat hij zo goed met haar kon praten, zoals hij later uitlegde. Heel verrassend dat hij behoefte had aan praten, want tegen Sascha zei hij nooit zoveel. Misschien dat dat nog het meest stak, dat hij zijn zorgen met iemand anders had gedeeld.

Inmiddels is de wond die zijn affaire bij haar heeft achtergelaten geheeld, al is hij nog steeds gevoelig. En sindsdien heeft ze geen tienminutengesprek op school gemist.

Het heeft een tijd geduurd voor ze Menno weer toeliet en ze zich niet meer afvroeg wat hij nog meer met die tong had gedaan als hij haar kuste. Pas toen ze in therapie ging en oog kreeg voor haar eigen aandeel in hun huwelijksproblemen kon ze hem vergeven, en vonden ze de weg naar elkaar terug.

Nu, kijkend naar de foto's die Oscar haar geappt heeft, wordt alles waar ze in geloofde en op vertrouwde aan splinters geslagen.

'Het spijt me,' zegt Oscar zacht. 'Ik twijfelde of ik je ze moest laten zien. Meteen vanavond, bedoel ik. Het is al geen gemakkelijke dag voor je geweest...'

Sascha zet haar telefoon uit en blijft ermee in haar handen zitten. 'Het is goed dat je het verteld hebt,' zegt ze met doffe stem. 'Sommige dingen moet je weten, of je het leuk vindt of niet.'

'Zal ik je naar huis brengen? Ik laat je zo niet in de auto stappen.'

'Nee, dank je. Ik heb er geen enkele behoefte aan om naar huis te gaan. Ik denk dat ik een hotel neem.'

'Hiernaast zit er een. Zal ik vragen of er een kamer vrij is?'

Ze knikt. Oscar wenkt een van zijn collega's en vraagt hem een kamer te regelen. Meteen daarna richt hij zijn aandacht weer op Sascha, troost haar en laat haar praten.

De collega komt terug en steekt zijn duim op. Oscar knikt hem toe en zegt: 'Geregeld.'

'Fijn,' zegt Sascha. 'Dan ga ik maar. Jullie gaan zo sluiten.'

'Je mag zo lang blijven als je wilt. Desnoods zitten we hier de hele nacht.' Hij kijkt haar aan met een blik die zo intiem is als een aanraking.

Sascha kijkt terug, vijf, tien, vijftien seconden. Ze legt haar hand op die van hem en zegt zacht: 'Ik wil naar mijn kamer. Ga je mee?'

Binnen tien minuten zijn ze in de kamer van het naastgelegen hotel. Oscar doet de deur achter hen dicht en neemt haar in zijn armen. Het voelt als een houdgreep, en een lichte huivering van opwinding loopt over Sascha's rug.

Hij kust haar, trekt haar dicht tegen zich aan. Dan laat hij zijn armen naar haar middel glijden en doet haar jurk omhoog. Ze steekt haar armen in de lucht zodat hij het kledingstuk over haar hoofd kan trekken. Meteen daarna maakt hij haar bh los en laat hem op de grond vallen.

Sascha voelt zich opeens kwetsbaar, zo in haar slipje. Ze begint de knoopjes van zijn overhemd los te maken. Terwijl ze daarmee bezig is, knoopt hij zijn broek los en werkt zich eruit. Hij schuifelt naar het bed, duwt haar met zachte dwang voor zich uit. Ze laat zich op de sprei zakken, gaat liggen en dan is het alsof ze zichzelf van een afstandje bekijkt. Niet te geloven dat ze dit echt laat gebeuren. Ze kan nog terug.

Maar nee, haar opwinding is te groot, ze wil deze man, al is het maar voor één keer. Ze wil zijn lichaam verkennen, hem in haar voelen, weten hoe seks met hem is. Als ze al twijfels had, dan is het nu te laat, want Oscar laat zich boven op haar vallen. Na een aanval op haar borsten kan hij zich blijkbaar niet langer beheersen. Hij stoot in haar en gaat als een razende tekeer, tot hij met een brul klaarkomt. Daarna blijft hij op haar liggen nahijgen.

Verbouwereerd kijkt Sascha naar het plafond. Ze geeft Oscar een duwtje, zodat hij opzij rolt.

'Zo,' zegt hij. 'Dat was geweldig.' Hij kijkt naar haar, legt een hand op haar borst, maar Sascha staat op.

'Ik ga douchen,' zegt ze. 'En daarna wil ik slapen. Alleen.'

'Prima.' Hij komt ook overeind en kleedt zich aan. 'Dan zie ik je wel weer.'

Na een kus, die ze met tegenzin in ontvangst neemt, gaat hij weg. Zodra de deur achter hem dichtvalt, doet Sascha die op slot en loopt naar de badkamer. Ze zet de douche aan en ondanks het late uur blijft ze er net zolang onder staan tot ze zeker weet dat ze niet meer hoeft te huilen.

23

Jan heeft een gescheurde lip, een enorm blauw oog en hij loopt een beetje moeilijk.

'Wat is er met jou gebeurd?' vraagt Menno geschrokken als hij zijn vriend in het park tegemoet loopt.

'Ongelukje.'

'Dat zie ik, ja. Wat is er gebeurd?'

'Van de trap geduikeld. Heel stom.'

Met een kritische blik neemt Menno hem op. 'Daar krijg je geen blauw oog van. Je ziet eruit alsof je een pak op je lazer hebt gehad.'

'Misschien is dat ook wel zo.'

'Echt waar? Wie heeft dat gedaan? Het was toch niet...' Hij valt abrupt stil, kijkt Jan aan en vraagt: 'Was het Ed?'

'Een van zijn mannetjes. Ed maakt zelf zijn handen niet vuil.'

'Ik dacht dat jullie oude vrienden waren!'

'Waren,' herhaalt Jan. 'Dat zeg je goed. Ik vrees dat die vriendschap al een tijdje over zijn hoogtepunt heen is.'

'Jezus, man. Laten we even gaan zitten. Daar, op dat bankje.'

Ze lopen langzaam naar het bankje toe en laten zich erop neerzakken. Bezorgd neemt Menno zijn vriend op. 'Wat is er met je been?'

'Een beetje gekneusd, paar blauwe plekken. Niets wat niet

overgaat.' Jan trekt een gepijnigd gezicht en zucht. 'Ik heb het geprobeerd, Menno. Ik heb geprobeerd Ed op andere gedachten te brengen en jou te laten gaan. Ik zei dat ik een grotere vis op het oog had, maar hij wilde niet opnieuw beginnen met iemand anders. Er komt een transport aan en hij heeft vervoer nodig.'

Even zitten ze in stilte naast elkaar voor zich uit te kijken.

'Het probleem is dat je geen keus hebt,' zegt Jan ten slotte.

'Jawel. Ik kan naar de politie stappen.'

Gisteravond is Menno naar Jan gereden, en toen hij niet thuis bleek te zijn, heeft hij urenlang in de auto zitten wachten. Uiteindelijk is hij naar huis gegaan, om te ontdekken dat Sascha weg was. Vlak daarna kreeg hij een whatsappje met de mededeling dat ze te veel gedronken had en een hotel nam. Hoewel hij dat vreemd vond, kwam het hem wel goed uit. Geen lastige vragen of onderzoekende blikken, maar rust aan zijn kop.

Hij is buiten gaan zitten, waar hij rookte tot het donker werd en gezelschap kreeg van Luuk.

'Pap,' zei zijn zoon, 'ik heb erover nagedacht en ik vind dat je naar de politie moet gaan. Je moet je niet laten chanteren, dan kom je nooit meer van die gasten af. Ik beken wel en neem mijn straf op me.'

Ze hebben lang gepraat. Ver na middernacht hebben ze besloten de politie in te lichten en allebei hun straf te accepteren. Dat vertelt hij Jan nu.

'Luuk is minderjarig, dus waarschijnlijk zal het voor hem wel meevallen, maar besef je dat jij je bedrijf kwijtraakt?' zegt Jan als Menno is uitgepraat.

'Dat gebeurt evengoed wel. Je denkt toch niet dat ze me laten gaan als ik één keer een illegaal vrachtje heb vervoerd?'

'Maar je blijft wel in leven.'

'Overdrijf je nu niet een beetje?'

Ernstig kijkt Jan hem aan. 'Dacht je dat iemand als Ed het bij in elkaar rossen laat? Als hij erachter komt dat jij naar de politie bent gegaan...'

'Hij kan mij omleggen, maar dan krijgt hij zijn geld zeker niet.'

'In die wereld gaat het om meer dan geld alleen. Ed heeft een reputatie hoog te houden. Als hij jou hiermee weg laat komen, neemt niemand hem nog serieus. Ik zeg het je: hij legt je om en dan gaat hij op zoek naar een ander slachtoffer.'

'Met jouw hulp.'

Jan zucht diep. 'Dat vind ik niet prettig, maar ik heb weinig keus.'

Weer zitten ze een tijdje zwijgend voor zich uit te kijken.

'Waarom laat je je zo gebruiken? Waarom maak je er niet een einde aan?' vraagt Menno. 'We kunnen samenwerken. Jouw getuigenis zou een enorm verschil maken.'

'Vast, maar ik hecht nogal aan mijn leven. En aan dat van mijn ex-vrouw en mijn kinderen.'

'Dus we moeten het maar nemen zoals het is? Meewerken en ons leven naar de kloten laten helpen?' Menno's stem klinkt bitter.

'Ik weet niet wat je moet doen, ik kan je alleen vertellen wat ik heb gedaan. Maar als jij naar de politie stapt, moet ik wel mee.'

'Ga dan ook mee. Help me om die klootzakken te pakken te nemen.'

Lange tijd staart Jan voor zich uit. 'Oké,' zegt hij ten slotte.

'Serieus? Ga je met de politie praten?'

'Ja, er moet een einde aan komen. Samen krijgen we hem wel klein.'

Ze knikken elkaar toe, drukken elkaars hand en kijken dan zwijgend voor zich uit.

Sascha is weer thuis, ziet hij als hij tussen de middag de oprijlaan op rijdt om te lunchen. Hij twijfelt of hij haar moet vertellen wat er allemaal speelt. Na de dood van haar vader is ze in een zware depressie geraakt. Met behulp van therapie en medicijnen is ze erbovenop gekomen, maar volgens haar psycholoog moet ze altijd op haar hoede blijven voor een terugval. Bij sommige mensen is de kans op een depressie latent aanwezig, en dat is bij Sascha ook het geval. Een kwestie van genen.

Die donkere jaren, waarin Sascha vocht voor haar herstel, waren ook voor hem erg zwaar. Het valt natuurlijk niet goed te praten dat hij zich heeft laten verleiden tot een verhouding met Natascha, maar hij kan zich nog goed herinneren hoe fijn het was om om te gaan met iemand die zin had in het leven. En die zin had in hém. Misschien was dat nog het belangrijkste, de ontdekking dat hij aantrekkelijk was voor een andere, jongere vrouw. Hij werd verliefd op de liefde, niet zozeer op Natascha. Tegen de tijd dat hij dat besefte, was Sascha al achter hun verhouding gekomen.

Maar dat ligt achter hen, ze zijn er goed doorheen gekomen. Hun huwelijk heeft standgehouden en al zijn er beslist dingen die beter kunnen, ze hebben een relatie die het waard is om te beschermen. Dat houdt ook in dat hij zijn vrouw moet beschermen. Ze heeft genoeg meegemaakt.

Menno parkeert de auto en gaat zijn huis binnen. In de woonkeuken klinkt geluid en hij loopt ernaartoe. Sascha staat bij het kookeiland met een glas wijn in haar hand en kijkt niet op. Haar gezichtsuitdrukking belooft weinig goeds.

'Hé,' zegt hij voorzichtig.

Ze neemt een slok wijn.

'Was het gezellig gisteren?' Hij vraagt het op luchtige toon, alsof de spanning die van haar afstraalt hem ontgaat.

'Heel gezellig.'
'Dat moet wel, als je niet meer thuis kon komen. Had je zoveel gedronken?'
'Blijkbaar.'
De klank van haar stem daagt hem uit daar iets van te vinden, er wat van te zeggen. Even is hij in de verleiding, dan draait hij zich om.
'Je had ook een taxi kunnen nemen.' Menno trekt de kast open en pakt een glas.
'Dat had gekund, ja,' zegt Sascha vlak.
Menno vult het glas met water en neemt een paar slokken. Intussen kijkt hij naar zijn vrouw, die haar telefoon pakt en iets typt. Meteen daarna klinkt er een pingeltje in de zak van zijn colbert. Terwijl hij zijn mobieltje tevoorschijn haalt, ziet hij Sascha strak naar hem kijken. Eén blik op de display maakt hem duidelijk waarom. Ze heeft hem een whatsappje gestuurd. Een foto van hem met die Vera, waarop ze met elkaar proosten. En nog een, waarop ze hem vol op de mond kust.
Menno haalt diep adem en probeert een redelijk klinkende verklaring te bedenken. Die is er niet. Alleen de waarheid kan hem redden. Opeens ziet hij heel helder in dat ze beter kan weten dat hij wordt bedreigd en gechanteerd, dan dat ze denkt dat hij opnieuw vreemdgaat.
'Ik moet je iets vertellen,' zegt hij. 'Laten we even gaan zitten.'
'Ik blijf liever staan.'
'Ook goed. Ik heb niets met die vrouw, Sas. Ik had gistermiddag een afspraak met haar omdat ik word afgeperst.'
Het is eruit. Hij kreeg die woorden bijna zijn strot niet uit, maar het is gelukt. En het voelt goed, de opluchting stroomt door hem heen.
'Afgeperst? Ja, daar ziet het echt naar uit.'

'Ik denk dat ze me kuste om het op een romantische ontmoeting te laten lijken, voor het geval de politie haar in de gaten hield. In ieder geval had ik haar nog nooit gezien. Ze hoort bij een criminele organisatie die me in de tang heeft. Ze willen dat ik drugs voor ze ga vervoeren omdat ik schulden bij ze heb. Daarom had ik geld nodig en wilde ik de auto verkopen.'

'Wacht even.' Niet-begrijpend kijkt Sascha hem aan. 'Wat zeg je nou allemaal? Je hebt schulden bij een criminele organisatie? Hoe kan dat?'

'Het komt wel goed. Ik heb besloten dat ik aangifte ga doen.'

'Dat vroeg ik niet. Ik wil weten hoe het gekomen is.'

Hij vertelt het haar. Hij begint bij de avond dat hij met Luuk is meegegaan om zijn gokschulden af te lossen, en eindigt met het gesprek dat hij vanmiddag met Jan heeft gevoerd. Al die tijd kijkt Sascha hem aan alsof ze hem voor het eerst ziet.

'En dat heb je allemaal voor mij verborgen gehouden?' zegt ze, als hij zijn verhaal gedaan heeft.

'Om je te beschermen. Ik wilde niet dat je je zorgen maakte, en ik dacht...'

'Je dacht? Denk jij ooit weleens na?' Sascha haalt diep adem en barst dan uit: 'Hoe heb je zo stom kunnen zijn! Waarom heb je niet met mij overlegd!'

'We lossen het op. We gaan naar de politie, vertellen het hele verhaal en dan zien we wel. Misschien moeten we in een beschermingsprogramma, en anders verhuizen we zelf, maar ik ga geen drugs vervoeren. Echt, lieverd, je hoeft je geen zorgen te maken. We komen er wel uit.'

'*Wé*? Denk je nou echt dat je dit mijn probleem kunt maken? Je lost het zelf maar op. Ik heb helemaal geen zin om me in jouw shit mee te laten trekken. Ik ben weg, Menno. En als ik thuiskom ben jij vertrokken.' Sascha zet haar lege wijnglas zo hard neer dat het breekt. Met grote stappen loopt ze de keuken uit, grijpt haar tas en haar jas, en gaat het huis uit. Ze gooit de voordeur achter zich dicht en loopt naar haar auto.

'Sas, wacht!' Menno rent haar achterna, maar ze luistert niet. Ze vergrendelt de portieren, start de motor en rijdt zo hard weg dat het grind naar achteren vliegt. Menno kijkt zijn vrouw na tot ze de bocht omgaat en dan vloekt hij harder dan hij ooit heeft gedaan.

24

Hoop. Dat is alles wat ze heeft gehad de afgelopen jaren. De hoop dat het hun deze keer wel zou lukken, dat Menno haar trouw zou zijn, dat ze eerlijk tegen elkaar zouden zijn, een team zouden vormen. Haar slippertje met Oscar was nodig om te voorkomen dat ze zich een totale idioot zou voelen, iemand die zich laat bedriegen zonder een keer terug te slaan. Helaas heeft het niet het effect dat ze ervan verwacht had.

Desondanks had ze besloten dat ze nu echt helemaal quitte stonden toen ze vanochtend naar huis reed. Ze zou Menno confronteren met de foto's en daarna haar eigen misstap opbiechten, zodat hij wist dat ze niet met zich liet sollen. Als hij andere regels binnen hun huwelijk hanteerde, dan golden die ook voor haar. Vanaf nu kon hij alles wat hij haar aandeed met dezelfde vaart terugkrijgen.

Ze had echter niet gerekend op zijn verklaring. Die had de grond onder haar voeten weggeslagen. Niet alleen geloofde ze geen bal van zijn uitleg over de lunch met die vrouw, hij had het nog erger gemaakt met zijn bekentenis van wat hij nog meer voor haar verborgen had gehouden. In zee gaan met criminelen! Hoe kon hij in vredesnaam zo stom zijn? In één klap was het beeld dat ze van hem had aan scherven gevallen. Verdwenen is de succesvolle, zelfverzekerde man tegen wie ze altijd heeft opgekeken, en er is een stommeling en een leugenaar voor in de plaats gekomen.

Sascha's armen en benen trillen, ze heeft moeite om de auto onder controle te houden. Diep vanbinnen is iets afgestorven, de overtuiging dat Menno en zij ondanks alles bij elkaar horen, dat hun huwelijk het waard is om voor te vechten. Ze voelt een schurende pijn in haar borst opkomen, en een waas van tranen vertroebelt haar zicht. Ze knippert en ziet in de achteruitkijkspiegel een zwarte Saab snel dichterbij komen.

De weg is smal en heeft aan weerszijden een rij bomen en een sloot. Sascha stuurt naar rechts, zodat de wagen haar kan passeren. In plaats van gas terug te nemen, komt de bestuurder met hoge snelheid achter haar aan.

Met een frons houdt ze hem in de gaten. Wat een idioot. Het ontbreekt er nog maar aan dat hij gaat toeteren.

Dat doet de bestuurder niet. Op het laatste moment remt hij af en gaat achter haar bumper hangen. Sascha manoeuvreert nog een stukje naar rechts. Meer kan ze niet doen zonder tegen een boom aan te rijden, maar de chauffeur doet geen enkele moeite om haar te passeren.

Geïrriteerd, maar ook een beetje nerveus, keert Sascha terug naar het midden van de weg en kijkt opnieuw in de spiegel. De man heeft wat afstand gecreëerd. Zelf geeft ze gas bij, waardoor ze harder gaat rijden dan ze normaal gesproken zou doen.

En dan, vanuit het niets, accelereert de Saab. De motor gromt, als een roofdier, en de auto schiet naar voren. Het eerste wat Sascha voelt is een klap in haar nek. Ze slaat naar voren, maar haar autogordel houdt haar tegen. Een kreet stijgt op in haar keel, maar voor ze het weet voelt ze een tweede klap. Weer vliegt ze naar voren. Deze keer verliest ze bijna de macht over het stuur. Met een ruk opzij slaagt ze erin op de weg te blijven.

Verbijsterd kijkt ze achter zich. Wie is die gek? Waarom doet hij dit in vredesnaam?

De man heeft een gat van een paar meter laten vallen en opent opnieuw de aanval.

In paniek drukt Sascha het gaspedaal verder in en gaat ervandoor. De Saab volgt, is in een mum van tijd weer bij haar. Opnieuw botst hij tegen haar bumper, en deze keer weet ze haar auto niet op de weg te houden. Ze ziet de rij bomen en het water op zich afkomen en vraagt zich in een flits af wat er met haar gaat gebeuren, verdrinken of te pletter slaan.

Haar gil giert door de kleine ruimte, dan wordt haar blikveld gevuld door een boomstam.

De impact is enorm. De airbag knalt uit het stuur, klapt tegen haar gezicht en een onbeschrijfelijke pijn neemt bezit van haar. Haar omgeving vervaagt, wordt weer helder en dan heel donker.

Ze zakt weg.

Hij heeft geen idee waar Sascha is, doet ook geen moeite om erachter te komen. Hij begrijpt haar woede, snapt dat ze tijd nodig heeft om tot zichzelf te komen. Af en toe kijkt Menno op zijn telefoon, maar er komt geen berichtje. Hij gaat thuis aan het werk, maar kan zich moeilijk concentreren.

Net als hij Leonora wil bellen, gaat de deurbel. Haastig loopt hij de hal in en trekt de deur open. Twee politieagenten, een wat oudere vrouw en een vrij jonge man, staan voor hem. Ze kijken hem ernstig aan, en hij begrijpt het meteen. De agenten legitimeren zich, maar daar heeft Menno nauwelijks belangstelling voor.

'Sascha,' zegt hij. Zijn ogen schieten van de een naar de ander.

'Is Sascha Riebeek uw vrouw?' vraagt de agente.

Hij knikt, voelt zijn hart in een angstaanjagend tempo kloppen.

'Ze heeft een ernstig ongeluk gehad. Ze is opgenomen in het Spaarne Gasthuis.'

‘Een ongeluk? Wat is er gebeurd? Hoe erg is het?’

‘Op het moment dat ze uit haar auto werd gehaald, was ze buiten bewustzijn. Het lijkt erop dat het geen gewoon ongeluk was, meneer.’

Met een ruk draait Menno zich om. ‘Ik moet naar haar toe. Waar zei u dat ze ligt, het Spaarne?’

‘Wij willen u er wel naartoe brengen, dan kunnen we onderweg een paar vragen stellen,’ zegt de jonge agent.

In eerste instantie wil Menno zijn aanbod afslaan, tot hij bedenkt dat meerijden wel verstandig is. Als ze in een verkeersopstopping terechtkomen, kunnen de agenten hun zwaailicht aanzetten. Hij grijpt de huissleutel en zijn jasje, en loopt met hen mee.

De vrouw gaat achter het stuur zitten, de man opent het achterportier voor Menno en schuift naast zijn collega.

Pas als Menno zit en ze wegrijden, dringt het tot hem door wat een van hen gezegd heeft. Hij buigt zich naar voren. ‘Wat bedoelde u daarmee, dat het geen gewoon ongeluk leek?’

‘Het ziet ernaar uit dat uw vrouw van de weg is gereden,’ zegt de agent, terwijl hij omkijkt. ‘Een getuige die ver achter haar reed, heeft verklaard dat een andere wagen haar ramde. De remsporen op de weg en de schade aan haar auto bevestigen dat. Hebt u enig idee wie dat gedaan zou kunnen hebben?’

Zonder te antwoorden laat Menno zich tegen de rugleuning vallen en staart uit het zijraam.

‘Meneer Riebeek?’

‘Sorry. Wat vroeg u?’

‘Of u weet wie dat gedaan kan hebben. Heeft uw vrouw onlangs ruzie gehad met iemand?’

‘Nee, niet dat ik weet...’

‘Hebt ú ruzie met haar gehad?’

Menno zwijgt even, zegt dan: ‘Ik heb de auto van mijn

vrouw niet geramd, als u dat bedoelt.'

'Wat voor auto rijdt u?'

'Een Audi. Hij staat voor de deur en is onbeschadigd.'

'Dat hebben we gezien,' zegt de vrouwelijke agent, die achter het stuur zit. 'Hebt u nog een andere auto?'

'Nee, twee leek ons wel genoeg.'

'Volgens de getuige reed de veroorzaker van het ongeluk in een zwarte Saab. Kent u iemand met zo'n wagen?'

Voor Menno's geestesoog verschijnt de wagen die voor de deur van zijn bedrijf werd geparkeerd, op de dag dat die twee kerels in hun zwarte jacks hem kwamen chanteren.

'Meneer Riebeek, ik vroeg of u iemand kent die in een zwarte Saab rijdt.'

Menno schudt zijn hoofd. 'Heeft die getuige het kenteken niet gezien?'

'Helaas niet.'

'Maar een zwarte Saab, dat is een goede aanwijzing, toch? Ik neem aan dat jullie naar die wagen uitkijken?' Menno weet niet of hij daar blij om moet zijn of niet. Als zijn vermoeden klopt, zou de politie bij nader onderzoek bij hem kunnen uitkomen.

'Die auto is zwaar beschadigd, dus hij zal wel van de straat zijn,' zegt de agent. 'En dan wordt het moeilijk om hem te vinden.'

Ze stellen nog meer vragen, over hun vrienden en familie, werk en recente gebeurtenissen die een aanknopingspunt kunnen bieden.

Menno antwoordt behoedzaam en is blij als ze bij het ziekenhuis aankomen. Terwijl ze voor de ingang parkeren, beseft hij dat hij Luuk nog moet inlichten.

Hij stapt uit de politiewagen, pakt zijn telefoon terwijl hij naar de ingang loopt, en belt zijn zoon.

25

Het eerste waarvan ze zich bewust wordt, is de duisternis. Vervolgens de geur. Er hangt een lucht om haar heen die ze niet kan thuisbrengen. Ergens, diep in haar onderbewustzijn, realiseert ze zich dat er iets niet klopt, maar ze is te versuft om zich erin te verdiepen.

'Bent u wakker?' vraagt iemand.

Bij wijze van antwoord kreunt Sascha.

'Kunt u zeggen hoe u heet?'

'Sascha...'

'Heel goed. Weet u waar u bent?'

Ze geeft geen antwoord, een golf van vermoeidheid overspoelt haar en voert haar mee.

Als ze weer wakker wordt, is het nog steeds donker. Hoeveel tijd is er verstreken? Haar hoofd voelt iets helderder, hoewel het pijnlijk bonst.

Ze ligt in bed. Dat is vreemd, want ze kan zich niet herinneren dat ze naar bed is gegaan. Sowieso kan ze zich weinig herinneren.

Ze draait haar hoofd een kwartslag, kreunt als de pijn door haar schedel flitst, en zoekt de digitale wekker op het nachtkastje. Hij staat er niet.

In verwarring kijkt ze naar links, maar ook daar lichten geen cijfers op. Alles om haar heen is in duisternis gehuld.

Normaal gesproken lost het donker een beetje op zodra je ogen eraan gewend zijn en kun je vormen onderscheiden. Dat is nu niet het geval, het lijkt wel alsof de ramen geblindeerd zijn.

Voorzichtig beweegt Sascha haar hoofd, haar ogen zoeken een spoortje licht.

Haar handen grijpen de lakens – lakens, ze heeft toch een dekbed? – en verfrommelen ze. Angst welt in haar op. Waar is ze in godsnaam?

Het lijkt wel alsof er iets voor haar ogen zit. Ze tast en voelt een verband. Waarom zit dat voor haar ogen? Wat is er aan de hand?

Er klinken voetstappen, iemand loopt naar haar bed. 'Mooi, u bent wakker.'

'Waar ben ik?' Haar stem klinkt hoog.

'U ligt in het ziekenhuis, mevrouw Riebeek. Ik ben dokter Kaptein. U hebt een ernstig auto-ongeluk gehad en bent een tijdje buiten bewustzijn geweest.'

Een ongeluk? Ze denkt na, maar kan zich er niets van herinneren.

'Weet u daar nog iets van?'

'Nee...'

'Het komt wel vaker voor dat mensen een ongeluk, en het halfuur of uur dat daar aan voorafging vergeten. Maakt u zich daar vooral geen zorgen over. Belangrijker is hoe het met u gaat. We hebben geen botbreuken of inwendige schade kunnen ontdekken, maar u bleef wel vrij lang buiten bewustzijn. Wat te verklaren is, want u hebt een behoorlijke hoofdwond. U hebt een flinke hersenschudding opgelopen.'

Sascha tast naar haar hoofd. 'Ik ben misselijk.'

'Dat komt door de hersenschudding. U kunt zich ook duizelig gaan voelen.' De stem van de arts klinkt zacht en vriendelijk.

‘Waar is mijn man? Ik wil mijn man zien.’

‘Hij is onderweg. Maar eerst willen we wat onderzoeken doen.’

‘Zou u het licht aan willen doen? Het is zo donker hier.’

‘Dat komt door het verband,’ zegt de dokter. ‘Uw ogen hebben een flinke klap gehad. Ik ga er iemand bij halen. Eén moment.’

En weg is hij.

Er worden tests gedaan. Dokter Van Someren, de oogarts, komt langs, haalt het verband weg en vraagt wat ze kan zien. Op Sascha's ‘niets’ reageert hij door met een lampje in haar ogen te schijnen. Ze ziet het schijnsel zwak oplichten. Heel zwak. Met bonzend hart wacht ze op de diagnose.

Uiteindelijk schuift de dokter een krukje aan – ze hoort de poten schrapen over het zeil – en vertelt zonder omhaal van woorden wat er aan de hand is.

‘Toen u buiten bewustzijn was, hebben we een scan van uw hoofd gemaakt. U hebt een flinke klap opgelopen van de airbag. De zenuw van het linkeroog is daarbij beschadigd geraakt, waardoor er geen beelden meer naar uw hersenen worden verstuurd.’

‘O,’ zegt Sascha zenuwachtig. ‘En nu?’

‘Helaas is dat onomkeerbaar.’

Er valt een korte stilte, die Sascha verbreekt. ‘Bedoelt u dat ik aan mijn linkeroog blind ben?’

‘Ja. Het spijt me.’

‘En mijn andere oog?’ Sascha's stem klinkt schril. ‘Waarom zie ik daar niets mee?’

‘Achter uw rechteroog zit een bloeding, vandaar dat donkere waas. We noemen dat een glasvochtbloeding. Glasvocht is een geleiachtige substantie die zich achter de ooglens bevindt. Normaal gesproken laat het glasvocht licht door, zodat het op het netvlies kan vallen, maar nu vormt de bloeding een barrière.'

Ze heeft even de tijd nodig om die informatie te verwerken. 'Dus ik kijk naar mijn eigen bloed.'

'Precies.'

'En nu?'

'We kunnen het bloed verwijderen, maar een operatie brengt risico's met zich mee. Bovendien bestaat er dan een verhoogde kans dat zich later staar ontwikkelt. Daarnaast staat een glasvochtbloeding nooit op zichzelf, er zijn ook andere delen van uw oog gekwetst. We noemen dat een *contusio bulbi*, zeg maar een hersenschudding van het oog. Dat herstelt vanzelf, dus als een operatie niet strikt noodzakelijk is, raad ik die niet aan. Zeker niet zo kort na een ongeluk. We zouden het oog alleen maar opnieuw belasten.'

'En dat bloed dan?'

'Dat trekt vanzelf weg. Het is niet schadelijk voor uw oog.'

'Hoelang gaat dat duren? Een dag, een week?'

'Ik ben bang dat u eerder aan weken of zelfs maanden moet denken,' zegt de arts op meelevende toon.

'Máánden?'

'Ja, het heeft tijd nodig. Als het bloed niet vanzelf verdwijnt, kunnen we altijd nog een vitrectomie doen, een operatie dus. Maar laten we niet op de zaken vooruitlopen. We gaan eerst een echo maken om de schade aan uw ogen te bepalen. De bloeding in het glasvocht is ontstaan door een gescheurd bloedvat in het netvlies. Dat kan ertoe leiden dat het netvlies loslaat, en in dat geval moeten we wel opereren. Hebt u nog vragen?'

Ze heeft zoveel vragen dat haar hoofd ervan duizelt, en ze vuurt ze allemaal op dokter Van Someren af. Helaas heeft hij maar weinig antwoorden. Vooral op de belangrijkste vraag, of ze het zicht in haar rechteroog weer helemaal terug zal krijgen, kan hij weinig zeggen.

'Dat moeten we afwachten,' zegt hij steeds. 'Het is mogelijk dat u minder gaat zien dan vroeger, maar hoeveel minder kan ik niet zeggen. Het spijt me. Ik begrijp dat het frustrerend is, maar op dit moment kan ik daar geen voorspellingen over doen.'

Als ze weer alleen is, galmen zijn woorden na in Sascha's hoofd.

Haar linkeroog is blind. Haar andere oog zit vol bloed. Ze ziet zichzelf al rondscharrelen met een stok. De jammerklacht die zich diep in haar binnenste heeft gevormd, ontsnapt naar buiten.

Voetstappen komen naar haar toe, stoppen bij haar bed.

'Dokter?' zegt ze schor.

'Nee, ik ben Erica, verpleegkundige. Kan ik iets voor u doen?'

'Ik wil mijn man en mijn zoon zien.'

'Uw man zit in de wachtkamer. Ik zal de dokter vragen of hij al bij u mag.' De voetstappen verwijderen zich.

26

Het is alsof zijn lichaam is volgelopen met cement. Menno kan zich amper bewegen, is helemaal stijf, lamgeslagen.

In eerste instantie drong het amper tot hem door toen de arts vertelde dat Sascha aan één oog blind is en dat ze met het andere oog slechtziend zal blijven. Minuten gingen voorbij, regen zich aaneen en lieten het nieuws stukje bij beetje door. Het eerste wat bezit van hem nam was volslagen ongeloof. Het tweede schuldgevoel. Hij wil naar haar toe, haar zien, haar steunen, maar de artsen zijn bezig met een onderzoek.

Als hij eindelijk naar haar toe mag, heeft hij geen idee wat hij moet zeggen. Het enige wat hij kan doen is haar vasthouden en strelen.

Ze huilt, natuurlijk huilt ze. Ze klampt zich aan hem vast als een drenkeling.

'Ik ben blind! Ik ben blind!'

Zijn pogingen om haar te kalmeren zijn zo armzalig dat het lachwekkend is, toch blijft hij haar sussen. 'Aan één oog. Dat is verschrikkelijk, maar je andere oog kan gered worden. Je wordt niet blind, lieverd.'

'Dat weet je niet! Ik zie helemaal niets.'

'De dokter heeft net uitgelegd dat dat door de bloeding komt. Dat gaat weer over.'

Ze houdt hem zo stevig bij zijn armen vast dat het zeer doet. 'Laat me niet alleen,' fluistert ze. 'Het is zo donker.'

'Ik ga nergens heen.'

'Waar is Luuk?'

'Ik heb hem gebeld, maar zijn telefoon staat uit. Ik heb een bericht ingesproken. Zal ik het nog een keer proberen? Dan moet ik wel naar buiten, ik heb hier geen bereik.'

'Nee, niet weggaan!'

'Ik ga niet weg.' Hij neemt haar hand in de zijne. 'Nooit. Wees maar niet bang.'

Als hij even op de gang wacht omdat Sascha onderzocht moet worden, komt Luuk aanrennen. Halverwege de gang vangt Menno hem op.

'Wat is er gebeurd?' roept zijn zoon.

'Je moeder heeft een auto-ongeluk gehad.'

'Hoe kan dat! Hoe is het met haar?'

Menno legt een hand op zijn schouder. 'Ze is niet in levensgevaar, maar het is wel ernstig. De airbag deugde niet en is tegen haar gezicht geklapt. Ze is aan één oog blind.'

'Blínd? Kan dat nog goed komen? Ze gaan haar toch zeker wel opereren of zo?'

'Nee, dat schijnt geen zin te hebben. Maar met haar andere oog zal ze wel weer kunnen zien.'

'Ziet ze nu dan helemaal niets meer? Fuck!' Luuk loopt met grote stappen door, zoekend naar de kamer van zijn moeder.

'Ze ligt verderop, maar ze wordt onderzocht. We zullen moeten wachten.' Menno vertelt zijn zoon nog maar even niet dat het geen gewoon ongeluk is geweest, Luuk is al emotioneel genoeg.

Als de dokters de gang op komen en Menno en Luuk de kamer in mogen, draait Sascha voorzichtig haar gezicht in hun richting. Ondanks de pijn die ze moet voelen, glimlacht ze. 'Luuk, ik hoorde je al.'

‘Mam, wat is er gebeurd?’ Luuk loopt naar het bed kust zijn moeder op de wang. Sascha tast naar zijn hand, en hij pakt de hare stevig beet.

‘Geen idee,’ zegt ze. ‘Ik begrijp er niets van. Het laatste wat ik me herinner is dat we sushi hebben gegeten en dat ik naar Haarlem ging om wat te drinken met Leonora.’

‘Meer niet? Ook niet van die avond?’

‘Nee, niets.’

‘En van de volgende dag?’ vraagt Menno.

‘Ook niets. Het eerste wat ik me weer herinner is dat ik in dit bed wakker werd.’

‘Dat zal wel door die klap tegen je hoofd komen, daar kun je geheugenverlies van krijgen,’ zegt Menno. ‘Je bent een tijd bewusteloos geweest, dus je hoofd heeft een flinke optater gekregen.’

‘Ja, dat zei de dokter ook. Het zal wel normaal zijn, maar het voelt raar.’

Bij de deur klinkt de stem van een verpleegkundige. ‘Het spijt me, maar we willen verder met de onderzoeken. Zou u afscheid willen nemen?’

‘Wat voor onderzoeken? Ik wil daar graag bij zijn,’ zegt Menno.

‘Dat gaat helaas niet, meneer, maar we zullen u op de hoogte houden.’

‘Kom, pap.’ Luuk komt overeind. ‘Vanavond komen we terug, mam, en dan horen we wel wat de uitslag is.’

‘Ja,’ zegt Sascha. ‘Tot vanavond.’

Doodmoe van de spanning komt Menno thuis. In zijn eentje, want Luuk is op de fiets. Hij betaalt de taxichauffeur en gaat naar binnen. De stilte van het huis hangt zwaar en beschuldigend om hem heen.

Even staat hij bewegingloos, dan, vanuit het niets, welt er

een schreeuw in hem op. Het geluid galmt door de hal, het klinkt als een dier in nood. Hij schopt tegen de deur van de woonkamer en hoort het glas van de sierruitjes breken. Het liefst had hij alles om zich heen kort en klein geschopt, maar op het laatste moment beheerst hij zich.

Met trillende hand schenkt hij in de keuken een glas whisky in en klokt de inhoud naar binnen. De drank glijdt als een warme stroom langs zijn keel, hij voelt het troostende, pijnstillende effect vrijwel onmiddellijk.

Hij schenkt een beetje bij en zakt met fles en glas neer op een stoel aan de keukentafel.

Voor hem ligt Sascha's mobieltje, dat ze heeft laten liggen toen ze het huis uit stormde.

Ze is alles vergeten. Het ongeluk, zijn bekentenis, haar woedende aftocht. Je zou het een geluk bij een ongeluk kunnen noemen als de gevolgen niet zo vreselijk waren.

Menno pakt Sascha's telefoon, voert haar pincode in en opent haar fotoalbum. Daar zijn ze, de foto's van Vera en hem. Hij wist ze en maakt ook haar prullenmand leeg.

Net als hij de telefoon uit wil zetten, beseft hij dat iemand ze aan haar gestuurd moet hebben. Snel opent hij WhatsApp en bekijkt Sascha's berichten. Het laatste is van Oscar Bleeker.

Menno fronst zijn wenkbrauwen. De naam komt hem bekend voor, maar waarvan? Hij googelt hem, en leest dat hij de manager van Grand Café xo is, de zaak waar hij die Vera heeft ontmoet. Dat verklaart alles.

Hij wist het bericht.

Opeens is hij doodmoe. Er komt hoofdpijn opzetten, en hij sjokt naar de bank. Hij strekt zich erop uit en sluit zijn ogen. Nog geen vijf minuten later komt er een bericht op zijn telefoon binnen.

Met bonzend hart van schrik grist hij het toestel naar zich toe en bekijkt de boodschap.

Je bent gewaarschuwd.

Vol afschuw kijkt hij ernaar. De politie had gelijk, het was geen ongeluk. Sascha is moedwillig van de weg gereden. Op dezelfde dag dat hij met Jan heeft afgesproken om naar de politie te stappen. Ze moeten afgeluisterd zijn, ondanks hun voorzorgsmaatregelen. Waarschijnlijk draagt Jan zonder dat hij het weet een microfoontje bij zich, misschien hij zelf ook wel.

Menno draait zich op zijn rug en staart naar het plafond. Hoe moe hij ook is, de slaap is in één klap verdwenen.

27

Met gesloten ogen ligt Sascha op haar rug, luisterend naar haar gejaagde ademhaling. Vanaf het moment dat ze wakker werd, hebben er mensen aan haar bed gestaan: dokters, verpleegkundigen en revalidatieartsen. Tot haar verbazing heeft ze diep geslapen. Alleen ontwaakte ze angstig, alsof ze een nachtmerrie had gehad. Een angstdroom die maar voortduurde, ook nu nog.

Wanhopig probeert ze houvast te vinden, maar er is geen uitweg uit de duisternis. Losgesneden van de wereld, als een astronaut die is afgedreven van het ruimteschip, zweeft ze rond in een donker niemandsland.

Gisteravond zijn Menno en Luuk even geweest, en vandaag, tussen de onderzoeken door, komen ze weer. Sascha hoort hun stemmen als ze op de gang met de dokter in gesprek zijn.

'Ze is nog erg moe en heeft veel last van hoofdpijn, dus houdt u het kort, alstublieft,' zegt Van Someren, de oogarts.

Ze beloven het, komen haar kamer binnen.

'Hé, mam, heb je een beetje geslapen?'

'Ja,' zegt ze. 'Verbazend goed.'

'Waarschijnlijk door de medicatie,' zegt Menno en hij kust haar. 'En door de emoties natuurlijk.'

'Is het nou duidelijk hoe dat ongeluk heeft kunnen gebeuren?' vraagt Luuk.

'Er zal wel een of andere wegpiraat achter haar gezeten hebben,' zegt Menno. 'Als ik erachter kom wie die klootzak is...'

'Waar is het ongeluk eigenlijk gebeurd?' vraagt Sascha.

'Op dat stille weggetje langs het water. Ik weet eigenlijk niet hoe het daar heet.'

'Maar daar rij ik altijd heel voorzichtig. Hoe kan ik daar nou een ongeluk gekregen hebben? En waar ging ik dan naartoe?'

Menno knijpt in haar hand. 'Maak je daar toch niet zo druk over. Voorlopig heb je andere dingen aan je hoofd.'

Dat kan hij wel zeggen, maar het zou helpen als ze wat puzzelstukjes terugvond om te begrijpen hoe ze in deze nieuwe, beangstigende wereld terechtgekomen is.

'Wanneer komt Marlies?' vraagt ze.

'Ik moet haar nog bellen, en Leonora en mijn moeder ook. Dat zal ik zo doen. Al denk ik dat het beter is als je niet te veel bezoek krijgt.'

'Ja, ik heb ontzettende hoofdpijn.'

Ze zijn weer even stil.

'Ik word er gek van,' fluistert Sascha dan. 'Aldoor die duisternis, geen spoortje kleur. Het is zo... beklemmend. Alsof ik in een diepe put zit waar ik niet uit kan komen.'

'In de auto heb ik de hele tijd met mijn ogen dicht gezeten om te kijken hoe dat was,' zegt Luuk. 'Na tien minuten hield ik het al niet meer vol.'

Ontroerd tast Sascha naar zijn hand. Luuk pakt de hare en houdt hem stevig vast. 'Zie je helemaal niets meer? Hoe donker is het eigenlijk?' vraagt hij zacht.

'Met mijn linkeroog zie ik niets. Rechts zit een donkerrood waas. Te donker om doorheen te kijken.' Haar stem klinkt dun.

'Ik zal je helpen, mam. Als je thuis bent, lees ik de krant

voor, en ik download van die luisterboeken voor je. Of films. Je zegt het maar.'

Ze glimlacht, meer uit erkentelijkheid dan dat ze zich verheugt op de toekomst die haar zoon schetst.

De uitslag van de echo is gelukkig goed. Aan het einde van de ochtend, als Menno en Luuk weg zijn, vertelt dokter Van Someren dat er geen structuren met een hoge reflectie in het glasvocht zijn gevonden. Dat betekent dat er geen aanwijzing is dat het netvlies van het rechteroog loslaat. Of Sascha haar zicht in dat oog volledig terugkrijgt, durft hij nog steeds niet te zeggen.

's Middags komt Menno terug, in gezelschap van zijn moeder.

'Och, lieverd van me, wat verschrikkelijk allemaal!' zegt Astrid. 'Wees maar niet bang, je staat er niet alleen voor.'

'Fijn dat je er bent, Astrid.'

'Hoe gaat het?'

'Het netvlies heeft niet losgelaten, dus ik hoef niet te worden geopereerd.'

'Mooi! Dat is in ieder geval iets. En nu? Wat gaan ze verder doen?' vraagt Menno.

'Vanmiddag heb ik een gesprek met de optometrist. Hij gaat het plan van aanpak met me bespreken.'

'Moet je nog lang in het ziekenhuis blijven?'

'Geen idee. Dat zal ik vanmiddag wel horen.'

Ze zwijgen.

'Het komt allemaal wel goed,' zegt Astrid. 'Ik heb het op internet opgezocht en zo'n glasbloeding gaat vanzelf over. We gaan ons nu richten op je herstel. Het zal vreemd zijn om nog maar met één oog te kunnen zien, en er zullen vast problemen ontstaan, maar niets wat je niet aankan.'

'Mijn moeder heeft gelijk. Het is vreselijk van je oog, maar ik ben blij dat je nog leeft. Als je de auto ziet, begrijp je waarom dat zo'n wonder is. Hij ligt helemaal in de prak.'

'Ik reed niet hard, ik rij nooit hard. Ik begrijp nog steeds niet hoe dat ongeluk heeft kunnen gebeuren.' Sascha draait haar gezicht naar Menno toe. 'Waar is Luuk?'

'Hij komt vanavond. Er mogen niet te veel mensen tegelijk bij je.'

Sascha knikt, waardoor er een pijnscheut door haar hoofd gaat. Een kreun ontsnapt haar en Menno streelt haar hand.

'Is het te vermoeiend voor je? Wil je dat we gaan?'

'Nee, ik moet alleen mijn hoofd niet bewegen. Ik heb geen idee hoe ik de tijd door moet komen. Ik kan alleen maar liggen.'

'En je kunt ook niet eens een boek lezen of tv-kijken.' Astrids stem is vervuld van medelijden. 'Maar dat zou sowieso niet gaan met die hersenschudding. Je kunt natuurlijk wel ergens naar luisteren. Zullen we tv aanvragen, of radio?'

'Nee, dank je. Ik denk niet dat ik die geluiden verdraag. Het koffie- en theekarretje is al een verschrikking.' Sascha sluit haar ogen en Menno komt gedecideerd overeind.

'Je ziet er doodmoe uit. Ga lekker slapen, dan komen we vanavond terug.'

'Goed,' fluistert Sascha. Al jaagt de duisternis haar angst aan, de hoofdpijn wordt te erg om nog langer te negeren.

Ze moet geslapen hebben, want als ze haar ogen opendoet, voelt ze zich wat beter. Bij de deur klinkt geschuifel, gevolgd door een bescheiden klopje. Sascha beweegt haar gezicht in de richting van het geluid.

Lichte voetstappen komen op haar af. 'Hallo, Sascha, leuk je te leren kennen. Ik heet Alice en ik ben *low vision*-specialist. Ik steek nu mijn hand uit.'

Op goed geluk doet Sascha hetzelfde, en Alice schudt

hem. 'Je weet wat Ergra Low Vision is?' vraagt ze.

'Nee.' Sascha hoort dat Alice een krukje aanschuift.

'Het is een netwerk van zorg dat samenwerkt met ziekenhuizen om mensen met een visuele beperking te begeleiden. Ik heb begrepen dat je voor het ongeluk volledig zicht had en dat je nu aan één oog blind bent en in het andere oog een glasvochtbloeding hebt.'

Sascha knikt.

'Wat vreselijk. Het moet heel moeilijk zijn om opeens niets meer te zien. Maar gelukkig zijn je vooruitzichten goed. Voor het rechteroog, bedoel ik.'

'Dat moeten we nog maar afwachten. De kans is groot dat ik met dat oog slechtziend blijf.' Het optimistische toontje van Alice irriteert Sascha.

'Pieker je daarover?'

'Ja, wat dacht je dan.'

'Dat kan ik me voorstellen. Gelukkig zijn er allerlei hulpmiddelen die je het leven een beetje gemakkelijker kunnen maken. Waar heb je op dit moment de meeste behoefte aan?'

'Ik zou wel even lekker de stad in willen.'

'Maar wat heb je nodig zolang je hier bent?' vraagt Alice onverstoorbaar.

Met een zucht geeft Sascha haar verzet op. 'Ik verveel me. En ik vind het vervelend dat ik niet weet hoe laat het is als ik wakker word.'

'Dat laatste is gemakkelijk op te lossen. Er zijn verschillende sprekende horloges en klokjes. Ik heb er een paar voor je meegebracht.'

Ze legt iets op de deken en brengt Sascha's hand ernaartoe. 'Dit is een wekker. Bovenop zit de spreekknop.'

Sascha drukt op de knop en een vriendelijke, natuurlijk klinkende stem vertelt dat het tien over twee in de middag is. 'Handig.'

'Ja hè? Je kunt ook voor een horloge kiezen, dan hoef je niet naar die wekker te zoeken. Het werkt op dezelfde manier, kijk maar.' Alice stopt iets in haar hand, maar Sascha doet geen moeite om het horloge uit te proberen.

'Fijn, dan weet ik voortaan precies hoelang ik al in dit bed lig.'

'Zou je het anders leuk vinden om een paar luisterboeken te hebben?'

Sascha haalt haar schouders op.

'Het helpt de tijd te verdrijven en het biedt wat afleiding. Anders lig je maar te piekeren.'

'Oké.'

'En televisie, of radio. Zou je dat willen?'

'Best.'

Alsof ze zich daar op kan concentreren. Maar Alice heeft gelijk, het zou wat afleiding geven. Een heel boek of programma is te veel van het goede, maar steeds een paar minuutjes, om haar sombere gedachten een andere kant op te sturen, dat zou goed zijn.

Het volgende halfuur laat Sascha zich door Alice de wereld van blinden en slechtzienden in leiden. Ze had geen idee dat er zoveel hulpmiddelen waren. In haar ergste nachtmerries zag ze zichzelf als een hulpeloos wezen rondscharrelen, voelend en tastend, volledig afhankelijk van anderen. Na haar gesprek met Alice weet ze dat ze straks, als ze weer thuis is, grotendeels voor zichzelf kan zorgen.

Die wetenschap zou haar moeten sterken, maar elke keer als ze iets van nieuwe moed voelt opkomen, wordt die tenietgedaan door het besef dat het leven zoals ze dat gekend heeft volledig verwoest is. Dwars door Alice' verhaal over merkjes met braille in kleding heen vraagt ze: 'Zal ik ooit mijn werk nog kunnen doen?'

Het is even stil. Ze hoort papieren ritselen.

‘Ik zou niet weten waarom niet. Je bent kunstenares, hè? Zodra je je zicht terug hebt, kun je je oude leven weer oppakken. Weliswaar met een paar aanpassingen, maar schilderen en boetseren lijken me geen probleem. Je moet denken in mogelijkheden, Sascha. Je leven is niet voorbij. Nu niet, en als je weer wat kunt zien al helemaal niet.’

Dat vraagt ze zich af. Ze probeert zich voor te stellen hoe ze diepte moet zien als ze aan één oog blind is en met het andere slechtziend.

Haar werk zal er niet op vooruitgaan. Ze denkt niet dat ze ooit nog een penseel of een brok klei zal pakken.

28

'Ken jij iemand die in een zwarte Saab rijdt?' Menno opent de bakjes bami en nasi die op tafel staan en schept op.

Luuk kijkt hem onderzoekend aan. 'Is dat de wagen die mama van de weg heeft gereden?'

'Ja.'

'Het was geen ongeluk, hè?'

'Nee. Volgens de politie is iemand in een zwarte Saab moedwillig een paar keer op haar ingereden.'

Luuk zwijgt even, zijn gezicht strak van ingehouden emoties. 'Dat dacht ik al. Maar ik ken niemand die in zo'n wagen rijdt.'

'Die gasten die mij op kantoor kwamen chanteren reden in een zwarte Saab.'

'Die auto was niet van hen, Dennis en Wessel rijden motor. Ik heb ze trouwens nog steeds niet gezien. Beetje vreemd.'

'Ik denk dat ze bij een bende horen die het op mijn bedrijf voorzien heeft. Ze hebben me expres in de problemen gebracht. Eerst door er met een lading kostbaar servies vandoor te gaan en mij met een schadeclaim op te zadelen, en toen met die toestand met jou.'

'Dat klinkt wat vergezocht.'

'Ze hebben dit gepland, Luuk. Ze hebben hun oog op mijn bedrijf laten vallen, ons gezin onder de loep genomen en ons een voor een bewerkt. Dat je die twee niet meer ziet, is omdat ze niet gezien wíllen worden. Hun taak zit erop. Het is zo duidelijk als wat.'

'Waarom? Wat willen ze dan?'

'Dat ik drugs vervoer.'

Luuk zwijgt even. 'Jezus,' zegt hij dan. 'Dat ga je toch zeker niet doen?'

'Ik was het niet van plan, maar nu ze je moeder hebben aangevallen...' Menno schuift zijn halfvolle bord van zich af. 'Ik weet het niet meer,' zegt hij.

Hij staat de afwasmachine in te ruimen als Luuk met de krant aan komt lopen.

'Die zat nog in de brievenbus,' zegt hij terwijl hij hem op het aanrecht legt. 'Dat is toch jouw advocaat, die Leyenberg?'

Een vette kop schreeuwt Menno toe: AANSLAG OP ADVOCAAT MISLUKT.

Haarlem – Advocaat Jan Leyenberg is gistermiddag ternauwernood aan de dood ontkomen. Rond halfvijf werd hij in de Wilhelminastraat onder vuur genomen door een motorrijder. 'Hij kwam naast me staan toen ik voor het stoplicht stond,' vertelt de geschrokken maar ongedeerde advocaat. 'Opeens haalde hij een volautomatisch wapen tevoorschijn en schoot. Als ik niet op hetzelfde moment gas had gegeven en door rood was gereden, had ik het niet kunnen navertellen.'

Jan Leyenberg staat bekend om zijn contacten met de onderwereld. Of er een verband is tussen zijn criminele clientèle en de aanslag op zijn leven kan de politie nog niet zeggen.

'Jezus!' Geschokt kijkt Menno naar het artikel en de bijbehorende foto van Jans Mercedes, die vol kogelgaten zit.

'Zou het dezelfde bende zijn?' vraagt Luuk.

'Dat weet ik wel zeker. Ik ga hem bellen.'

Menno staat op en loopt met zijn telefoon de tuin in. Het duurt even voor Jan opneemt.

'Jan, man, ik lees het net in de krant. Is alles goed met je?'

'Ja,' zegt Jan met een diepe zucht. 'Erg geschrokken natuurlijk, maar ik ben oké. Het was heel vreemd allemaal. Ik zag die motorrijder naast me opduiken en naar binnen kijken. Zijn gezicht was afgeschermd met een integraalhelm. Ik begreep meteen dat hij voor mij kwam.'

'Je reageerde wel bliksemsnel.'

'Het was een reflex. Die vent heeft op me geschoten. De kogels lagen op de achterbank.'

'Jezus,' zegt Menno weer. 'Wist je al dat Sascha ook aangevallen is?'

'Wat is er gebeurd? Is alles goed met haar?'

In korte bewoordingen vertelt Menno wat Sascha is overkomen.

Jan reageert geschokt. 'Dit kan geen toeval zijn. Wat een kutzooi.'

'Zeg dat wel. Toen ik 's avonds thuiskwam, kreeg ik een appje waarin stond dat ik gewaarschuwd was. Dat moet van Ed komen.'

'Maar hoe wist hij dat we van plan waren om naar de politie te stappen?'

'Hij kan ons afgeluisterd hebben.'

'Hoe? We liepen buiten.'

'Weet ik veel hoe ze zoiets aanpakken. Misschien draag je een zendertje bij je. In je schoen of in je kleding.'

'Ik trek elke dag wat anders aan. Dan zou in al mijn kledingstukken een zendertje moeten zitten. Nee, Ed heeft ons gesprek niet gehoord. Maar hij is er op de een of andere manier toch achter gekomen. Dit is typisch zijn manier om een waarschuwing te geven.'

'Maar waarom heeft hij mij dan niet gepakt?'

'Omdat hij jou nog nodig heeft.'

'Jou niet dan?'

'Ik weet te veel,' zegt Jan. 'Veel te veel.'

Er valt een stilte.

'En nu?' vraagt Menno dan.

'Ik moet erover nadenken. Voorlopig duik ik een tijdje onder. En jij? Wil je nog steeds naar de politie gaan?'

Weer valt er een stilte.

'Nee, dat risico neem ik niet,' zegt Menno ten slotte. 'Ik wil niet dat mijn zoon ook wat overkomt.'

'Je hebt gelijk. Echt, Menno, het spijt me allemaal ontzettend. Ik had je moeten waarschuwen. Maar als ze daarachter gekomen waren... Ze stuurden foto's van mijn dochters op afgelegen plekken, ik kon het risico niet nemen. Maar als ik had geweten dat ze Sascha iets zouden aandoen, was ik veel eerder naar de politie gestapt.'

'Ja, nou ja,' zegt Menno. 'Dat is achteraf lullen. Help me maar hier een einde aan te maken.'

'Zeker weten. Die klootzak is nu echt te ver gegaan. Hou je goed, man. En wens Sascha sterkte en beterschap van me.'

Ze nemen afscheid en Menno verbreekt de verbinding. Even staat hij daar, midden op het gazon, voor zich uit te staren. Dan draait hij zich om en loopt langzaam terug naar binnen.

29

De politie komt langs om haar een paar vragen te stellen over het ongeluk. Ze hadden al eerder willen komen, maar de artsen stonden dat niet toe. Het maakt niet uit, Sascha kan hen niet helpen.

'Ik herinner me niets. Helemaal niets.'

'U bent doelbewust van de weg gereden. Een getuige heeft verteld dat iemand meermalen tegen uw bumper aan reed,' zegt de agente die aan haar bed zit. Haar stem klinkt zakelijkvriendelijk, en een beetje zwaar, alsof ze lang gerookt heeft.

Even is Sascha verbluft. 'Expres?'

'Daar ziet het wel naar uit. Eén keer kan nog een ongeluk zijn, maar drie keer is wat veel.'

'Niemand heeft me verteld dat het opzet was,' zegt Sascha geschokt.

'Hebt u enig idee wie het gedaan zou kunnen hebben?'

'Nee, ik heb geen idee.'

'Geen ruzie gehad onlangs? Met een onbekende misschien?'

'Ik zou het niet weten. Ik ben wel een heel stuk tijd kwijt. Misschien is er vlak voor het ongeluk iets gebeurd.'

'De getuige vertelde dat de dader in een zwarte Saab reed. Kent u iemand met zo'n wagen?'

Sascha schudt licht haar hoofd.

'Dan zullen we u niet langer lastigvallen. Mocht u zich iets herinneren, laat het ons dan snel weten. Veel sterkte en beterschap, mevrouw Riebeek.'

Een hand, een groet en ze is weer alleen. Sascha staart voor zich uit, haar donkerrode wereld in.

Het ongeluk was geen ongeluk. Iemand heeft haar dit moedwillig aangedaan. Waarom?

De agente had gelijk, één keer achter op iemands auto rijden zou nog een ongelukje of een geïrriteerde weggebruiker kunnen zijn, maar drie keer...

Haar hartslag versnelt, ze voelt het bloed in haar oren gonzen en ze probeert zich te ontspannen. Rustig ademen, vijf seconden in, vijf seconden uit.

Als ze wat gekalmeerd is, denkt ze terug aan haar laatste herinnering voor het ongeluk. Sushi. Buiten eten. Naar Haarlem, iets drinken met Leonora.

Ze weet alleen nog dat ze dat van plan was, de avond zelf is ze kwijt. Vreemd idee, al die verdwenen uren. Compleet uit haar geheugen gewist. Is er die avond iets gebeurd wat met het ongeluk te maken heeft?

Uit alle macht probeert ze zich iets te herinneren, maar het enige wat het oplevert is hoofdpijn.

Ze schrikt wakker uit een lichte slaap omdat er iemand aan haar bed staat. Voordat ze iets kan zeggen, hoort ze een stem: 'Hallo, Sascha, ik ben het, dokter Kaptein. Ik heb goed nieuws voor je.'

Meteen is ze klaarwakker.

'We hebben overlegd en besloten dat er geen reden is om je langer in het ziekenhuis te houden. Je mag naar huis. Hoe vind je dat?' Zijn stem klinkt opgewekt, alsof het geweldig nieuw is, maar Sascha weet het nog zo net niet. Alleen al van de gedachte aan de buitenwereld wordt ze doodsbang.

'En die hersenschudding dan? En mijn ogen?'

'Van een hersenschudding kun je thuis ook herstellen. Vroeger raadde men aan om zes weken bedrust te houden, tegenwoordig zijn we van mening dat het beter is om de hersenen langzaam weer aan het werk te zetten. Dus je hoeft niet te blijven liggen, maar doe het wel rustig aan. Wat je ogen betreft, die kunnen poliklinisch worden behandeld. En je kunt natuurlijk altijd terecht bij de lowvisionspecialist. Zij zal je blijven begeleiden. Wat mij betreft mag je morgen weg.'

Sascha zegt niets.

Dokter Kaptein schuift een krukje aan en legt zijn hand op die van haar. 'Zie je ertegen op?'

'Ja, nogal. De politie was hier niet voor niets. Iemand heeft me expres van de weg gereden.'

'Dat hoorde ik. Maar de eerste tijd moet je toch nog rust houden, dus ik zou even binnen blijven. Intussen zullen ze de dader vast wel van de straat halen.'

'Ik hoop het. Ik begrijp niet wat er aan de hand is, wie dit gedaan heeft en waarom. En dan ben ik ook nog blind.' Ze begint te huilen.

'Ik begrijp dat je bang bent, Sascha, maar je staat er niet alleen voor,' zegt dokter Kaptein troostend. 'Neem de tijd voor je revalidatie, doe alles in stapjes. Op een gegeven moment zul je je wat zekerder gaan voelen. Ik raad je wel aan om je zelfredzaamheid zo groot mogelijk te maken. We weten niet wanneer het bloed uit dat oog wegtrekt en het is niet verstandig om daarop te gaan zitten wachten.' Hij geeft een klopje op haar hand. 'Bedenk dat het enige waar je echt invloed op hebt, de manier is waarop je met deze situatie omgaat. En dat die keuze een groot verschil zal maken voor de komende weken of maanden. Sterkte.'

Hij klopt nogmaals op haar hand en loopt weg. Sascha luistert naar zijn wegstervende voetstappen en naar zijn laatste woorden, die in haar hoofd echoën.

De volgende dag komt Menno haar halen. Ze hoort zijn voetstappen in de gang en even later gaat de deur open. 'Goedemorgen, schoonheid. We gaan naar huis!' zegt hij opgeruimd.

Sascha zit in een stoel bij het raam met een verband voor haar rechteroog. Ze slaagt erin iets van een glimlach op haar gezicht te toveren en heft haar gezicht om zijn kus in ontvangst te nemen.

'Ik zal je spullen pakken. O, dat is al gebeurd. Is die tas het enige wat mee moet?'

Ze hoort Menno een kast openmaken en weer dichtdoen.

'Leeg. Oké, dan gaan we. Ik heb een rolstoel bij me.'

'Een rolstoel? Alsjeblieft, zeg.'

'Het moet, voorschrift van het ziekenhuis. Pas als je door de draaideur bent, mag je op je gezicht vallen. Kom, dan help ik je.'

Roerloos blijft Sascha zitten. 'Ik durf niet.'

'Ik laat je echt nergens tegenaan botsen. Vertrouw me maar.'

'Dat bedoel ik niet. Gistermiddag is de politie geweest en ze zeiden dat iemand me expres van de weg heeft gereden. Dat had je me niet verteld.'

'Dat heb ik wel verteld. Iemand heeft je bumper geraakt en toen...'

'Drie keer. Hij heeft me drie keer geraakt. Dat is geen ongeluk meer, dat is een aanslag.'

Er valt een stilte. Geschraap van stoelpoten over de vloer, Menno komt naast haar zitten.

'Ik wilde je niet bang maken,' zegt hij zacht. 'Je had al genoeg te verwerken.'

'Waarom zou iemand mij iets aan willen doen? Heeft het met jouw werk te maken?'

'Misschien.'

'Ik ken zelf niemand die zoiets zou doen, dus het moet bij jou vandaan komen. Hoe zit het met dat bedrijf dat een schadeclaim bij jou heeft neergelegd? Heeft het daar misschien mee te maken?'

'Daar heb ik ook aan gedacht.'

'Heb je dat tegen de politie gezegd?'

'Nee, maar dat ga ik wel doen.' Weer is het even stil, dan zegt hij: 'Je hebt gelijk, Sas. Af en toe moet ik zakendoen met mensen die ik in mijn privéleven nooit zou toelaten. Er wordt inderdaad druk op me uitgeoefend om te betalen, en ik denk dat ze me op deze manier wilden laten weten dat het hun ernst is.'

'Dus daarom hebben ze dat ongeluk veroorzaakt. Om jou te dwingen te betalen.'

'Ja. Het spijt me zo...'

Nog meer dan anders voelt Sascha zich omsloten door de duisternis. 'Jezus,' zegt ze zacht.

Menno pakt haar hand. 'Ik ga het oplossen, lieverd. Ik geloof niet dat ze nog een keer zoiets zullen doen. De boodschap was duidelijk en ik zal betalen. Ook als dat me mijn bedrijf kost. Jouw veiligheid is het belangrijkst.'

Sascha staart voor zich uit in een donkerrode mist. 'Had je dat niet eerder kunnen bedenken?'

'Het spijt me echt verschrikkelijk. Als ik had geweten dat ze zo ver zouden gaan... We gaan dit samen doen, oké? We slaan ons er wel doorheen. Ik zal je met alles helpen.'

Met een kreun verbergt Sascha haar gezicht in haar handen en schudt een paar keer haar hoofd. 'Dus omdat jij je rekeningen niet betaalt, ben ik nu blind. Je wordt bedankt!'

'Het ligt iets ingewikkelder. Sascha, luister, het spijt me.' Menno wil haar tegen zich aan trekken, maar ze weert hem af.

Na een tijdje hoort ze hem zachtjes vragen: 'Wil je niets tegen de politie zeggen?'

Vermoeid laat ze haar handen in haar schoot vallen. 'Waarom niet?'

'Omdat die gasten het een en ander over ons weten. Vooral over Luuk.'

'Wat is er met Luuk?' Haar stem klinkt scherp.

'Hij heeft wat stomme dingen gedaan, en die gasten weten dat.'

'Wat voor dingen? Vertel op!'

Met op elkaar geperste lippen hoort ze aan dat haar zoon heeft meegedaan aan een gewapende overval. Dat hij niet wist waar hij precies voor op de uitkijk stond, en dat hij geen vragen heeft gesteld vanwege zijn gokschuld. Haar Luuk. Ze ziet het blonde jongetje van vroeger voor zich, hoort zijn stemmetje, voelt zijn handje weer in de hare.

'Dus je begrijpt dat als de politie eenmaal gaat graven...' zegt Menno. 'Ik los het liever zelf op.'

'Door te betalen.'

'Ja.'

'Doe dat dan. Zo snel mogelijk.'

30

Ze nemen afscheid van het verpleegkundig team. Dokter Van Someren schrijft oogdruppels voor om de pijn te verminderen en de oogdruk te verlagen.

'Ik zie je binnenkort, Sascha. Veel sterkte,' zegt hij terwijl hij haar stevig de hand drukt.

Menno duwt de rolstoel de gangen door, op weg naar de lift. Bij elke onverwachte bocht krijgt Sascha het gevoel alsof ze hulpeloos overgeleverd in een achtbaan zit.

'We staan nu bij de lift,' zegt Menno.

Dat hoort ze. Voor en achter haar klinken belletjes die de komst van de liften aankondigen, deuren gaan open en dicht.

Ze gaan naar binnen, zoeven naar beneden. Door het geschuifel van voeten en wat gekuch weet Sascha dat ze niet alleen zijn. Wordt er naar haar gekeken, naar het verband voor haar oog? Ze kan de medelijdende blikken bijna voelen. Krampachtig houdt ze haar tas vast, als een reddingsboei.

De deuren gaan open, ze rijden de hal in. In gedachten ziet ze de haastig voorbijlopende mensen, de bordjes aan het plafond, het restaurant.

Ze probeert in te schatten hoelang het duurt voor ze bij de draaideur zijn. Nog tien stappen, nog negen, acht.

Menno staat al stil. 'Hier zetten we de rolstoel neer. Geef mij maar een arm.'

Ze komt overeind, voelt een vlaag angst, maar Menno houdt haar stevig vast.

'Oké, daar gaan we,' zegt hij.

Onzeker loopt Sascha aan zijn arm mee, de draaideuren door, naar buiten. De zon schijnt uitbundig, alsof ze haar een hart onder de riem wil steken. Sascha voelt de warmte op haar gezicht, ziet een flauw schijnsel in de duisternis.

Het is doodeng om volledig op een ander te moeten vertrouwen. Om niet zelf te kunnen controleren of ze opgewacht worden.

'Kijkt er iemand naar ons? Houd je dat wel in de gaten?' vraagt ze.

'Ik let goed op, schat. Geen mens besteedt aandacht aan ons.'

Desondanks schrikt Sascha van iedereen die voorbijloopt, van elk onverwacht geluid.

Bij de auto aangekomen opent Menno het portier voor haar. Ze houdt zich eraan vast, tast naar het dak van de auto en probeert in te schatten hoe ze moet instappen zonder haar hoofd te stoten. Uiteindelijk zit ze en dan barst ze in tranen uit.

Menno gaat naast haar zitten en trekt haar naar zich toe. 'Hé, wat is er nou? Het ging toch goed?'

Ze antwoordt niet. Met haar handen voor haar gezicht geeft ze zich over aan een enorme huilbui. Menno zegt niets, houdt haar alleen maar vast.

'Het komt wel goed,' zegt hij na een tijdje, als ze een beetje gekalmeerd is. 'Ik begrijp dat het moeilijk voor je is, de eerste keer naar buiten. Straks zijn we lekker thuis en dan gaan we je verwennen.'

'*We?*' Sascha snuit haar neus in een zakdoek die Menno in haar hand stopt.

'Mijn moeder is er. Ze heeft het hele huis gedaan. Leonora zal er ook wel zijn.'

‘Alleen zij toch, hoop ik? Ik zit echt niet te wachten op een huis vol bezoek.’

‘Natuurlijk niet. Voorlopig houden we het rustig.’ Menno start de motor en rijdt achteruit.

De eerste minuten kan Sascha zich nog een voorstelling maken van waar ze rijden, dan raakt ze het overzicht kwijt. Ze heeft er nooit bij stilgestaan hoe vervelend het is om in de auto te zitten als je niet kunt anticiperen op het verkeer. Om de haverklap is er een bocht, wordt er geremd, trekken ze op. Elke keer wordt ze als een lappenpop door elkaar geschud. Ze wordt er misselijk van.

Uiteindelijk hoort ze grind knarsen, en opgelucht constateert ze dat ze er zijn. Thuis. Ze ziet alles voor zich: de oprit, geflankeerd door bloembakken vol siergrassen, de voordeur met de kokosmat met het opschrift WELKOM.

‘Weet je moeder dat het geen gewoon ongeluk was?’ vraagt ze voor ze uitstappen.

‘Ja,’ zegt Menno. ‘Luuk heeft het haar verteld.’

‘Schrok ze erg?’

‘Ja, natuurlijk. Maar je weet hoe mijn moeder is.’

Sascha knikt en opent het portier. Ze laat zich de wagen uit helpen en naar de voordeur brengen. Nog voor Menno de sleutel in het slot heeft kunnen steken, wordt de deur opengetrokken en voelt ze twee armen stevig om zich heen.

‘Mam!’ zegt Luuk.

Ze slaat haar armen ook om hem heen, geniet van de warme omhelzing van haar zoon. Hij laat haar pas los als Astrid aan komt lopen.

‘Dag lieverd, kom verder. De koffie loopt,’ zegt Astrid. ‘Je ziet pips, heb je wel een beetje kunnen slapen vannacht? Doe de deur eens dicht, Menno, het tocht.’

Een hand om haar elleboog, Astrid loodst haar de woonkamer in. ‘Zal ik je naar de bank brengen? Ga lekker zitten, dan haal ik koffie. Ik heb cake gehaald bij de bakker. Heb je daar zin in?'

'Een klein stukje.' Sascha laat zich op de bank zakken, voelt aan de ribbelige stof, pakt een kussentje en drukt het tegen zich aan.

Ze visualiseert de kamer die ze met zoveel liefde en aandacht heeft ingericht. De houten vloer en de meubels in grijs- en wittinten, de kast vol boeken die een groot deel van de wand in beslag neemt, de schuifdeuren met kleurige glas-in-loodramen die de zitkamer van de woonkeuken scheiden, de kunstvoorwerpen die ze tijdens hun reizen op de kop getikt hebben. Alles omringt haar als vanouds, maar ze zou net zo goed in de kelder kunnen zitten.

De bel gaat, Menno doet open. Even later komt hij met iemand binnen.

'Hoi!' klinkt een heldere, vertrouwde stem.

'Leo!'

Snelle voetstappen komen in Sascha's richting. Leonora ploft naast haar op de bank. Ze slaat haar armen om Sascha heen en houdt haar een tijdje vast.

'Ik vind het zo erg voor je, liefie. Maar het komt weer goed, toch?'

'Met mijn linkeroog niet, maar rechts zou ik op een gegeven moment weer wat moeten kunnen zien. Zodra de bloeding is weggetrokken.'

'Hoelang gaat dat duren?'

'Volgens mijn oogarts kan het weken tot maanden duren.'

'Zo lang? En daarna?'

'Het is nog onzeker wat er gaat gebeuren,' zegt Menno. 'De kans is groot dat Sascha niet haar volledige zicht terugkrijgt.'

'Maar het kán wel,' zegt Leonora op dringende toon.

'Het kan, maar het is niet waarschijnlijk,' zegt Sascha. 'Op dit moment ben ik blij met elk beetje zicht dat ik terugkrijg.'

'Wat raar dat ze geen duidelijkere prognose kunnen geven. Dit zal toch wel vaker voorkomen?'

'Elk geval is anders en het genezingsproces ook,' zegt Menno.

Astrid komt binnen en zet de koffie en bordjes met cake op tafel.

'Als ik iets kan doen, moeten jullie het zeggen,' zegt Leonora na een korte stilte.

'Dat is niet nodig, ik ben er. Ik heb besloten om hier voorlopig in te trekken, zodat ik voor Sascha kan zorgen. Dan kan Menno met een gerust hart naar kantoor.'

Er valt een stilte waarin Sascha dolgraag de uitdrukking op het gezicht van haar man zou willen zien.

'Nou, mam, ik weet niet...' hoort ze hem voorzichtig zeggen.

'Je zei gisteren zelf dat er iemand bij Sascha moet blijven. Wie kan er nou beter voor haar zorgen dan ik?'

'Maar dan hoef je hier toch niet meteen in te trekken? Zo ver weg woon je niet.'

'En wie helpt haar als jij voor dag en dauw vertrokken bent en Luuk op school zit? Wie let erop of er onbekenden op het terrein komen?'

Sascha hoeft niet lang over het voorstel na te denken. Astrid is praktisch en doortastend, als er iemand voor haar kan zorgen is zij het wel.

'Als je dat wilt doen, Astrid...' zegt ze dankbaar.

'Natuurlijk. Mijn koffer staat al in de logeerkamer.'

Er valt een stilte, dan zegt Menno: 'Oké, misschien is het inderdaad beter zo. Het is niet dat ik je niet dankbaar ben, hoor, mam. Het zal alleen vreemd zijn, onder één dak.'

'Dat went vanzelf,' zegt Astrid.

31

Jammer genoeg kan ze niet lang met Leonora praten, en zeker niet over de ware toedracht van het ongeluk. Na een kwartier koffiedrinken is Sascha uitgeput en bonst haar hoofd zo hevig dat ze naar bed gaat.

Menno loopt achter haar aan de trap op en waarschuwt als ze de bovenste tree heeft bereikt.

'Je moet ze voortaan maar tellen,' zegt hij.

Op de tast zoekt Sascha haar weg over de overloop, naar de slaapkamer.

'Moet ik je ergens mee helpen?' Menno doet de gordijnen dicht, ze hoort ze over de rails schuiven.

'Nee, dank je. Ik red me wel.' Zittend op de rand van het bed kleedt ze zich uit. Ze draait zich om voor haar nachthemd, en op hetzelfde moment drukt Menno het in haar handen.

'Dank je.' Ze doet het aan, trekt het dekbed omhoog en kruipt eronder. Een kus, de deur gaat dicht en dan is ze alleen.

Vroeger hield ze van stilte, nu maakt die haar bang. Het is alsof de wereld stiekem is opgehouden te bestaan en zij de enige is die dat niet heeft gemerkt.

Om de golf van paniek die komt aanrollen op afstand te houden, concentreert ze zich op wat ze wel kan: luisteren. Van beneden dringen vaag stemmen tot haar door, vogels fluiten, een auto rijdt voorbij. Ergens blaft een hond.

De wereld is er nog.

Hoeveel tijd er is verstreken weet ze niet. Sascha wendt haar gezicht naar het raam, maar de duisternis licht niet op. Dat is waar ook, Menno heeft de gordijnen dichtgedaan. Hoe laat zou het zijn? Had ze nu die wekker van Alice maar.

Beneden klinkt het gerammel van borden, het moet etenstijd zijn.

Laten ze haar slapen of komt iemand haar halen? Ze besluit het niet af te wachten. De slaap heeft haar goedgedaan, de hoofdpijn is een stuk minder geworden.

Sascha gooit het dekbed van zich af en zet haar voeten op de witte plankenvloer. Het fijne van thuis zijn is dat ze in ieder geval een beeld heeft van haar omgeving.

Op de tast vindt ze haar weg naar de badkamer. Dat is moeilijker dan ze had verwacht. 's Nachts loopt ze zo vaak blindelings naar het toilet, het verschil is dat ze dan wel íéts ziet, al zijn het maar contouren. Nu loopt ze overal tegenaan.

Voorzichtig laat ze zich op het toilet zakken. Als ze klaar is, doet ze een stap naar voren, naar de wastafel, en draait de kraan open. Ze voelt het stromende water op haar handen, het stuk zeep dat tussen haar vingers door glijdt.

Ze schuifelt terug naar de slaapkamer, houdt één hand aan de muur en zoekt het bed. Haar kleding ligt op het voeteneind. Haar bh is helemaal gedraaid, het duurt een tijdje voor ze hem goed heeft. De rest is geen probleem. Haar vingers zoeken het labeltje in de hals van haar T-shirt, zodat het goed zit. Daarna trekt ze haar spijkerbroek en vest aan.

Nu naar beneden. Haar hand zoekt de kast, de wand, de deurpost. Op de overloop laat ze hem langs de muur glijden. Met haar andere hand pakt ze de balustrade die naar de trap leidt.

De trap af lopen is het engst, alsof ze in een donker gat afdaalt. Bij elke tree klampt ze zich aan de leuning vast en als ze voelt dat hij ophoudt, weet ze dat ze beneden is. Voetje voor voetje schuifelt ze door de hal, met één hand voor zich uit. Ze opent de dubbele deuren naar de woonkamer en gaat naar binnen.

De gesprekken vallen stil, iemand komt snel op haar aflopen.

'Waarom heb je niet geroepen?' zegt Menno. 'Ik was van plan je te helpen met aankleden en je naar beneden te brengen.'

'Je denkt toch niet dat ik in bed blijf liggen tot er eens iemand komt kijken?' Dat is onaardig, maar ze kan haar irritatie niet onderdrukken.

'Menno heeft gelijk, je had moeten roepen. Je had je nek wel kunnen breken,' zegt Astrid. 'Heb je trek? We eten kip en sperziebonen.'

Ze heeft geen trek, maar ze knikt toch.

Luuk trekt gedienstig haar stoel naar achteren en ze gaan allemaal aan tafel.

'Ik heb het spraaksysteem op je telefoon aangezet,' zegt Menno. 'Het zal in het begin wel lastig zijn, maar je kunt er je mail en whatsappjes mee lezen. Ik heb het net geprobeerd, het is reuze handig.'

Voor ze het weet hoort Sascha een stem het ene bericht na het andere voorlezen. Ze zijn afkomstig van Marlies en andere familieleden, en van vriendinnen. Ze steekt haar hand uit en krijgt haar telefoon aangereikt. 'Hoe werkt het?'

'Je moet met drie vingers tegelijk vegen om te scrollen, en je moet dubbeltikken om een functie te activeren,' zegt Menno. 'De voice-over vertelt welke knop je aanraakt. Er zit ook een spraakwekker op. Ik zal het je na het eten uitleggen.'

De gedachte dat ze straks haar berichten kan afluisteren vrolijkt Sascha wat op. Met haar vork prikt ze wat rond op haar bord, zonder veel resultaat. 'Heb ik op de dag van het ongeluk een bericht gekregen?'

Even is het stil. 'Je hebt wel een paar whatsappjes ontvangen, maar niets waar je opeens de deur voor uit moest. En er staat niets op je voicemail,' zegt Menno dan.

'Vreemd,' zegt Sascha. 'Dus ik ben op stap gegaan, heb in een hotel geslapen, ben de volgende ochtend terug naar huis gekomen en toen meteen weer weggegaan. En niemand weet waarom.'

'Misschien wilde je naar oma,' zegt Luuk, terwijl hij haar hand naar de juiste plek op haar bord leidt.

'Dat is de andere kant op. En als ik dat van plan was, zou ik niet eerst naar huis gegaan zijn.' Sascha prikt opnieuw met haar vork en brengt een boontje naar haar mond.

'Waarschijnlijk heb je op het laatste moment met iemand afgesproken en stond het daarom niet in je agenda. Ik zet trouwens nooit wat in mijn agenda. Ik onthoud mijn afspraken gewoon,' zegt Astrid.

'Ik ook. Zoveel heb ik er niet. Daarom juist.' Ze blijft prikken naar de sperziebonen, de tanden van de vork tikken hard op het bord. 'Het is misschien ook niet belangrijk, ik wil alleen graag dat ontbrekende stuk terug. Ik hoef het me niet per se te herinneren, als ik maar weet wat ik heb gedaan.'

'Dat begrijp ik,' zegt Astrid. 'Zeker nu iemand je auto heeft geramd. Ik zou de deur niet meer uit durven.'

'Dat ben ik ook niet van plan,' zegt Sascha. Ze legt haar vork neer, tast naar de kippenpoot op haar bord en eet hem met haar handen op.

Na het eten zit ze een beetje verloren op de bank. De televisie staat aan, maar ze heeft er geen belangstelling voor.

'Zal ik uitleggen hoe dat spraakprogramma werkt?' Luuk komt naast haar zitten. 'Er zijn ook allerlei handige apps.'

'Morgen misschien. Ik krijg weer hoofdpijn.'

'Wil je liggen? Zal ik een kussen voor je neerleggen?'

‘Ik wil er liever een in mijn nek. Ik heb al zo lang gelegen.’

Luuk rommelt wat op de bank, op zoek naar een geschikt kussen en schuift het achter haar hoofd. Met een zucht van verlichting leunt Sascha achterover.

‘Mam…’

‘Ja?’

‘Als je ergens hulp bij nodig hebt moet je het zeggen, hoor. Ik kan ook wel een paar dagen vrij nemen van school.’

Ze glimlacht en legt haar hand op zijn arm. ‘Dat hoeft niet, schat. Oma is er toch.’

‘Ja, óma. Wat kan die nou doen als er een paar van die gasten voor de deur staan. Ik vind het maar niks dat jullie hier met z’n tweeën zijn.’

‘We hebben een hek en camerabewaking. Er komt hier niemand aan de deur.’

‘Dat weet je niet. Laat me thuisblijven, ik kan me toch niet concentreren op school.’

‘Nee, Luuk,’ zegt Sascha vastbesloten. ‘Dit is je examenjaar. Je bent al een keer blijven zitten, je moet dit jaar halen. Oma en ik redden ons wel.’

‘Je gaat niet naar buiten, hè?’

‘Nee, dat gaat toch niet met die hersenschudding.’

‘Oké.’

Zwijgend zit Luuk nog een tijdje naast haar, zo lang dat ze zich afvraagt wat er door hem heen gaat. In geen jaren heeft hij zoveel aandacht aan haar besteed, hij moet wel enorm geschrokken zijn. Diep in haar hart geniet ze van zijn zorgzaamheid. Het is een klein lichtpunt in haar donkere wereld.

32

'Wanneer ga je me vertellen wat er aan de hand is?'

Menno kijkt over zijn schouder. Hij had snel de deur uit willen gaan, maar zijn moeder is achter hem aan gelopen en slaat haar armen over elkaar. Zo stond ze vroeger ook altijd als hij wat had uitgehaald. Spijbelen, kleine diefstallen, leugentjes, ze had hem altijd meteen door. Nog steeds krijgt hij er de zenuwen van als ze zonder iets te zeggen om hem heen loopt. Het is alsof ze een radar heeft voor zaken die hij wil verbergen.

'Dat heb ik al een paar keer gezegd: ik heb problemen met een klant. Een aansprakelijkheidskwestie,' zegt hij terwijl hij naar zijn auto loopt.

Zijn moeder volgt hem. 'Bén je aansprakelijk?'

'Ja.'

'Waarom heb je dan niet betaald?'

'Omdat ik het geld niet heb. Ik probeerde uitstel te krijgen.'

'Je probeerde je kont ervanaf te draaien, net als vroeger.' Astrids stem klinkt scherp.

Geïrriteerd draait Menno zich naar haar toe. 'Hoe bedoel je, "net als vroeger"? Wanneer heb ik ooit ergens mijn kont vanaf gedraaid?'

'Zo vaak. Als we je niet naar school hadden geschopt, je niet gedwongen hadden om een bijbaantje te zoeken, en je handen uit de mouwen te steken, dan was er niets van je geworden.'

'Wauw,' zegt Menno. 'En ondanks dat gaven jullie me toch de leiding over Riebeek Transport. Dan moet ik toch wel íéts goed gedaan hebben.'

'Toen was je volwassen. Ik heb het over toen je een puber was.'

'Ik ben al een hele tijd geen puber meer, mam. Dus ik begrijp niet goed waarom we dit gesprek voeren.' Hij gooit zijn koffertje op de passagiersstoel en kijkt zijn moeder over het dak heen ongeduldig aan.

'Ik wilde alleen even duidelijk maken dat ik je beter ken dan wie dan ook. Ik weet wanneer je iets verborgen houdt, ik zie het aan je gezicht. Dus vertel op, hoe zit het met dat ongeluk?'

'Dat heb ik je al verteld.' Menno schuift achter het stuur. 'Ik weet niet wat je aan mijn gezicht denkt te zien, maar meer is het echt niet.'

Zijn moeder gaat voor de auto staan. 'Loopt Sascha gevaar?'

'Nee. Er staat een groot hek voor de ingang, we hebben camera's, zolang ze hier blijft is er niets aan de hand,' zegt Menno door het openstaande portier.

'Zolang ze binnen blijft? Ze zal toch naar de poli moeten. Komt er dan misschien weer zo'n halvezool achter haar aan? Ben ík eigenlijk wel veilig, Menno?'

Menno sluit zijn ogen en zucht diep. Als hij ze weer opent, staat zijn moeder naast de auto. 'Ik regel het vandaag, mam,' zegt hij. 'Echt. Ik denk niet dat er problemen komen, maar blijf voor de zekerheid binnen.'

Met een ferme klap trekt hij het portier dicht. Hij doet zijn gordel om en start de motor. Door het geluid kan hij niet horen wat zijn moeder zegt en het interesseert hem ook niet.

Opgelucht dat hij weg kan, rijdt hij de oprijlaan af. Wat een gezeik. Precies waar hij bang voor was toen zijn moeder aankondigde bij hen in te trekken. Alsof de aanblik van Sascha, met die bloeddoorlopen, starende ogen, al niet erg genoeg is. Elke keer als hij naar haar kijkt, wordt hij misselijk van schuldgevoel.

Zuchtend zet Menno de radio aan en probeert zich te ontspannen.

Alles komt goed. Met Sascha en met zijn bedrijf. Een paar transporten, heeft Jan gezegd, twee of drie, daarna is alle ellende achter de rug. Daar moet hij op vertrouwen, anders wordt hij gek.

Zijn prepaidmobieltje trilt in de zak van zijn colbert. Hij vist het eruit en werpt een snelle blik op de display.

Parnassia, 10.00. Vera

Menno kijkt hoe laat het is. Tien voor tien. Hij haalt diep adem en geeft gas.

Ze staat bij de trap van het strandpaviljoen, gekleed in een strakke spijkerbroek en een witte blouse. Haar schoenen met hoge hakken houdt ze in haar hand. Met haar lange donkere haar, dat los over haar schouders valt, en haar gebruinde huid ziet ze er adembenemend uit.

Hij loopt met grote passen op haar af, gaat vlak voor haar staan en kijkt haar woedend aan.

'Wat hebben jullie verdomme met mijn vrouw gedaan? Waar was dat voor nodig?'

'Ik weet van niets,' zegt Vera. 'Wat is er met je vrouw gebeurd?'

'Dat zal jij niet weten! Moet ik dat geloven?'

'Echt, Menno, ik heb geen idee.'

'Iemand is drie keer achter op haar auto gereden, tot ze van de weg raakte en tegen een boom knalde. Nu is ze aan één oog blind.' Zijn stem klinkt bitter.

'Dat is vreselijk. Ik kan me voorstellen dat je razend bent. Maar echt, ik heb daar niets mee te maken.'

'Moet ik dat geloven? Je hoort bij die fokking bende, dus je bent net zo verantwoordelijk.'

'Dat zie ik anders, maar goed. Laten we een stukje gaan lopen.' Vastberaden steekt ze haar arm door de zijne en neemt hem mee naar de vloedlijn. 'Ik begrijp dat je boos bent, Menno. Maar zoals ik al zei heb ik daar niets mee te maken, dus laten we ter zake komen. Over twee weken komt er dertig kilo cocaïne uit Colombia. De container wordt in de haven van Antwerpen gelost en door een van onze medewerkers opgevangen. Van daaruit gaat de handel naar een loods aan de rand van Noenhout. Het is de bedoeling dat jij de boel ophaalt en het transport naar het Oostblok regelt.'

'O ja?' zegt Menno bitter.

'Vanmiddag zal Pascal Mazereeuw een order bij je plaatsen voor een transport van bloemen naar Polen en Roemenië. De handel zal in Noenhout klaarstaan. Twee weken is precies genoeg om een van jouw koelwagens te prepareren. Gewoon tussen de lading verstoppen is te riskant, bij een controle ruiken de drugshonden de coke meteen.'

'Waarom moet het een koelwagen zijn?'

'Omdat die meer bergruimte heeft en omdat gekoelde transporten sneller doorgelaten worden. We verbergen de drugs in het kopschot van de koelwagen, bij de koelmotoren. Daar ruiken de honden niets. Achter het kopschot maken we een extra binnenwand waar de drugs opgeslagen kunnen worden.'

Menno zegt niets.

'Duidelijk?'

'Ja.'

'Mooi. Nog vragen?'

Hij schudt zijn hoofd maar bedenkt zich. 'Wanneer ben ik

ervan af? Het risico is enorm, ik kan dit niet blijven doen. Op kantoor zal het opvallen dat iemand de vrachtbrieven heeft veranderd.'

'Dat los je vast wel op. Jij bent de directeur, de mensen moeten aan jou verantwoording afleggen, niet andersom. Ik denk dat we na drie transporten wel quitte staan.'

Drie keer. Het klinkt niet veel, maar dertig kilo cocaïne is een ongelooflijke hoeveelheid. Bij een controle ben je de lul. Dan is híj de lul.

Ze lopen nog een stukje langs de vloedlijn, bespreken de details en wandelen terug. Vera oogt ontspannen, al blijft ze waakzaam om zich heen kijken.

Bij het strandpaviljoen glimlacht ze opeens stralend en vouwt haar armen om zijn nek. Ze gaat op haar tenen staan en kust hem.

Even is Menno verbouwereerd. Onwillekeurig doen de paar seconden dat haar lippen de zijne raken zijn bloed bruisen. Haar tong glijdt zijn mond in en tot zijn verbazing en ergernis reageert zijn lichaam er meteen op. De lome, sensuele manier waarop haar lippen de zijne strelen, en haar tong die zachtjes ronddraait in zijn mond, bezorgen hem een niet te ontkennen stijve. Hij duwt haar van zich af.

'Waar is dit goed voor?' snauwt hij.

'Je weet nooit wie ons ziet.'

Menno onderdrukt de neiging om om zich heen te kijken. 'De politie, bedoel je?'

Ze knikt. 'Ik geloof niet dat ze me in de gaten houden, maar je weet maar nooit. Als ze ons samen zien, zullen ze denken dat je een affaire hebt.'

'Als bekenden ons zien, zullen ze dat ook denken.'

'Dat lijkt me wel het minste van je problemen,' zegt ze. 'Ik moet nu gaan. Jij blijft nog even hier voor een kop koffie en een paar telefoontjes, of wat dan ook. We vertrekken in ieder geval apart. Succes.' Zonder omkijken loopt ze weg.

Vervuld van een machteloze woede kijkt Menno haar na. Koffiedrinken en een paar telefoontjes plegen, hij dacht het niet. Ze is natuurlijk bang dat hij ziet door wie ze opgepikt wordt. Misschien wel door Ed.

Een stoot adrenaline gaat door hem heen. Dit is zijn kans. Als hij informatie wil krijgen, moet hij nu handelen.

Met grote stappen gaat hij de duintrap op, waar Vera net uit het zicht is verdwenen. Boven aangekomen kijkt hij behoedzaam om zich heen, en hij ziet haar naar de parkeerplaats lopen, haar autosleutel in de hand. Geen Ed dus, helaas.

Hij zou haar kunnen volgen.

Menno wacht tot Vera haar parkeerkaart heeft betaald en bij haar auto is. Dan rekent hij zelf af en zoekt zijn eigen auto op. Uit niets blijkt dat Vera hem gezien heeft. Op haar gemak rijdt ze het terrein af, steekt haar parkeerkaartje in de lezer bij de slagboom en geeft gas.

33

Vera rijdt stevig door. Tegen de tijd dat Menno de achtervolging kan inzetten, is ze al een heel eind van hem verwijderd.

Dat is niet erg, op die stille duinweg kan hij toch niet te dicht achter haar rijden.

Zo snel als hij durft zet hij de achtervolging in. Nu en dan gaat de weg omhoog, dan daalt hij weer of maakt een bocht. Af en toe is hij bang dat hij Vera kwijt is, maar steeds ziet hij haar rode wagen weer opduiken.

Bij de Bloemendaalseweg slaat ze af naar links en rijdt in de richting van Haarlem. Menno volgt. Er zijn niet veel gelegenheden meer om af te slaan, tenzij je in een zijstraatje moet zijn, dus hij durft het aan om een ruime afstand aan te houden tussen Vera en hem.

Waar zou ze naartoe gaan? Naar huis, naar haar werk, naar Ed? Het maakt niet uit, alle informatie is welkom.

Ze blijft de borden HAARLEM volgen en rijdt even later de bebouwde kom in. Terwijl ze steeds kleinere straten kiest, neemt Menno's nieuwsgierigheid toe. Zijn ze plaatsgenoten? Staat hij straks voor haar huis?

Maar nee, ze slaat af en rijdt een doorgaande weg in. Hij kent die weg wel, Luuks middelbare school staat daar. Tot zijn verbazing remt Vera af en parkeert haar auto vlak voor de ingang.

Hij parkeert ook, een flink stuk bij haar vandaan. Vervolgens gebeurt er een halfuur niets. Ze blijft in de auto zitten, net zolang tot de schoolbel gaat. Dan stapt ze uit en kijkt, tegen haar auto geleund, naar de stroom leerlingen die naar buiten komt. Vanaf haar positie heeft ze zowel zicht op de hoofdingang als op het plein met het fietsenhok.

Ze wacht op iemand. Haar zoon of dochter. Wat een toeval dat die op dezelfde school zit als Luuk. Misschien kent hij hem of haar wel. Dat zou mooi zijn, weer een stukje informatie erbij.

Luuk komt aanfietsen, en met een schok ziet Menno dat Vera naar hem toe loopt. Met één voet op de grond blijft Luuk staan en luistert naar wat ze zegt. Wat moet Vera van hem? Hoe wist ze dat hij nu uit was? Met groeiende ongerustheid slaat Menno hen gade.

Lang duurt het gesprek niet, al gauw draait Vera zich om en keert terug naar haar auto. Ze stapt in en rijdt weg.

Besluiteloos kijkt Menno haar na. Wat zal hij doen, de achtervolging weer inzetten of zijn zoon vragen wat Vera van hem moest? Net als hij tot het eerste besluit, gaat zijn telefoon.

Het is Luuk, en gealarmeerd neemt Menno op. 'Luuk, zeg het eens.'

'Pap, is alles goed?'

'Ja, hoezo?'

'Er gebeurde net zoiets raars. Er kwam een vrouw naar me toe die zei dat je moest uitkijken.'

'Wát?'

'Ja, dat zei ze. En ook dat ik je de hartelijke groeten moest doen, maar dat ze er nu genoeg van had.'

Menno haalt diep adem.

'Waar slaat dat op, pap?'

'Nergens op. Gewoon flauwekul.'

'*Sure*,' zegt Luuk. 'Heeft dit met die chantage te maken?'

Het heeft geen enkele zin om dat te ontkennen. Sterker nog, Luuk kan beter weten met wie ze te maken hebben.

'Ja,' zegt Menno. 'Blijf alsjeblieft bij dat mens uit de buurt.'

'Maar wat moest ze dan? Wat deed ze hier?'

'Mij intimideren. Ik was haar aan het volgen en dat had ze blijkbaar door.'

'En dus stopte ze hier. Hoe wist ze waar ik op school zit?'

Menno zucht diep. 'Volgens mij weet ze alles.'

's Middags, als Menno achter zijn bureau zit, komt Ruben zijn kantoor in met de mededeling dat er een order van ene Mazereeuw binnengekomen is. Of die naam hem wat zegt.

'Ja,' zegt Menno. 'Die ken ik wel.'

'Echt? Ik heb nog nooit van dat bedrijf gehoord. Moeten we het niet even doorlichten?'

'Niet nodig, ik ken Pascal al jaren.'

'Oké, als jij het zegt.' Aarzelend blijft Ruben staan.

'Verder nog iets?' vraagt Menno.

'Ik weet dat je het druk hebt, maar kan ik even met je praten?' Zonder op een bevestiging te wachten trekt Ruben een stoel naar achteren en gaat zitten.

Met een onderdrukte zucht leunt Menno achterover. 'Heel even dan.'

'Hoe is het met Sascha?' vraagt Ruben.

'Naar omstandigheden goed. Het is natuurlijk wel moeilijk voor haar. Voor ons allemaal.'

'Ja. Heeft de politie enig idee wie haar aangereden heeft?'

Menno schudt zijn hoofd. 'Ze hebben te weinig houvast. Een zwarte Saab, dat is het wel zo'n beetje. Natuurlijk kijken ze naar die wagen uit, en ze hebben alle garages afgebeld, maar het heeft niets opgeleverd.'

'Balen,' zegt Ruben. 'Ik begrijp dat je veel aan je hoofd

hebt met Sascha, en dat je daarom natuurlijk niet in je normale doen bent, maar het viel me daarvóór al op.'

'Wat viel je op?'

'Dat je afwezig bent, letterlijk en figuurlijk. Je laat steeds meer werk aan mij over, ook zaken die je vroeger per se zelf wilde afhandelen. Ik vind het prima hoor, ik voel me vereerd, maar ik vroeg me af of er nog iets speelt. Want dan wil ik je graag helpen.'

Er valt een stilte waarin Menno over Rubens schouder naar de muur kijkt. Het is waar, hij laat veel aan die jongen over. Te veel.

'Ik heb wat problemen,' zegt hij uiteindelijk, 'maar die zijn persoonlijk. Ik los ze wel op.'

'Prima. Ik wil me ook niet opdringen of je bekritiseren, maar...' Ruben aarzelt.

'Maar?'

'Het bedrijf lijdt eronder. Er moeten regelmatig beslissingen genomen geworden en als jij er niet bent, gebeurt er niets. Dat kost ons klanten. Dus ik dacht, als jij me nou tekenbevoegd maakt...'

Een tiental seconden kijken ze elkaar aan, dan zegt Menno: 'Tekenbevoegd. Dat is nogal wat.'

'Ik weet het, maar het zou alles zoveel eenvoudiger maken. Jij kunt je problemen oplossen, en ik zorg dat hier alles loopt.'

Opnieuw valt er een lange stilte. Menno denkt snel na. Zijn vader heeft altijd alles in eigen hand gehouden, zijn werknemers konden nog geen pak koffie kopen zonder zijn toestemming, maar te veel controle is niet van deze tijd. Een goed zakenman omringt zich met kundige mensen en is in staat te delegeren. Ruben ís kundig, als er iemand promotie verdient, is hij het wel.

'Misschien is het niet zo'n gek idee om je wat meer bevoegdheden te geven,' zegt Menno. 'Voor de kleinere deals. Als het om grote zaken gaat, overleg je eerst met mij.'

Een brede glimlach trekt over Rubens gezicht. 'Ja,' zegt hij, terwijl hij Menno's uitgestoken hand drukt. 'Natuurlijk.'

34

De dreiging is het ergst. Dat ze haar omgeving niet in de gaten kan houden. Niet naar buiten kan kijken.

Elke keer als ze het grind hoort knerpen, duikt Sascha in elkaar. In haar wereld zijn mensen er pas als ze hen hoort. Ze kunnen naast haar zijn komen staan, of juist weggelopen zijn, ze weet het niet. Pas als ze kuchen, met hun voeten schuifelen of iets zeggen, komen ze haar werkelijkheid binnen.

Ze vraagt zich af hoelang het zal duren voor ze niet meer schrikt van een hand die op haar arm wordt gelegd, of van een stem die veel te dichtbij klinkt. Er is geen manier om zichzelf daartegen te beschermen, en dus blijft ze binnen.

Menno zegt wel dat hij zijn afpersers heeft betaald, maar hij zegt zoveel. Hoe kan ze weten of het waar is? En of hij haar wel alles heeft verteld?

En dan is er de verveling. Het nietsdoen. Nu ze niet meer schildert en boetseert, en alle huishoudelijke klusjes haar uit handen worden genomen, blijft er weinig over om de dagen mee door te komen.

Het zou helpen als ze wist hoelang ze precies moet wachten tot ze haar zicht terugkrijgt. Dan zou ze de dagen kunnen afstrepen, een datum hebben om naartoe te leven. Nu duurt haar toestand maar voort, zonder duidelijk vooruitzicht.

Vroeger was vierentwintig uur te kort om alles te doen wat

er op een dag moest gebeuren, nu sleept de tijd zich voort. Luisterboeken, muziek, televisie, ze helpen om de dagen te vullen, maar ze krijgt er genoeg van.

Tot haar grote teleurstelling laat Leonora het een beetje afweten. Af en toe belt ze, en ze stuurt regelmatig een whatsappje, maar de enige keer dat ze langs is gekomen was toen Sascha uit het ziekenhuis kwam.

Boos en verdrietig wist ze de berichtjes van haar vriendin zonder erop te reageren.

Zonder duidelijk doel doolt ze rond door de vertrouwde kamers. Ze moet haar huis opnieuw leren kennen. Een douche nemen, zich aankleden, theezetten, haar luisterboek zoeken, naar de wc gaan, alles is een tijdrovende onderneming. Ze zit vol blauwe plekken van onverwachte confrontaties met half openstaande deuren en hoeken van tafels.

Haar belevingswereld is veranderd. Geluiden die vroeger op de achtergrond klonken en waar ze nauwelijks aandacht aan besteedde, hebben een andere dimensie gekregen. Het tikken van de klok, het zachte ruisen van de regen, een vogel die fluit, het verkeer in de verte, het zijn signalen die haar met de zichtbare wereld verbinden.

'Kun je me even helpen met de salontafel schoonmaken?' vraagt Astrid. 'Ik heb last van m'n rug, ik kan niet bukken.'

'De salontafel schoonmaken,' herhaalt Sascha. 'Hoe had je gedacht dat ik dat moest doen?'

'Gewoon, een doekje eroverheen halen. Ik zeg wel of het schoon is.'

Blijkbaar meent Astrid het, want ze duwt haar een doekje in de hand en zegt: 'Je moet wel eerst de spullen eraf halen. Zet ze maar naast je op de bank.' Vervolgens loopt ze weg.

Geïrriteerd tast Sascha naar de tafel en laat haar hand over het gladde houten oppervlak glijden. Onderzetters, koektrommel, de chromen vaas met kunstbloemen, ze zet ze voorzichtig op de bank. Daarna maakt ze op goed geluk de tafel schoon. Ze weet heel goed welke plekken haar aandacht verdienen: de randen, die het meest te lijden hebben. En vooral de hoek waar Menno altijd zijn koffie naast de onderzetter zet.

Ze hoort voetstappen en kijkt op. 'Ik heb geen idee wat ik aan het doen ben.'

'Blijkbaar toch wel. Het is schoon,' zegt Astrid.

Marlies komt langs, maar ze blijft niet lang. 'Ik moet ook nog naar mam,' zegt ze. 'Nu jij niet kunt, zal ik wat vaker moeten gaan. Maar dat komt wel ontzettend slecht uit met mijn werk.'

'Wat vervelend voor je,' zegt Sascha.

'Tja, wat moet dat moet. Hoe vaak ging jij eigenlijk naar mam? Toch niet elke zondag?'

'Elke donderdag en elke zondag.'

Er valt een korte stilte.

'Echt? Zo vaak?' zegt Marlies.

'De verzorgers doen hun best, maar ze zijn overbelast. Als ik niet kom, krijgt mam maar de helft van de zorg die ze nodig heeft. En ik doe het graag.'

'Ik ook,' zegt Marlies. 'Natuurlijk doe ik het graag, maar ik kan niet zo vaak bij haar langsgaan.'

'Eén keer in de week moet toch wel lukken?'

'Ik zal eens kijken. Het maakt niet veel uit. Ik bedoel, ze heeft er toch geen weet van.'

'Soms wel,' zegt Sascha. 'Zomaar opeens heeft ze een helder moment en herinnert ze zich iets. Dan vraagt ze naar je.'

'Dat klinkt alsof ik nooit kom,' zegt Marlies geërgerd. 'Dat is ook weer overdreven.'

Alleen voor de controles in het ziekenhuis komt Sascha buitenshuis. Astrid gaat iedere keer mee. Voor haar schoonmoeder het hek aan het einde van de oprijlaan uit rijdt, zet ze de auto stil, spiedt om zich heen en pas als er geen verkeer in de buurt is, rijdt ze door.

De eerste keer zit Sascha de hele weg naar het ziekenhuis stijf van de spanning naast haar. Ze verwacht ieder moment de klap van een aanrijding, al verzekert Astrid haar dat ze alles om hen heen goed in de gaten houdt.

'Toch vind ik het een vreemd verhaal,' zegt ze onderweg. 'Een ontevreden klant van Menno rijdt jou van de weg? Waarom in vredesnaam?'

'Het was geloof ik iets meer dan een ontevreden klant. Eerder een zakelijk conflict. Menno is die klant geld schuldig en hij wilde niet betalen. Ik weet niet precies hoe het zit.'

'En dan vraag je niet door? Ik zou het precies willen weten.'

'Menno laat nooit veel los over zaken.'

'Dan moet hij daar maar eens mee beginnen. Ik zou een volledige verklaring eisen als ik jou was.'

Sascha zucht. 'Die geeft hij toch niet. En wat maakt het uit? Het is nu toch al gebeurd. En hij heeft beloofd die klant te betalen.'

'Weet de politie dit ook?'

'Menno zegt dat hij het heeft verteld, ja. Ik neem aan dat ze het gaan onderzoeken.'

Even rijden ze in stilzwijgen door.

'Je bent te makkelijk, Sascha,' zegt Astrid dan. 'Veel te makkelijk.'

Ze rijden de parkeerplaats van het ziekenhuis op, en Astrid zoekt een plekje. Op de tast doet Sascha haar gordel af en opent voorzichtig het portier.

'Heb ik genoeg ruimte?' vraagt ze.

'Ja, er staat niets. Gooi maar open.' Astrid stapt uit en Sascha hoort haar om de auto heen lopen.

Ze wacht tot haar schoonmoeder bij haar is en wil net vragen of ze goed om zich heen gekeken heeft, als ze voetstappen hoort. Ze klinken als die van een man, zwaar en lang, en ze houden bij hen op.

'Astrid,' zegt ze gespannen.

'Blijf zitten.' Astrid duwt haar terug, en aan een verandering in de lichtval, merkt Sascha dat ze voor haar gaat staan.

'Hulp nodig, dames?' vraagt een mannenstem.

'Nee, bedankt,' zegt Astrid.

'Zeker weten? Ik zie dat de dame iets aan haar ogen heeft, en...'

'Maar ik niet. Hartelijk dank, we redden het wel.'

'Twee zien meer dan een. U ziet er zelf ook nogal fragiel uit, straks vallen jullie nog.'

'We vallen niet. Wilt u opzij gaan, we hebben een afspraak.' Astrids stem klinkt vastberaden maar Sascha hoort een zenuwachtige ondertoon.

Het zweet breekt haar uit. Ze schuift verder de auto in en zoekt het stuur, de claxon. Intussen hoort ze Astrid de man opnieuw verzoeken opzij te gaan, waar hij geïrriteerd op reageert.

'Zeg, ik bied alleen maar mijn hulp aan. Daar hoef je niet zo opgefokt op te reageren, mens.'

'We hebben je hulp niet nodig. En nou wegwezen, anders gebruik ik dit hier!' roept Astrid met overslaande stem.

Sascha voelt de ronding van het stuur en slaat als een bezetene op het middenstuk, net zolang tot de claxon gaat.

'Zijn jullie gestoord of zo?' schreeuwt de man. 'Stomme wijven!'

Terwijl hij wegloopt hoort Sascha hem nog verwensingen roepen. Trillend van schrik komt ze uit de auto.

‘Hij is weg,’ zegt Astrid. ‘Kom, snel naar binnen.’

‘Wat wilde hij?’ vraagt Sascha angstig terwijl ze arm in arm weglopen.

‘Weet ik veel. Misschien wilde hij ons wel echt helpen. Misschien ook niet. Je had zijn gezicht moeten zien toen ik een bus haarlak op hem richtte.’

‘Háárlak?’

‘Ja, pepperspray is verboden, daar kon ik niet aan komen. Maar haarlak moet je ook niet in je ogen krijgen. Jij moet ook maar een bus in je jaszak stoppen.’

Nauwgezet onderzoekt dokter Van Someren Sascha’s ogen. Hij meet de druk en de lichtperceptie en bestudeert de binnenkant met een oogspiegel. De uitkomst is dat ze moet afwachten.

Dat doet Sascha. Binnen.

Ook al verzekert Menno haar honderd keer dat hij betaald heeft en dat ze niet bang hoeft te zijn dat er nog iets gebeurt. Behalve voor de oogpoli blijft ze weigeren de deur uit te komen.

Ze hangt in joggingpak op de bank als Leonora onverwacht langskomt. Astrid laat haar binnen.

‘Je ziet er niet goed uit,’ zegt Leonora zodra ze tegenover Sascha zit. ‘Eigenlijk zie je er zelfs heel slecht uit.’

‘Hoe zou dat nou komen,’ zegt Sascha.

Aan de druk op het kussen voelt ze dat Leonora naast haar komt zitten. ‘Sas, zo kan het toch niet doorgaan?’

‘Wat?’

‘Zoals je erbij loopt. Je ziet er niet uit, je haar is vet en je hebt helemaal geen make up op. Je kunt toch wel íéts aan jezelf doen?’

‘Om eerlijk te zijn kan het me geen barst schelen hoe ik erbij loop.’

'Echt niet? Als je jezelf kon zien, zou je je rot schrikken. En voor Menno lijkt het me ook niet leuk.'

Onverwacht draait Sascha haar gezicht naar haar vriendin toe. 'Weet je wat niet leuk is? Als je hele leven naar de bliksem is, als je man de hele tijd tegen je liegt en je overal hulp bij nodig hebt. En of het allemaal nog niet erg genoeg is, laat je beste vriendin je ook nog stikken.'

'Hoe kom je daar nou bij? Ik laat je helemaal niet stikken.'

'O nee? Ik ben al een maand thuis en je bent niet één keer langsgekomen.'

'Het was een gekkenhuis op het werk, dat heb ik toch geappt? Denk je dat ik expres niet ben geweest?'

'Weet ik veel. Zeg jij het maar.'

Leonora grijpt haar hand. 'Ik heb je gebeld en elke dag geappt. Als dat niet genoeg was, dan spijt me dat, maar het kon even niet anders.'

'Je had geen weekeinde? Nooit een dagje vrij?'

'Nee, inderdaad. Ik heb veel gewerkt. En als ik vrij was, was ik bekaf.'

Er valt een gespannen stilte, dan zegt Leonora zacht: 'Ik vond het moeilijk, wist niet precies hoe ik jou bij moest staan. Sorry, Sas.'

'Laat maar. Misschien verwachtte ik wel te veel.'

'Helemaal niet. Je hebt gelijk, ik had er voor je moeten zijn. Maar ik dacht, je hebt Menno, Luuk en je schoonmoeder.'

'Menno,' herhaalt Sascha bitter. 'Ik voorspel je dat hij binnen de kortste keren een ander heeft. En geef hem eens ongelijk. Ik zie er natuurlijk niet uit met één dik, bloeddoorlopen oog en het andere oog blind.'

'Onzin. Je bent nog steeds aantrekkelijk. Alleen moeten we wel wat aan je doen.' Er klinkt een lach door in Leonora's stem, maar Sascha's gezicht blijft strak staan.

'Wat kan mij het schelen hoe ik eruitzie,' zegt ze bitter. 'Hoe erger hoe beter. Dan ziet Menno tenminste wat hij gedaan heeft. Dat hij mijn leven naar de kloten heeft geholpen.'

'Hoe bedoel je? Waarom is het Menno's schuld?'

'Volgens de politie was het geen ongeluk. Een getuige heeft gezien dat de bestuurder drie keer op me in reed.'

'Djiezus, waarom?'

'Omdat Menno een zakelijk conflict met een klant heeft.'

'En die klant heeft je van de weg gereden? Hebben jullie dat aan de politie verteld?'

'Nee. Het ligt een beetje moeilijk.'

'Hoezo?'

'Het ging om een schimmig zaakje. Van die dingen waar je beter je mond over kunt houden.'

'Op die manier.' Leonora's stem klinkt nadenkend. 'Is de politie de dader al op het spoor?'

'Nee. Er staan geen camera's op die weg, en de getuige heeft alleen gezien dat het om een zwarte Saab ging. Zonder een kenteken heb je daar niet veel aan.'

Even is het stil.

'Je bent natuurlijk razend op Menno,' zegt Leonora dan.

'Ja, vind je het gek?'

'Nee... Maar als ik het zo hoor kan hij er ook niet veel aan doen. Hoe had hij moeten weten dat die gek jou van de weg zou rijden? Als ik het goed begrijp, is het niet eens zeker dat het die klant van hem was.'

Sascha zegt niets.

'Menno voelt zich ellendig, Sas. Hij zit zich de hele tijd af te vragen hoe hij je kan helpen. Dat is toch lief? Je moet hem niet afwijzen, jullie hebben elkaar nodig. Wat jij moet doen is zuurstof happen. Het is niet goed om hele dagen thuis te zitten. Dat doe je nu al weken. Die hersenschudding is zo goed als over, het wordt tijd dat je je leven weer oppakt. We stappen in de auto en gaan ergens lunchen.'

'Ik durf niet,' zegt Sascha zacht. 'Ik vind het al vreselijk om naar de controles in het ziekenhuis te gaan. In een brasserie zitten, terwijl iedereen naar me kijkt, dat ga ik echt niet doen.'

'Misschien is dat iets te snel. Maar we kunnen wel naar het park lopen en even lekker buiten gaan zitten. Of een strandwandeling maken. Niemand die naar je kijkt, en er is ook niets om over te struikelen. Lijkt je dat wat?'

Sascha knikt aarzelend.

'Mooi, dat is dan afgesproken.' Voldaan klapt Leonora in haar handen en staat op. 'Trek iets warms aan, er staat een frisse wind.'

35

Pas als er geen tranen meer zijn, als je op de bodem van de put ligt en doodmoe omhoogkijkt, als je weet dat het niet veel slechter kan worden, begin je aan de klim omhoog. Omdat je geen keus hebt.

Misschien komt het door de manier waarop Leonora binnenkwam, vol energie en nog fris van de buitenlucht, dat Sascha opeens genoeg heeft van haar angst en hulpeloosheid. Ze herinnert zich de woorden van dokter Kaptein: het enige waar ze zelf invloed op heeft, is de manier waarop ze met de nieuwe situatie omgaat. En dus hijst ze zich van de bank en zegt tegen haar schoonmoeder dat ze met Leonora naar het strand gaat.

'Nou ja, doe voorzichtig,' zegt Astrid. 'Veel plezier.'

Leonora geeft Sascha een arm en begeleidt haar naar de auto. Ze maakt aanstalten om haar te helpen instappen, maar Sascha gebaart dat ze het zelf wel kan. Astrid ploft altijd gewoon achter het stuur als ze naar het ziekenhuis gaan.

'Zo,' zegt Leonora als ze wegrijden. 'Lekker naar het strand. Beter dan de hele dag binnen zitten, toch? Dat je dat zo lang volgehouden hebt.'

'Wat moet ik anders? Waar ik ook kom, het is overal even donker.'

'Zal ik vertellen waar we rijden?'

'Ja, fijn. Niet de hele tijd, dan blijf je bezig, maar zo nu en dan.'

De rest van de rit houden ze het gesprek luchtig en doet Leonora verslag van de wegen waar ze rijden en van wat er om hen heen te zien is. Als ze het duingebied naderen, kondigt ze dat aan.

'Dus we rijden nu op die bochtige weg,' zegt Sascha.

'Ja, we zijn er bijna.'

Bij de boulevard aangekomen zoekt Leonora een plekje en parkeert de auto. Ze helpt Sascha uitstappen en gearmd lopen ze naar de strandopgang.

'Wacht, heb ik nou mijn auto op slot gedaan?' Leonora blijft staan. 'Ik ren even terug, Sas. Blijf hier maar staan, de leuning van de trap is aan je rechterhand. Heb je hem?'

'Nee, wacht. Niet...' zegt Sascha, maar Leonora rent al weg.

'Ben zo terug!' roept ze.

Sascha pakt de leuning vast en onderdrukt de neiging om naar haar vriendin te schreeuwen dat ze terug moet komen. Om de opkomende paniek te bezweren ademt ze een paar keer diep in.

'Niets aan de hand,' zegt ze zachtjes. 'Er is helemaal niets aan de hand.'

Ze draait haar rug naar de zee, zodat ze niet zo op de wind staat, en houdt met één hand haar haar uit het gezicht.

Voor haar klinken voetstappen, die opeens ophouden.

Onzeker luistert ze, de leuning stevig vasthoudend. Er staat daar iemand. Waarom loopt diegene niet door?

Geschuifel van voeten, een droge kuch. Hij of zij komt dichterbij, ze hoort het geknars van zand.

Met ingehouden adem wacht Sascha tot de voetstappen haar passeren, maar ze lijken vlak voor haar halt te houden. Ze hoort een zware ademhaling, opnieuw die rasperige kuch.

'Wie is daar?'

Paniekerig doet ze een stap achteruit, ze verliest bijna haar evenwicht. Haar hand klemt zich net op tijd weer om de leuning, maar ze heeft zich verstapt en er schiet een pijnscheut door haar enkel.

Nog steeds loopt degene die voor haar staat niet door. Wie is dat in godsnaam? Wie staat daar naar haar te kijken?

Achter haar komen mensen de trap op, ze hoort gelach, hoge kinderstemmen, een volwassene die iets vermanends zegt.

Met een ruk draait Sascha zich om en zegt: 'Help! Help me alsjeblieft!'

Stilte. Ze lopen langs haar, ze voelt blikken op zich gericht.

'Help!' zegt ze nogmaals, wat luider. 'Ik ben blind en er staat daar iemand!'

Op dat moment hoort ze op enige afstand Leonora's stem. 'Hij zat inderdaad niet op slot. Stom, zeg. Hé, wat is er?'

Zodra Leonora bij haar is, klampt Sascha zich aan haar vriendin vast. 'Er was iemand, een man geloof ik. Hij stond naar me te kijken. Zag je hem?'

'Die man met die hond? Of dat gezin dat net langsliep?'

'Weet ik veel, ik hoorde alleen voetstappen. Ze kwamen op me af en toen stonden ze stil.'

'Hoe weet je dat het een man was?'

'Ik hoorde hem hoesten, het klonk als een man. Hij bleef vlak voor me staan. Waarom ging je weg? Je kunt me niet zomaar alleen laten! Zoiets doe je niet!'

'Rustig maar.' Leonora slaat een arm om haar heen. 'Het was waarschijnlijk gewoon een wandelaar.'

'Nee, het was geen wandelaar. Hij stond daar maar en, en...'

'En wat? Er is toch niets gebeurd? Ach, lieverd, je was echt bang! Sorry dat ik je alleen gelaten heb, ik zal het nooit meer doen. Kom, ik hou je vast en dan gaan we naar beneden.'

'Ik weet het niet. Ik wil liever terug.'

'Kom op, Sascha. We zijn hier niet helemaal naartoe gereden om nu al terug te gaan. We gaan lekker een wandeling maken.' Leonora trekt haar mee, en Sascha geeft zich gewonnen. Een beetje beverig zoekt ze met haar hand steun bij de reling.

'Goed zo,' zegt Leonora, alsof ze een klein kind is.

Aan de vloedlijn komt Sascha langzaam tot rust. Ze weet zeker dat er iemand was, maar misschien stond hij of zij gewoon van het uitzicht op zee te genieten. Achteraf bezien was haar reactie een beetje overdreven.

Ze ademt diep in en uit.

'Gaat het weer een beetje?' vraagt Leonora.

'Ja. Ik dacht dat iemand me iets wilde aandoen.'

'Het spijt me. Dat was stom van me.'

Ze lopen een tijdje zwijgend door.

'Is het erg stil op het strand?' vraagt Sascha.

'Nee, er lopen best veel mensen. Maar ik begrijp het als je terug wilt.'

Sascha schudt haar hoofd. 'Het is eigenlijk wel fijn om buiten te zijn.'

Ze meent het. Nu de angst gezakt is, kan ze genieten van de wandeling. Ook al ziet ze de zee niet, ze hoort en ruikt hem. De wereld is niet verdwenen, ze maakt er nog steeds deel van uit.

Na de wandeling zoeken ze de beschutting van het strandpaviljoen op voor een kop koffie.

Om hen heen gonzen stemmen, klinkt het gesis van het koffieapparaat en gerammel van kopjes, borden en bestek.

'Wil je appeltaart? Ik trakteer,' zegt Leonora, en zonder op antwoord te wachten geeft ze de bestelling door.

Koffie en taart staan in een ommezien voor hun neus, en

Leonora vraagt: 'Herinner je je nog steeds niets van dat ongeluk?'

'Nee, niets. Leo, waar hebben wij het over gehad de avond voor het gebeurde? Was er een speciale reden dat we uitgingen?'

'Het was de sterfdag van je vader.'

Sascha haalt diep adem en laat de lucht langzaam ontsnappen. 'Dat is waar ook. Daar heb ik helemaal niet meer aan gedacht.'

'Menno ook niet, en daar zat je nogal mee.'

'Heeft hij er niets over gezegd? Dat zal ook wel weer. Het laatste wat ik me herinner is dat ik terugkwam van het strand en dat we sushi bestelden. Van de maaltijd zelf herinner ik me wat flarden. Gek hè, dat je zomaar een stuk uit je leven kwijt kunt zijn. Wat hebben we gedaan die avond?'

'Niet veel bijzonders. We hebben bij Van Beinum gezeten, tot een uur of elf. Toen zijn we opgestapt en naar huis gegaan.'

'Ik niet. In mijn telefoon staat een whatsappje aan Menno dat ik een hotel nam omdat ik te veel gedronken had.'

'Echt waar?' Leonora klinkt verbaasd. 'Zoveel was het helemaal niet, hooguit drie glazen.'

'Bij de sushi had ik ook wijn gedronken. Bij elkaar was het misschien net te veel. Maar ik heb dus niets gezegd over een hotel?'

'Nee, op de Grote Markt hebben we elkaar gedag gezegd en toen ben ik naar Jeroen gegaan. Ik dacht dat jij naar huis zou gaan.'

Nadenkend tast Sascha naar het oor van haar kopje en neemt een slok koffie. 'In mijn tas zitten een flaconnetje en een stukje zeep. Ik begreep al niet wat ik daarmee moest, maar die heb ik natuurlijk meegenomen. Kijk eens of er een hotelnaam op staat.'

Ze hoort Leonora in haar tas rommelen en een paar voorwerpen op tafel leggen. 'Hotel Amadeus. Doet dat een belletje rinkelen?'

Sascha schudt haar hoofd. 'Ik ken het wel, maar ik kan me niet herinneren dat ik daar ooit geslapen heb. Maar het zal toch wel zo zijn, anders zou ik die spulletjes niet hebben. Ik vraag me af hoe laat ik ingecheckt heb. Ik heb zomaar het gevoel dat ik niet rechtstreeks naar dat hotel ben gegaan.'

'Zal ik ze even voor je bellen?'

'Nu?'

'Ja, je wilt het toch weten?'

'Goed.' Sascha wacht en even later drukt Leonora haar het toestel in de hand.

Sascha wacht tot er opgenomen wordt en zegt: 'Goedemiddag, met Sascha Hoogendoorn. Een tijdje geleden heb ik bij jullie gelogeerd en ik wilde daar iets over vragen. Het is namelijk zo dat ik de dag erna een ongeluk heb gehad en mijn geheugen voor een deel ben kwijtgeraakt. Dus ik ben nu de uren die ik me niet meer kan herinneren aan het reconstrueren.'

De receptioniste reageert meelevend en vraagt wat ze voor haar kan doen. Sascha zegt dat ze graag wil weten hoe laat ze de bewuste avond heeft ingecheckt, en ze noemt de datum.

Even wordt het stil, dan vraagt de receptioniste of ze zeker weet dat ze die nacht in hun hotel verbleef.

'Ja, ik heb wat toiletartikelen in mijn tas gevonden. Volgens mijn vriendin staat jullie logo erop, dus dat kan bijna niet anders,' zegt Sascha.

'Dat zou je zeggen, maar ik zie uw naam niet staan. Had u gereserveerd?'

'Nee,' zegt Sascha. 'Volgens mij was het een spontane actie. Ik was uit geweest en had te veel gedronken om nog naar huis te kunnen rijden.'

'Dus dan hebt u laat op de avond een kamer besproken. Ik zie hier wel een late boeking staan, maar niet op uw naam.'

'Op welke naam dan wel?'

'Eigenlijk mag ik die informatie niet geven,' zegt de vrouw aarzelend.

'Alstublieft! Het is heel belangrijk voor me.'

'Nou, vooruit. Het kan waarschijnlijk niet veel kwaad. Die meneer ken ik wel.'

'Meneer?'

'Oscar Bleeker. Hij werkt in het grand café naast ons.'

Oscar!

'Hij heeft de kamer betaald.' De stem van de receptioniste klinkt neutraal, maar toch hoort Sascha er een ondertoontje in. Of misschien denkt ze dat alleen maar.

Na een bedankje verbreekt ze de verbinding. 'Jezus,' zegt ze.

'Dus je was met Oscar!' zegt Leonora, die het gesprek blijkbaar heeft kunnen volgen.

'Ja.'

'En hij heeft een kamer voor je geregeld.'

Sascha zegt niets. Ze hoeft het gezicht van haar vriendin niet te zien om te weten hoe het staat. 'De vraag is alleen...' zegt ze na een tijdje.

'Of hij met je meegegaan is.'

'Precies. Als dat zo is, moet iemand van het hotel ons gezien hebben.'

'Misschien heeft hij je alleen naar je kamer begeleid,' zegt Leonora. 'De enige die het je kan vertellen is Oscar.'

Sascha knikt. Het is een verontrustende gedachte dat er iets is gebeurd tussen Oscar en haar. Verontrustend, maar ook opwindend. Zou ze daartoe in staat zijn geweest?

Ja. Ook zonder drank. Als ze eerlijk is, hing het al een hele tijd in de lucht. Ze heeft erover gefantaseerd en zich daar vervolgens schuldig over gevoeld, maar ze is nooit opgehouden zich voor te stellen hoe seks met Oscar zou zijn.

Vreemd idee dat het misschien gebeurd is zonder dat ze er een herinnering aan heeft. Maar als ze met elkaar naar bed zijn geweest, waarom heeft hij dan geen contact meer met haar opgenomen?

Leonora blijkt hetzelfde te denken. 'Heb je nog iets van hem gehoord?' vraagt ze.

'Nee. Waarschijnlijk weet hij niet eens dat ik een ongeluk heb gehad.'

'Jawel, dat heb ik hem verteld. Hij schrok, vond het heel erg.'

'O,' zegt Sascha. 'Maar niet zo erg dat hij even een berichtje stuurde.'

Ze bijt op haar lip. Wat had ze ook gedacht? Dat het echte liefde was tussen Oscar en haar? Hij vond haar aantrekkelijk, leuk om mee te flirten en misschien wel seks mee te hebben, maar nu ze blind is, is hij genezen.

Nee, ze gaat hem niet bellen, ze wil niet weten wat er is gebeurd. Wat uit je geheugen verdwenen is, hoef je niet op te biechten, en je hoeft er ook niet over te liegen. Of ze seks heeft gehad met Oscar is niet belangrijk. Ze heeft geen behoefte aan hem, ze wil Menno. Leonora heeft gelijk, hij heeft dit niet gewild, kon dit niet voorzien. Gemakkelijk zal het niet worden, maar ze moeten hier samen doorheen. Hoe dan ook.

DEEL 2

36

Natuurlijk hebben ze hem niet met rust gelaten. Al ruim een halfjaar gaan de transporten wekelijks door. Als Menno moeilijk doet, volgen er foto's van Luuk of Sascha, van heel dichtbij genomen.

In films lijkt de oplossing altijd zo eenvoudig: je rekent af met je belagers of je haalt de politie erbij. In het eerste geval moet je weten wie je vijand is en waar je hem kunt vinden, in het tweede geval is het belangrijk dat er adequaat gereageerd wordt op je aangifte. Dat moet je nog maar afwachten. Menno heeft regelmatig in de krant gelezen over dossiers die op straat komen te liggen en over mollen bij de politie; te vaak om die noodgreep te durven nemen. Ed heeft daar ook informanten zitten, dat heeft Jan verteld.

Nachten ligt hij wakker, terwijl steeds dezelfde vraag door zijn hoofd maalt: hoe kom ik hieruit? Het antwoord is elke keer kort en duidelijk: niet. Tenzij hij voor een drastische oplossing kiest.

Hij start een onderzoek naar Eduard Kesselaar op internet, print uit wat hij over de man te weten komt, legt een dossier aan. Niet dat daar veel in staat. Ed lijkt een gewone horecaondernemer die zich alleen bezighoudt met zijn zaak.

Dat is natuurlijk schijn. Veel criminelen hebben een eigen bedrijf, om zakelijke besprekingen en dubieuze ontmoetingen te kunnen legitimeren, om geld wit te wassen en financiële voorspoed te verklaren. Een restaurant of café vormt een prima dekmantel.

Wat zou er gebeuren als hij er eens naartoe ging? Als hij er gewoon binnenliep en Ed aansprak?

Nee, dat is geen optie. Eigenlijk is er maar één ding dat hij kan doen als hij wil dat zijn vrouw en zoon veilig zijn. Hij heeft hen in deze situatie gebracht, nu moet hij er ook een einde aan maken.

Bijna geruisloos suizen de banden van zijn Audi over de *Autobahn*. Dankzij twee belangrijke nieuwe klanten in Duitsland moet hij regelmatig over de grens zijn. Als hij in Hamburg een bespreking heeft, moet hij er wel overnachten, maar ook als het niet nodig is, zoals in Keulen en Düsseldorf, neemt hij een hotel. De volgende dag kan hij dan naar de schietclub in Arnhem gaan zonder thuis en op kantoor lastige vragen te hoeven beantwoorden.

Menno parkeert zijn auto op het inmiddels vertrouwde plekje, stapt uit en rekt zijn rug. Daarna loopt hij naar het gebouw naast het parkeerterrein en gaat naar binnen.

'Hé, Menno!' Richard Fijnstra, de eigenaar van de club, staat achter de bar en steekt zijn hand op. 'Je bent laat.'

'Ik weet het. Het was druk op de weg.' Menno laat zich op een barkruk zakken.

'Eerst maar een bak koffie doen dan?'

'Goed plan.'

Ze praten wat, over het koude weer en de taks die je in Duitse steden betaalt om met je auto in de binnenstad te mogen rijden, terwijl Richard een dubbele espresso maakt. Met een paar slokken drinkt Menno die op en schuift het kopje van zich af. 'Aan de slag dan maar.'

'Je maakt snel vorderingen.' Richard loopt voor hem uit naar de schietbaan.

'Voor een beginner schijnt het niet onaardig te zijn.'

'Niet onaardig? Je bent behoorlijk goed!'

Met een erkentelijk glimlachje neemt Menno het compliment in ontvangst. Behoorlijk goed is niet goed genoeg. Verre van dat. Van een treffer in de buurt van de roos wordt hij niet opgewonden, bull's eye moet het zijn. En geen mazzelschot, maar een gerichte, precieze actie. Met minder kan hij geen genoegen nemen.

Richard pakt het wapen, een Glock, en overhandigt het hem. Menno pakt het pistool aan en neemt positie in: recht voor de schietschijf, zijn linkerbeen iets naar achteren. Hoofd goed rechtop, onder geen voorwaarde schuin.

Hij verdeelt zijn lichaamsgewicht over zijn benen en ontspant zijn linkerarm en -schouder. Hij brengt zijn schietarm omhoog en strekt hem. Met beide ogen kijkt hij naar de kartonnen pop op de schietbaan. Dat was zijn eerste les: nooit één oog dichtknijpen, want dat verstoort het zicht. Je ogen zijn één geheel en functioneren optimaal als je ze beide gebruikt.

'Rustig door blijven ademen,' zegt Richard. 'Nooit je adem inhouden. Je hersenen, ogen en spieren hebben zuurstof nodig om te kunnen functioneren. Adem via je buik. Ontspan je middenrif, dat vermindert de bewegingen van de borstkas en je schietarm, waardoor je wapen niet beweegt. Blijf je pols en elleboog gestrekt houden, corrigeer je houding door je schouder te bewegen. Adem rustig in, concentreer je en druk af als je volkomen ontspannen bent.'

Menno doet wat hij zegt. Een minuutlang concentreert hij zich optimaal, dan vuurt hij. Meteen kijkt hij naar de pop. Raak, net onder de borstkas.

'Niet slecht,' zegt Richard.

'Niet slecht? Hij zit ver buiten de middencirkel.'

'Het is een treffer. Zo lang ben je nog niet bezig, dit is klasse. Luister, probeer niet te veel op één punt te richten. Veel schutters maken de fout te focussen op een specifieke plek Door lang op één punt te mikken, verlies je je concentratie. Het oog is niet onfeilbaar en niemand heeft zo'n vaste hand dat er geen enkele trilling, en dus geen afwijking, optreedt. Focus op een gebied, niet op een punt. Nog een keer, Menno.'

Menno neemt opnieuw positie in, richt het wapen en concentreert zich op de borstkas van de pop. Deze keer zit hij binnen de cirkel. Niet in het hart, maar wel dichtbij.

Na afloop drinken ze wat.

'Voor een beginner doe je het echt niet slecht.' Richard stroopt zijn mouwen op, waardoor zijn spieren zichtbaar worden. Geen bicepsen verkregen door opdrukken en gewichtheffen, maar door het richten met zware wapens. Hij is de eigenaar van de schietvereniging en was na wat onderhandelen bereid om Menno buiten openingstijden te instrueren. Op deze manier, ver van Haarlem, leek het Menno veilig genoeg om schietles te nemen. Hij is nu een maand bezig en al is hij niet tevreden over de snelheid waarmee hij vorderingen maakt, Richard is dat wel. En hij zal het wel weten.

'Nu nog een wapen,' zegt hij.

'Zodra je je vergunning hebt, kun je een wapen aanschaffen. Als je van onbesproken gedrag bent natuurlijk.' Richard grijnst en Menno grijnst mee.

'Misschien dat ik dan toch beter iets anders kan proberen.' Zijn stem klinkt luchtig, maar terwijl hij een slok water neemt, ziet hij Richards peilende blik.

'Iets anders?'

'Ja. Ik zou graag nu al een wapen willen hebben. Om een beetje mee te oefenen.'

'Dat is verboden.'

'Er is zoveel verboden.' Menno haalt zijn schouders op.

'Tja...' Richard trekt aan zijn baardje. 'Je moet niet betrapt worden met een illegaal wapen. Waarom wacht je niet gewoon op je vergunning? Tot die tijd kun je schieten wat je wilt, op de baan.'

'Ik ben niet geïnteresseerd in schieten voor de sport.'

'Aha.' Een behoedzame blik. 'Waar heb je dan een wapen voor nodig?'

'Zelfverdediging. Ik heb een succesvol bedrijf, een mooie auto en een prachtig huis. En dan zijn er altijd mensen die je daar wel van af willen helpen.' Opnieuw neemt Menno een slok water. Hij staart even nadenkend voor zich uit en kijkt Richard dan recht aan. 'Een tijdje geleden is er bij mij thuis ingebroken. Even na middernacht, twee man. Ze stoorden zich totaal niet aan de bewakingscamera's, drongen gewoon mijn huis binnen. Ze wilden geld zien, mishandelden mijn vrouw. Dus wat kon ik doen?' Menno pakt zijn telefoon en laat Richard een foto van Sascha zien. Het is een close-up, ingezoomd op haar ogen. 'Ze heeft een klap op haar hoofd gehad. Nu is ze aan één oog blind en van het andere oog moeten we het afwachten.'

Richard bekijkt de foto. 'Jezus.'

'Die was er even niet. Dus je begrijpt dat ik maatregelen ga nemen. Dit overkomt ons geen tweede keer.'

'Nee, dat begrijp ik heel goed. Fuck, man.' Richard haalt een hand door zijn haar en schudt zijn hoofd. 'Klootzakken!'

'In deze wereld,' zegt Menno, 'moet je voor jezelf opkomen. Een ander doet het niet.'

'Helemaal mee eens. Maar dit is een schietvereniging. Alles legaal, snap je?'

'Natuurlijk. Ik regel het zelf wel. Via internet of zo. In België schijn je vrij gemakkelijk aan een wapen te kunnen komen.'

'Klopt. Daar worden hele partijen uit het Oostblok gedumpt die via internet verkocht worden. Pistolen, semi- en volautomatische geweren, alles.'

'Wat kost dat nou, een beetje goed pistool?'

'Met zevenhonderd euro kom je een heel eind. Maar ze worden ook tweedehands aangeboden. Ik zou voor een Colt.45 gaan, of een Beretta 92f. Goede, degelijke wapens. De Glock is ook betrouwbaar.' Richard denkt een tijdje na en lijkt een beslissing te nemen. Hij schrijft een paar namen op een bierviltje en schuift het Menno toe. 'Kijk eens op deze sites. Dat zijn online wapenwinkels waar geen vragen gesteld worden. Sterker nog, je kunt er een softwareprogramma downloaden om in het darknet te komen.'

'Darknet?'

'Het anonieme internet. De Tor-browser zorgt ervoor dat het IP-adres van aanbieders en klanten verborgen blijft. Ideaal voor illegale handel.'

'En dan sturen ze je aankoop gewoon op?'

'Netjes met de post. Niet in zijn geheel natuurlijk, in afzonderlijke dozen met verpakkingen van snoepgoed of cd's of zoiets. Je moet het wapen zelf in elkaar zetten, maar dat is niet moeilijk. Er zit een handleiding bij.'

Menno staart naar het bierviltje. 'Dus dat is een veilige manier?'

'Veilig genoeg. Een klein risico is er natuurlijk altijd.'

'Ja,' zegt Menno en hij stopt het viltje in zijn zak. 'Bedankt, man.'

'Graag gedaan. Maar je hebt dit natuurlijk niet van mij.'

37

Ze zou wel weer eens alleen willen zijn. Gewoon thuis op de bank, zonder haar schoonmoeder om haar heen. De deur uit gaan zonder iemand aan haar zijde die 'Pas op' en 'Nu naar rechts' zegt. Zelfstandig zijn. Dat ze dat niet is, heeft ze natuurlijk aan zichzelf te wijten, ze heeft weinig moeite gedaan om zelfredzaam te worden. Ze krijgt haar zicht immers weer terug, althans, gedeeltelijk. Genoeg om op een gegeven moment met enige aanpassingen haar leven op te pakken.

Overdag durft Sascha erop te vertrouwen dat die dag komt, 's nachts bespringt haar de angst dat ze permanent blind blijft.

Er zijn mensen wie dat overkomt. Hoe accepteren ze zo'n radicale verandering? Nooit meer je geliefden zien, de schoonheid van de natuur, tot je laatste dag ronddolen in de duisternis.

Tegelijk beseft ze dat juist deze tijd, met zijn voortschrijdende techniek, blinden een grote mate van onafhankelijkheid biedt. Twitter, Facebook, e-mail, voor alles bestaat een speciaal programma dat teksten voorleest. En anders maak je foto's met je mobieltje en laat je je telefoon het artikel in de krant of het tijdschrift voorlezen. Boodschappen kun je laten bezorgen, voor boeken is er de Daisy-speler.

Dinsdagochtend bezoekt ze, zoals elke week, de oogpoli. Astrid begeleidt haar, maar blijft in de wachtkamer.

Dokter Van Someren bekijkt met behulp van echografie en een OCT-scan naar de structuur van haar netvlies.

'Het bloed begint weg te trekken,' zegt hij. 'Heb je dat gemerkt?'

Ze heeft het gemerkt maar durfde het niet te geloven. De donkerrode duisternis heeft plaatsgemaakt voor een lichtere tint, waardoorheen ze vormen kan waarnemen, onderbroken door bloedslierten.

'Waar gaat het bloed naartoe?' vraagt ze.

'Het wordt afgebroken en door het glasvocht opgeruimd. Het ziet er goed uit, Sascha. Vanaf nu zul je steeds meer zicht terugkrijgen.' Dokter Van Someren haalt de spleetlamp voor haar gezicht weg, het felle licht verdwijnt.

'Zou je daarover kunnen zwijgen?' vraagt Sascha.

'Tegen wie?'

'Tegen mijn schoonmoeder en mijn man. Ik houd het liever even voor mezelf.'

'Natuurlijk,' zegt de dokter. 'Wat je wilt.'

Het is niet moeilijk om verborgen te houden dat ze weer wat kan zien. Luuk is het grootste deel van de dag weg, Menno zit op kantoor of in het buitenland en Astrid heeft het te druk met het huishouden. Sascha heeft er nooit moeite mee gehad kleinigheden voor zich te houden, en ook dit grote geheim kan ze goed bewaren. Hoewel het beter gaat tussen Menno en haar, heeft ze nog steeds het gevoel dat hij iets voor haar verbergt. Ze is vast van plan uit te zoeken wat.

Zodra Astrid de deur uit is om boodschappen te doen, loopt Sascha naar Menno's werkkamer. Daar brengt hij veel tijd door, bladerend in papieren.

Het ritselde, dus ze denkt dat het papieren zijn. Geen

boek, dat zou ze hebben horen dichtslaan toen hij het opborg. Dat deed hij elke keer als ze binnenkwam, die papieren opbergen. Alsof ze er ook maar iets van kon zien. Het was die gejaagde handeling, die schrikreactie, die haar wantrouwen deed ontstaan. Wat zijn dat voor papieren, en waarom bewaart Menno ze thuis en niet op kantoor? Het moet iets persoonlijks zijn. Iets wat hij voor haar verborgen wil houden. Als ze het vindt, kan ze er foto's van maken en de tekst door haar telefoon laten voorlezen.

Op de tast schuifelt Sascha door de werkkamer. Van de grootste voorwerpen, zoals het bureau en de kasten, kan ze de contouren zien, maar er is altijd een kans dat ze tegen iets kleiners, zoals een laag stoeltje, op botst.

Sascha vindt de bureaustoel en gaat zitten. Haar handen glijden over de tafel, maar ze komen alleen de computer, het toetsenbord, de muismat en een pennenbakje tegen.

Ze probeert de bureauladen. Een voor een gaan ze open, alleen de onderste zit op slot. Dat is vreemd. Waarom zou Menno thuis een la op slot doen? Belangrijke papieren, zoals hun testament en hun paspoorten, liggen in de kluis.

Zonder veel hoop doorzoekt ze de andere laden. Zo dom zal hij wel niet zijn, dat het sleuteltje voor het grijpen ligt. Waarschijnlijk heeft hij het bij zich.

Teleurgesteld staat ze op en zoekt de deur. Dan blijft ze abrupt staan. Dwars door het rode waas heen is een heldere plek ontstaan, als een kijkgaatje op een beslagen raam. Zomaar opeens.

Ademloos tuurt ze naar de hal, en ze onderscheidt het donkerblauw van haar winterjas aan de kapstok. Een klein stukje blauw, maar ze ziet het.

Een euforische vreugde schiet door haar heen. Alles in haar juicht, bruist, feest. Ze wordt duizelig en moet steun zoeken bij de deurpost, waar ze een paar keer rustig ademhaalt tot het lichte gevoel in haar hoofd wegtrekt.

Ze lacht, schudt haar hoofd en lacht weer. Daarna loopt ze naar de woonkamer en laat ademloos haar blik in het rond glijden.

Haar meubels. De ingelijste foto's. Haar kunstwerken. Het zonlicht dat op de eikenhouten vloer valt.

Meer dan een glimp vangt ze er niet van op, maar de wereld is terug.

'Eindelijk,' zegt ze hardop. 'Eindelijk.'

38

Met een zucht van vermoeidheid parkeert Menno zijn auto. Tien voor vijf. Eindelijk thuis. Door flinke regenbuien was het druk op de weg en belandde hij van de ene file in de andere, tot hij het spuugzat was. Een glas rode wijn gaat er nu wel in.

Hij rent door de regen naar de voordeur.

Sascha, Luuk en Astrid zitten bij de open haard met een drankje. Sascha staat op, zoekt met haar hand zijn gezicht en kust hem. 'Je bent terug! Mooi op tijd voor het eten, fijn.'

Hij kust haar terug. 'Ik had al veel eerder thuis kunnen zijn, maar dan was ik nog even langs kantoor gegaan. Daar heb ik nu de puf niet meer voor.'

'Gelijk heb je. Wil je iets drinken? Een wijntje?' Zijn moeder kijkt hem vragend aan.

'Lekker, mam.' Menno helpt Sascha naar de bank en gaat naast haar zitten. 'Hoe was de controle vanmiddag?'

'Geen bijzonderheden. Het bloed trekt nog niet weg.'

Hij brengt zijn gezicht dicht bij het hare en inspecteert haar oog. 'Het lijkt wel minder rood te worden.'

'Misschien. Ik merk er niets van.'

Hij trekt haar tegen zich aan en slaat zijn arm om haar heen. Als zijn moeder komt aanlopen met bier, wijn en blokjes kaas zitten ze nog een halfuurtje te praten, dan gaat Astrid naar de keuken om aan het eten te beginnen. Ook Menno komt overeind.

'Ik ben even op mijn werkkamer,' zegt hij.

Sascha knikt.

Hij start zijn computer op en neemt afwezig de post door die zijn moeder op de hoek van zijn bureau heeft neergelegd. Het plan in zijn hoofd neemt steeds vastere vormen aan. Of het verstandig is weet hij niet, maar hij moet iets doen. Met een wapen op zak zal hij zich een stuk veiliger voelen. Hoe eerder hij er een heeft, hoe beter.

Hij haalt het bierviltje dat Richard hem gegeven heeft uit zijn zak en voert de eerste naam in op Google. Lijsten met wapens vullen het beeldscherm, wapens van allerlei kalibers en prijzen.

Menno scrolt erlangs, klikt van alles aan. 'Wij beschermen jouw identiteit van begin tot eind', staat erbij. Dat klinkt goed. Het ziet er heel eenvoudig uit. Alsof je een boek of een paar schoenen aanschaft.

Opeens staat Luuk naast hem. In een reflex wil Menno het scherm sluiten, maar zijn zoon heeft het al gezien.

'Wat ben jij nou aan het doen?'

'Niets.' Een snelle muisklik en de site is weg.

'Ga je een wapen kopen? Op internet?'

'Nee, ik keek alleen maar even.'

Luuk komt op de zijkant van zijn bureau zitten en kijkt op hem neer. 'Ga je iemand omleggen?'

Menno lacht maar wat, reageert verder niet.

'Serieus, pap, wat moet jij met een pistool?'

Met een zucht geeft Menno zich gewonnen. 'Geen idee. Me een beetje veiliger voelen, denk ik.'

'Kun je ermee omgaan dan?'

'Ja, ik heb schietles genomen.'

Luuks ogen worden wat groter. 'Echt? Dus je meent het, je wilt een fokking wapen!'

'Om me te verdedigen, ja. Ik wil van die gasten af.'

'Pap, je moet naar de politie. Ze laten je echt niet zomaar gaan.' Luuks stem klinkt ongerust.

'Ze zien me aankomen. Ik regel drugstransporten, denk je dat de politie me laat gaan als ik dat vertel?'

Besluiteloos kijkt Luuk voor zich uit, en dan geeft hij zich met een zucht gewonnen. 'Zal ik eens rondvragen?'

'Nee! Absoluut niet. Ik wil niet dat jij je ermee bemoeit.'

'Relax, ik ga dat echt niet opvallend doen. Het is helemaal niet zo moeilijk om aan een wapen te komen als je de juiste mensen kent. Er zijn cafés waar...'

'Luuk, luister naar me. Jij blijft erbuiten, begrepen? Ik regel dit zelf.'

'Mijn manier is veiliger. En sneller.'

Menno haalt een keer diep adem. 'Ik meen het, je bemoeit je er niet mee.'

'Hoe kan dat nou, man! Door mij is het allemaal begonnen. Als ik niet zo stom was geweest om te gaan gokken... En wat ik je nog vertellen wilde, ik heb Dennis gisteravond gezien.'

'Dennis?'

'Die kale, die jou lastigviel. Samen met Wessel.'

Aandachtig kijkt Menno zijn zoon aan. De kale en het knotje. Hij heeft zich altijd afgevraagd waar die twee eikels opeens gebleven waren.

'Ja?' zegt hij.

'Hij vertelde dat hun baas had gezegd dat ze mij mee moesten laten doen met gokken om mij in de problemen te brengen. Dat het de bedoeling was om bij jou uit te komen.'

Dus toch. Hij heeft al die tijd al zoiets vermoed. Ze hebben Luuk wel erg snel laten gaan en hun tanden in Riebeek Transport gezet.

'Hoe weet je dat? Vertelde die klojo dat zomaar?'

'Nee, we hebben hem een beetje onder druk gezet.'

'O ja?' zegt Menno argwanend. 'Op wat voor manier?'

'Ik was met Rodney toen ik hem tegenkwam, en Rodneys vrienden waren in de buurt. Toen hebben we Dennis even apart genomen.'

Menno zwijgt; hij weet niet of hij de details wil horen. 'En?' vraagt hij ten slotte.

'Na een tijdje begon hij te praten. Hij zei dat het een vooropgezet plan was, dat ze jouw bedrijf nodig hadden. Maar hij kon niet zeggen wie erachter zat.'

'Kon hij dat niet of wilde hij het niet?'

'Dat weet je nooit zeker bij dat soort gasten, maar Rodney heeft erg zijn best gedaan. Ik denk dat Dennis het echt niet wist. Hij kende alleen de voornaam van zijn baas.'

'En, hoe heet die?'

'Ed.'

Zwijgend kijkt Menno naar zijn computerscherm, dat op zwart is gegaan. 'Ed,' herhaalt hij.

'Ken je iemand die zo heet? Dan gaan we erop af.'

'Nee, het zegt me niets,' zegt Menno snel.

'Mij ook niet. Rodney is aan het informeren, dus misschien heeft hij binnenkort wat.'

'Als dat zo is, bemoei je er dan verder niet mee. Vertel het aan mij, dan handel ik het af. Beloof het me, Luuk.'

'Oké,' zegt Luuk, duidelijk met tegenzin. 'Maar wat ga jij er dan mee doen?'

'Naar de politie.'

Luuks blik gaat naar de computer. 'Vandaar dat je naar wapens zit te kijken. Moet ik er nou een voor je regelen of niet?'

'Nee, natuurlijk niet. Ik weet nog niet of ik er een wil.'

'Oké.' Luuk laat zich van het bureau af glijden. 'Als je je bedenkt, zeg je het maar. We gaan trouwens eten. Daar kwam ik voor.'

Twee dagen later ligt er een pistool op zijn bureau. Niet open en bloot, maar in een plastic tasje gewikkeld. Als Menno het oppakt, weet hij meteen wat het is. Het pakketje voelt zwaar aan, en Luuks veelbetekenende grijns toen hij thuiskwam zei genoeg.

Menno trekt zijn zoon, die net door de hal loopt, zijn werkkamer in en sluit de deur. 'Hoe kom je daaraan?' vraagt hij met gedempte stem.

'Van een vriend van een vriend van een vriend,' zegt Luuk, met nog steeds die grijns. 'Tweedehands, niet veel gebruikt. Ik krijg driehonderdvijftig euro van je.'

Zijn eerste impuls is Luuk op te dragen het ding terug te brengen. Maar dat doet hij niet.

Menno draait het wapen om en om. Een Glock 26. Niet te groot, niet te zwaar. Ideaal om onopvallend bij je te dragen. 'Is die vriend van een vriend te vertrouwen?'

'Tuurlijk.'

Dat klinkt niet als een solide verzekering, maar die krijgt hij sowieso niet. Via internet evenmin. De verleiding om het pistool te houden is te groot om te weerstaan. Hij kijkt op, recht in de ogen van Luuk, die verwachtingsvol terugkijkt.

'Morgen betaal ik je terug,' zegt hij.

39

Meteen als ze 's morgens haar ogen opendoet, merkt ze het: er is weer een stukje gezichtsveld bij gekomen.

Sascha schiet overeind en kijkt om zich heen. Haar kledingkasten. Het gordijn. De grote zwart-witfoto van een driejarige Luuk aan de muur.

Alleen de bovenste randen zijn zichtbaar, maar ze kijkt er ademloos naar, alsof haar een blik in het paradijs wordt gegund.

Ze staat op, slaat een ochtendjas om zich heen en loopt naar de badkamer. Wonderbaarlijk hoeveel gemakkelijker alles gaat met dat kleine beetje zicht. Genietend van elke kleine handeling neemt ze een douche en kleedt zich aan.

Vandaag heeft ze het rijk alleen, Astrid is naar haar eigen huis gegaan om de post op te halen en stof af te nemen. Menno zit op kantoor, Luuk is naar school.

Het eerste wat ze doet als ze beneden komt, is Menno's werkkamer doorzoeken. Vannacht heeft ze in zijn portemonnee gekeken, maar daar zat de sleutel niet in. In zijn zakken evenmin. Los in je zakken raak je zo'n klein voorwerp ook gemakkelijk kwijt, het is beter om een verstopplaats te hebben.

Minutieus speurt ze zijn kamer af. Alle boeken in de kast bevoelt ze, ze tilt ze op en laat haar vingers over de planken glijden. Ze kijkt in potjes en bakjes, pakt een stoel om op de kasten te kunnen zoeken.

Uiteindelijk vindt ze de sleutel in een speelgoedvrachtwagentje, een replica van het model waar Menno's vader mee begonnen is. De laadruimte kan open, en voilà. Triomfantelijk haalt Sascha het sleuteltje tevoorschijn.

Ze neemt plaats op de bureaustoel en opent de la. Er ligt van alles in. Verzekeringspapieren, documenten die eigenlijk op de zaak horen te liggen maar die Menno thuis bekijkt, en een map. Ze legt hem voor zich neer en slaat hem open. Het valt niet mee om met zo weinig zicht al die tekst door te nemen, maar het is genoeg om te zien dat Menno informatie over iemand heeft verzameld. Ze weet niet wat ze verwacht had, misschien liefdesbrieven of documenten die wijzen op frauduleuze handelingen, maar niet allemaal uitdraaien en knipsels over ene Eduard Kesselaar. Wie is dat in vredesnaam? Een klant?

Zo te zien is hij eigenaar van een restaurant in Amsterdam-Noord. En hij heeft geen brandschoon verleden. Wat moet Menno met die vent? Waarom bewaart hij deze informatie over hem? En belangrijker, waarom verzwijgt hij dat voor haar?

Haar oog brandt, als ze zo blijft turen heeft ze straks hoofdpijn. Met haar telefoon fotografeert Sascha elke pagina en daarna legt ze de papieren terug in de map. Als hij weer in de la ligt en ze het sleuteltje heeft opgeborgen, blijft ze besluiteloos staan.

Wat zal ze eens gaan doen? Luisterboeken en tv-series komen haar de keel uit, ze voelt zich onrustig. Misschien kan ze weer gaan boetseren. Niemand komt ooit in haar atelier, en anders gooit ze wel een doek over haar werk.

Alleen al de gedachte aan de natte klei onder haar handen doet een stroom van verlangen door haar heen gaan.

Na een haastig ontbijt zet ze koffie en gaat naar haar atelier. Zonlicht stroomt in brede banen naar binnen, ze voelt het niet alleen maar ziet het nu ook. Met een brede glimlach trekt ze een bak chamotteklei open, haalt er een stuk uit en legt het op de draaischijf.

Ze zet haar iPod aan, luistert naar de muziek die de serre vult en gaat zitten. Zodra ze haar hand op de hoop klei legt, komt er een merkwaardige rust over haar. Die geur, die zachtheid. Nu pas beseft ze hoe ze het boetseren heeft gemist.

Eigenlijk heeft ze helemaal niet zoveel zicht nodig, haar handen komen als vanzelf in beweging, nemen de functie van haar ogen over. Ze strelen en kneden in een vertrouwd ritme, handelen intuïtief. De klei voegt zich naar haar wil, komt onder haar handen tot leven. De grove contouren van een duif verschijnen. Ingespannen werkt ze door, tot er een schaduw over haar heen valt.

Verbaasd kijkt ze op. Waar komt die vandaan? Het is net alsof iemand tussen haar en de zon in is gaan staan.

Ze hoort een zwak gerucht en dan weet ze het zeker. Buiten staat iemand naar haar te kijken.

Een ijskoude tinteling trekt vanuit haar knieholten omhoog, over haar billen, langs haar ruggengraat naar haar nek.

Langzaam draait ze zich naar links, haar blik op de emmer klei gericht, alsof ze er iets uit wil halen. Terwijl ze zich bukt, kijkt ze naar het raam. Tussen de half geopende lamellen door, ziet ze een paar zwarte mannenschoenen. Daarboven een zwarte broek en in handschoenen gestoken handen.

Ze verstart. Secondelang zit ze over de emmer gebogen terwijl ze met kracht de neiging onderdrukt om ervandoor te gaan. De man weet niet dat ze hem gezien heeft. Hij denkt dat ze nog blind is. Daar moet ze haar voordeel mee doen.

God mag weten wat die engerd hier doet, maar hij staat daar niet in het zwart gestoken en met handschoenen aan alleen om haar te bespieden. Als hij weet dat ze iets in de gaten heeft, zal hij meteen proberen binnen te komen. Eén steen door het hoge serreraam en het is voor elkaar. Maar als hij denkt dat hij alle tijd heeft, zal hij het misschien omzichtiger aanpakken en kan zij de politie bellen.

Traag komt ze overeind. Haar handen beven. Ze veegt ze af aan een doek en onderdrukt de neiging om opzij te kijken. Met moeite staat ze op. Haar benen voelen zo slap dat ze steun moet zoeken bij de draaischijf.

De schaduw verplaatst zich, volgt de ronding van de serre. Opeens verschijnt de man recht tegenover haar. Een lange, gespierde gestalte met een bivakmuts.

Tot haar afschuw brengt hij zijn gezicht dicht bij het raam om tussen de lamellen door te kunnen gluren. Er is ruimte genoeg om een glimp van haar op te vangen. Hij kan haar zien staan, dat is zeker. Maar kan hij haar gezicht ook zien?

Doodstil blijft ze staan. Haar hart bonkt pijnlijk.

Wat heeft hij daar in zijn hand? Een mes? Een pistool?

Sascha hoort de ramen al verbrijzelen, ziet de scherven om haar hoofd vliegen, voelt de inslag van kogels in haar lichaam.

Al zou ze weg wíllen rennen, ze zou het niet kunnen. Haar lichaam voelt ongelooflijk zwaar, terwijl haar hoofd steeds lichter wordt. Een zoemtoon vult haar oren, zwelt aan tot een angstaanjagend snerpend geluid.

Ze doet een stap naar achteren. Maakt haar blik los van het raam. Draait zich om.

Nu ze de man niet meer ziet wordt ze nog banger. Met trillende benen loopt ze weg, elke stap zwaar en traag. De deur laat ze openstaan; normaal zou ze hem ook niet dichtdoen, en het is een handeling die tijd kost. Tijd is kostbaar, elke seconde waarmee ze verder bij die man vandaan kan komen telt.

Ze loopt de hal in, struikelt bijna in haar haast om weg te komen. Niet door de voordeur, misschien is hij niet alleen.

Ze moet zich verstoppen en de politie bellen.

Haar telefoon, waar is haar telefoon? Nog op de draaischijf. Ze vloekt, rent naar de huiskamer, maar bedenkt zich. Te veel ramen daar, als hij om het huis heen loopt, zal hij haar zien.

Naar boven, snel.

Ze vliegt de trap op, dankbaar voor het beetje zicht dat haar in staat stelt om zichzelf in veiligheid te brengen. In de slaapkamer staat een vaste telefoon, keurig op de oplader.

Ze holt de kamer in, grijpt het toestel en wil 112 intoetsen. Op dat moment klinkt beneden glasgerinkel, en van schrik laat ze bijna de telefoon vallen.

Geen tijd meer, ze moet een schuilplaats zoeken.

Gejaagd kijkt ze om zich heen. In een van de kasten, achter de deur, onder het bed. Nee, dat is te voor de hand liggend. Ze heeft een plek nodig waar hij haar niet zo snel kan pakken en waar ze de politie kan bellen.

De badkamer.

Ze rent de overloop op, hoort beneden nog meer glasgerinkel. Ze schiet de badkamer in en doet de deur op slot.

Twijfelend kijkt ze naar de knop. Zou dat genoeg zijn? Van buitenaf kun je de deur niet openmaken, en hij is dik en solide. Niet van dat waaibomenhout waar je zo doorheen schiet.

Toch stapt ze de douchecabine in, die veilig links van de deur staat, en zakt neer op het ingebouwde zitje. Haar handen beven zo hevig dat het haar moeite kost om de telefoon stil te houden en 112 in te toetsen.

Er wordt meteen opgenomen, en gejaagd doet ze haar verzoek om hulp.

'Er loopt een man met een bivakmuts om mijn huis. Hij heeft een raam ingegooid en hij is gewapend. Kom alsjeblieft snel!'

'Wat is uw adres, mevrouw?'

Ze geeft het adres en begint te huilen.

'Waar bent u nu, mevrouw?'

'In de badkamer. Ik heb de deur op slot gedaan.'

'Heel goed, blijft u daar zitten. Er is hulp onderweg. Wat gebeurt er nu, hoort u iets?'

'Nee, alles is stil. Maar we hebben tapijt boven, dus ik kan het niet horen als hij rondloopt.'

'U hoort geen deuren slaan? Of stemmen?'

'Nee. Wanneer is de politie er?'

'Ze zijn onderweg, mevrouw. Er is een wagen bij u in de buurt.'

'Laat ze opschieten!'

'Ze kunnen er elk moment zijn. Hoeveel insluipers zijn er?'

'Ik weet het niet.'

'Hoeveel hebt u er gezien?'

'Eén, maar misschien zijn er meer. Ik weet het niet.'

'Denkt u dat er iemand binnen is?'

'Ik denk het wel, maar ik weet het niet zeker. Ik zit in de badkamer.'

'Luistert u eens goed.'

'Ik hoor niets. Waar blijft de politie?'

'Ze kunnen er elk moment zijn. Als het goed is, kunt u de sirenes al horen.'

'Nee, ik hoor niets!'

'Blijft u kalm, mevrouw. Ik krijg te horen dat ze er nu zijn.'

'Waarom hoor ik ze dan niet? Staan ze wel voor het goede huis?'

'Ja, maakt u zich geen zorgen. Ze zijn er echt.'

'Ik hoor geschreeuw. Is dat die insluiper?'

'Ze gaan nu naar binnen. Blijf waar u bent, mevrouw.'

'De voordeur wordt opengebroken!'

'Ja, alles komt goed. Blijf waar u bent.'

In de hal klinkt geschreeuw. 'Politie! Kom tevoorschijn met je handen omhoog! Politie!'

'Ze zijn er,' zegt Sascha.

40

Er zijn van die ogenblikken dat de tijd lijkt stil te staan. Een paar seconden waarin je je bewust bent van het moment. *Awareness*, noemen de Engelsen dat: het vermogen om bij een gebeurtenis of gevoel stil te blijven staan, de betekenis ervan tot je door te laten dringen en die tot in het diepst van je wezen te voelen.

Dat overkomt Menno als hij hoort wat er thuis is gebeurd. Secondelang staat hij met de telefoon in zijn hand, terwijl een ijskoude kalmte bezit van hem neemt. Als de storm aan gedachten gaat liggen, blijft er één over: nu is het genoeg.

Het stelt hem in staat om betrekkelijk rustig naar huis te rijden, zijn huilende vrouw te troosten, met de politie te praten en later op de middag zijn zoon en zijn moeder op te vangen. Tussendoor regelt hij dat er met spoed een alarm in het huis wordt geïnstalleerd en spreekt hij met de politie af dat er een zogenaamde 'afroep op locatie' komt: zodra Sascha, Luuk, Astrid of hij belt, gaat er een waarschuwing naar de meldkamer, waardoor er onmiddellijk een politiewagen komt.

De beelden die de bewakingscamera's hebben vastgelegd worden meteen bekeken door de recherche. Ze zijn van goede kwaliteit, maar veel wijzer worden ze er niet van. Te zien is dat er twee mannen met bivakmutsen om het huis cirkelen. Een van hen gooit op een gegeven moment de ramen van de serre in, maar gaat niet naar binnen.

Samen met Luuk bekijkt Menno keer op keer de beelden, die op zijn computer zijn opgeslagen.

'Ze wilden haar bang maken,' zegt Luuk. 'Of eigenlijk wilden ze jóú bang maken. Ze gebruiken mama om jou te laten doen wat ze willen.'

's Avonds kruipt Sascha dicht tegen Menno aan op de bank. De doorstane angst heeft het laatste beetje verwijdering dat ze voelde opzij geschoven. Menno's armen om haar heen bieden haar een schuilplaats waar ze zich graag in terugtrekt. Astrid zit op haar slaapkamer te lezen, gunt hun een avondje samen.

'Wat moesten die mannen hier? Je had ze toch betaald?' vraagt Sascha.

'Ja, ik begrijp het ook niet. Misschien waren dit gewone inbrekers.'

Er valt een lange stilte, waarin Menno op de rand van de bank gaat zitten, zich vooroverbuigt en naar de grond staart.

'Wat is er allemaal aan de hand, Menno? Wie waren die mannen?' vraagt Sascha zacht. 'Het waren geen gewone inbrekers. Ze hebben helemaal niets gestolen.'

Hij wrijft met zijn handen over zijn gezicht. 'Ik word nog steeds gechanteerd.'

'Door wie?'

'Iemand die jij niet kent. Het is ingewikkeld.'

'Vertel op.' Ze legt haar hand op zijn arm, iets dwingender dan de bedoeling was. Dit is het moment. Als hij haar nu buitensluit, is hun huwelijk voorbij. Dan is er niets meer wat hen bindt.

'Ik wilde je erbuiten houden. Om je te beschermen, niet omdat ik dingen voor je wilde verzwijgen.'

Sascha haalt diep adem. 'Menno,' zegt ze, 'wat het ook is,

we kunnen het samen aan. We móéten het samen doen. Iemand heeft me van de weg gereden, en vandaag stond er opeens een man met een bivakmuts voor mijn neus. Je kunt me niet beschermen. Ik moet weten wat er aan de hand is.' Ze zwijgt even en voegt er dan zacht aan toe: 'Anders ga ik bij je weg.'

Hij kijkt haar van opzij aan.

'Ik meen het. Als je me blijft buitensluiten, wil ik scheiden.'

Roerloos zit hij op de bank voor zich uit te staren. 'Ik wil niet scheiden.'

'Vertel me dan alles!'

Hij slaakt een lange, diepe zucht. 'Goed,' zegt hij.

Doodstil zit Sascha naast haar man, bang dat hij zich bedenkt, en luistert. Zolang hij aan het woord is, valt ze hem niet één keer in de rede.

Het verhaal dat ze te horen krijgt klinkt bizar. De oplichtingszaak, de uitweg die Jan bood: zakendoen met een oude vriend, en Menno die overstag is gegaan. Ze kan haar oren niet geloven.

'Dus je hebt drugs vervoerd,' zegt ze. 'Hoe vaak?'

'Ik zou na drie keer klaar zijn, maar ze lieten me niet gaan.'

'Nee, vind je het gek? Wie zit erachter? Hoe heet die vriend van Jan?'

'Kesselaar. Eduard Kesselaar.'

Sascha houdt haar adem even in. Eduard Kesselaar, de naam die ze is tegengekomen in Menno's papieren. 'Waarom heb je dat niet aan mij verteld?'

'Dat heb ik wel gedaan, en toen werd je witheet. Je stormde de deur uit en kreeg dat ongeluk, en daarna kon je je niets meer herinneren. Ook niet van ons gesprek.'

'En je besloot om het zo te laten.'

Menno knikt. 'Ik wilde je niet verliezen. Ik was je al een

keer bijna kwijtgeraakt, dat kon ik niet nog een keer riskeren.' Hij pakt haar hand. 'Begrijp je dat, liefje? De vorige keer dreigde je bij me weg te gaan. Nu net ook.'

Sascha knikt vaag. Dus daarom verzamelt hij informatie over die Kesselaar. Dat is de man die hem chanteert. Ze besluit niet te vertellen dat ze door zijn papieren is gegaan.

'Ik hoef je denk ik niet te vertellen hoe stom je bent geweest. Ik begrijp hoe het is gegaan, maar niet dat je erin bent getrapt.'

'Ik weet het.' Zijn stem klinkt nederig.

'En nu? Ik durf niet meer naar buiten. Moet ik de rest van mijn leven binnen zitten? Je moet het de politie vertellen, Menno.'

'Dat was ik ook van plan, en dat is precies waar die klootzakken bang voor zijn. Waarschijnlijk kwamen ze daarom hier langs, als dreigement. Ze gebruiken jou om mij onder druk te zetten.'

'Toch moet je gaan. Hier moet een einde aan komen.'

'Er komt een einde aan. Ik beloof het.'

'Morgen.'

'Ja,' zegt hij. 'Morgen.'

Die nacht ligt Menno lang wakker. Sascha heeft gelijk, alles wat er is gebeurd, alles wat haar is overkomen, is zijn schuld. Ed zal niet stoppen, het zal alleen maar erger worden.

Nou, over zijn lijk. Hij is veel te lang passief gebleven, het wordt tijd dat hij die klootzakken duidelijk maakt dat het klaar is.

Een nerveuze energie neemt bezit van hem, laat zijn gedachten eindeloos ronddraaien.

Zijn dossier puilt zo langzamerhand uit van de informatie, hij weet alles wat hij te weten kon komen over Eduard Kesselaar. Hoe hij eruitziet, hoe zijn vrouw en zijn twee dochters heten, op welke tijden hij in zijn restaurant aanwezig is. Het is tijd om in actie te komen.

De volgende ochtend belt hij op, met een prepaidtoestel. Een wat oudere vrouw neemt op.

Hij geeft een valse naam op en zegt dat hij het restaurant wil afhuren voor een feest. Dat hij de details graag met de eigenaar zelf wil doorspreken.

Hij maakt een afspraak voor die middag om vijf uur. Aan de late kant, maar eerder kan meneer Kesselaar niet, zegt de vrouw.

Vanaf dat moment kan hij aan niets anders meer denken. De hele dag jaagt de adrenaline door zijn lichaam, tot het eindelijk tijd is om te gaan.

Om halfvijf stapt Menno in de auto en rijdt naar Amsterdam-Noord. Hij kent de buurt waar hij moet zijn niet, maar de navigatie leidt hem feilloos naar het Purmerplein.

Na twee rondjes te hebben gereden, een om het restaurant te vinden en een om een parkeerplaats te zoeken, slaat hij een zijstraat in en zet daar zijn auto neer. Hij schakelt de motor uit en haalt een paar keer diep adem.

Terwijl hij zijn ademhaling onder controle houdt, is het alsof hij uit zijn lichaam treedt en zichzelf ziet zitten, met een bleek en gespannen gezicht, zijn hand verkrampt om het wapen.

Het lijkt een scène uit een film. Nog niet zo lang geleden was zijn enige ervaring met wapens een geweer op de kermis, nu is hij lid van een schietvereniging en draagt hij een pistool bij zich. Hij, Menno Riebeek.

Als je hem dit een jaar geleden had verteld, zou hij in lachen zijn uitgebarsten.

41

Menno steekt de Glock achter zijn broekband, stapt uit en trekt zijn jasje recht. Hij gaat het doen. Hij gaat die klootzak met gelijke munt terugbetalen. In een taal die hij begrijpt. Waarschijnlijk de enige taal waarin met hem te communiceren valt.

Vastbesloten loopt hij de straat door, terug naar het Purmerplein. Het is een groot, ovaal plein met een uitgestrekt plantsoen in het midden. Daaromheen ligt een ring van voormalige arbeiderswoningen die gerestaureerd zijn en waar nu winkels en horecagelegenheden in gevestigd zijn.

Terwijl hij naar het restaurant van Ed loopt, ontgaat Menno niets. Het is alsof zijn blik een nieuwe scherpte heeft gekregen, waarmee hij in een paar seconden de omgeving kan scannen. Wat er straks gaat gebeuren kan goed gaan, maar het kan ook helemaal uit de klauwen lopen. Hij zal het met professionele zakelijkheid afhandelen, alsof hij met een lastige klant te maken heeft.

Hij duwt de deur van het restaurant open. Na twee stappen blijft hij staan en neemt de ruimte in zich op. Donkere houten tafels, stoelen met felgekleurde bekleding die er weinig comfortabel uitzien. De bar bevindt zich vlak bij de deur en de jongen die erachter staat knikt hem toe.

'Ik heb een afspraak met meneer Kesselaar,' zegt Menno.

'Hij zit achterin.'

Menno loopt verder. Een ouder stel zit voor in de zaak koffie te drinken. In een hoek achterin zit een corpulente man achter een tafel op zijn smartphone te tikken. Hij draagt een geruit overhemd en heeft aanzienlijk minder haar dan op de foto's. Toch is het hem. Kan niet missen.

Menno haalt diep adem en loopt naar Ed toe.

'Meneer Kesselaar? Wij hadden een afspraak. Ik ben Leo de Ruiter.' Met uitgestoken hand blijft Menno bij de tafel staan.

Eduard Kesselaar kijkt op van zijn telefoon. Hij komt half overeind en geeft Menno een hand. 'Ja, dat is ook zo. Ga zitten.' Hij gebaart naar de stoel tegenover hem.

Menno gaat zitten. Op wonderbaarlijke wijze is zijn nervositeit verdwenen. Is dit nou de man voor wie hij zo bang is geweest? Hij weet niet wat hij verwacht had, maar niet deze wat pafferige, ongevaarlijk ogende kerel van middelbare leeftijd.

'Ron, breng even twee koffie!' roept Eduard naar de bar. 'Wilt u eigenlijk koffie? Of een glas water?' Hij zet een fles water die rechts van hen staat tussen hen in.

'Nee, dank u.' Menno plaatst de fles, die hem het uitzicht op Eds gezicht beneemt, terug.

'Goed, waar ging het om,' zegt Ed. 'Een feest. U wilde een feest geven.'

'Ja, ik ben binnenkort vijfentwintig jaar getrouwd.'

'Gefeliciteerd.'

'Het is nog niet zo ver. We moeten het nog steeds zien te halen, hè,' zegt Menno, en als Eduard niet reageert, voegt hij eraan toe: 'Mijn vrouw heeft pasgeleden een ernstig auto-ongeluk gehad, dus dan neem je niets meer als vanzelfsprekend aan.'

Eduard neemt hem aandachtig op. 'Een ongeluk. Da's niet best.'

'Nee, inderdaad niet. Ze is van de weg gereden. Iemand is drie keer tegen haar op gebotst. Net zolang tot ze de macht over het stuur verloor en tegen een boom knalde.'

'Ach,' zegt Ed. 'En hoe is het nu met je vrouw?'

'Ze is blind aan één oog.'

'Da's niet zo mooi.'

'Nee.' Er ligt een gevaarlijke ondertoon in Menno's stem. 'Het was geen gewoon ongeluk, het was een aanslag.'

'Echt? Heeft de politie die mafkees al te pakken?'

'Nee. Maar ik weet wie het is.'

'Meen je dat nou?'

Ze kijken elkaar aan. Menno zegt niets meer, wacht tot de man tegenover hem reageert.

'Heb je dat aan de politie verteld?' vraagt Ed na een tijdje.

'Nee. Maar dat zal niet zo lang meer duren. De veiligheid van mijn vrouw is me meer waard dan die van mij. Begrijp je?'

'Tuurlijk.' Ed knikt instemmend.

Weer kijken ze elkaar aan, en er verschijnt een andere uitdrukking op Eduards gezicht. Iets behoedzaams. Hij legt zijn armen op tafel en taxeert Menno.

'Wat kom je hier doen?' vraagt hij.

'Zoals ik al zei, ik ben binnenkort vijfentwintig...'

'Gelul. Je komt uit Haarlem. Is daar geen locatie te vinden? Ik vraag het nog een keer: wat kom je hier doen?'

Menno haalt diep adem. 'Ik wil praten.'

'Waarover?'

'Ik denk dat je dat wel weet.'

'Als je iets te zeggen hebt, verknoei mijn tijd dan niet en zeg het gewoon. Ik heb meer te doen.'

'Het moet afgelopen zijn.' Menno legt zijn armen op tafel en kijkt Eduard recht aan. 'En kom niet aan met dat gelul over schulden en aflossen, want daar ben ik nu wel klaar mee.'

'Is dat zo?'

'Nou en of. Ik heb geen zin meer in die spelletjes. We hadden een overeenkomst, ik heb me aan de afspraak gehouden en ik stel voor dat jij dat ook doet. Wat mijn vrouw is overkomen, zou ook zomaar met jouw vrouw kunnen gebeuren.'

'Bedreig je me nou?'

'Nee, ik maak alleen even iets duidelijk.' Het verwondert Menno dat zijn hartslag zo rustig is, dat hij uit zijn woorden kan komen, dat de angst verdwenen is.

Eduard lijkt niet erg onder de indruk. Met koude ogen kijkt hij Menno aan, en als hij spreekt klinken zijn woorden rustig en weloverwogen. 'Ik ben eenenvijftig jaar, en in al die jaren hebben slechts een paar mensen mij durven bedreigen.'

'En daar ben ik er een van. Ik heb een dossier over je aangelegd, vuile klootzak. Ik heb notities gemaakt. Daarin staat precies wat er de afgelopen weken allemaal gebeurd is. Onze afspraak van vandaag staat er ook in. Als mij iets gebeurt, of mijn vrouw of zoon, zal het niet lang duren voor de politie hier voor de deur staat. Dus vanaf dit moment laat jij mij goddomme met rust!'

Een trek van verbazing glijdt over Eduards gezicht, en vervolgens iets van respect. Hij zegt niets, lijkt met stomheid geslagen te zijn.

Een mooi moment om op te stappen. Menno schuift zijn stoel naar achteren en komt overeind.

'Je mag blij zijn dat ik je niet ter plekke neerschiet,' zegt hij met een blik vol haat.

De verleiding om die gedachte om te zetten in een daad is zo groot dat hij snel wegloopt.

'Zeg! Wat denk je nou, mafkees!'

Menno blijft staan en draait zich om. Eduard is ook opgestaan, zijn gezicht vertrokken van woede. Zijn hand verdwijnt achter zijn rug en lijkt iets tevoorschijn te halen, en in een flits beseft Menno wat er staat te gebeuren. Hij is sneller, zijn wapen is onder handbereik. En hij handelt instinctief. Ontgrendelt vliegensvlug zijn pistool. Brengt zijn arm omhoog en richt. Het doelwit is veel dichterbij dan de pop op de schietbaan. Hij haalt de trekker over. Door de terugslag vliegt zijn pistool omhoog en verliest hij bijna zijn evenwicht.

Aan Eduards gezicht ziet hij dat het raak is, maar hij weet niet precies waar hij hem getroffen heeft. Tot de ruitjes op zijn overhemd tot één kleur versmelten.

Links in de borst.

Bull's eye.

Eduard zakt in elkaar met een verbijsterde, gepijnigde uitdrukking op zijn gezicht.

Het lijkt allemaal minuten in beslag te nemen, maar in werkelijkheid kunnen er niet meer dan een paar seconden verstreken zijn. Een schelle fluittoon vult Menno's oren. Hij draait zich om en staat oog in oog met de jongen achter de bar, tot die wegduikt.

Het koffiedrinkende stel is overeind gekomen en staat als aan de grond genageld. Op het moment dat zij onder de tafel kruipen, is Menno tot bezinning gekomen. Hij werpt nog één blik op Eduard, dan rent hij naar de deur.

42

In de auto dringt het pas goed tot Menno door wat hij heeft gedaan. Trillend zit hij achter het stuur, zijn zenuwen staan op scherp.

'Fuck!' roept hij. 'Fuck, fuck, fuck!'

Dit was niet de bedoeling. Of misschien ook wel, hij weet het niet precies.

Hij voelt zich vreemd, alsof de oude Menno opzijgeschoven is door een ruwere versie van hem, alsof er diep in hem iemand huist die hij nooit echt heeft leren kennen, maar die nu is opgestaan.

Razendsnel denkt hij na. Wie hebben hem gezien? Alleen die jongen achter de bar en het stel dat koffie zat te drinken. Dus zij kunnen een signalement van hem geven. Vrij nauwkeurig waarschijnlijk. Maar zonder naam heeft de politie daar niets aan.

Hij heeft vingerafdrukken achtergelaten, op tafel en op de leuning van de stoel. Geen probleem, er zullen er wel meer op zitten. Het is moeilijk om van dergelijke vervuilde oppervlaktes een goede afdruk te halen. Bovendien heeft hij geen strafblad, dus ze hebben er sowieso niets aan.

Zouden er camera's in het restaurant hangen? Waarschijnlijk alleen buiten. Als ze binnen ook hangen, dan blijft het resultaat hetzelfde: zonder zijn naam hebben ze er niets aan. Dat hoopt hij tenminste.

Terwijl hij terugrijdt naar Haarlem, tollen de gedachten door zijn hoofd. Omdat hij moeite heeft om zich op het verkeer te concentreren, blijft hij zoveel mogelijk op de rechterbaan.

In een ommezien is hij thuis. Zijn gedachten hebben hem zo in beslag genomen dat hij volledig op de automatische piloot heeft gereden. Als hij voor zijn huis staat, blijft hij nog een paar minuten zitten.

Het pistool, wat moet hij met het pistool? Verstoppen, bij zich houden? Hij weet niet wat hem te wachten staat. Als de politie langskomt en zijn huis doorzoekt, is het beter dat het pistool verdwenen is, maar voor hetzelfde geld staan er straks een paar criminele vrienden van Ed voor de deur. Die laatste mogelijkheid vreest hij meer dan een bezoekje van de politie. Voorlopig houdt hij het pistool bij zich, als het nodig is kan hij zich er altijd nog van ontdoen.

Met het wapen in de zak van zijn colbert gaat hij naar binnen. Sascha is in de keuken bezig.

'Hoi,' zegt hij.

Ze draait zich om, een keukenschaar in de hand. 'Hé. Waar kom jij vandaan?'

'Hoezo?' Menno loopt naar haar toe en kust haar.

'Omdat Ruben belde. Hij kon je niet bereiken.'

'Dan staat mijn telefoon waarschijnlijk nog uit.' Menno haalt zijn telefoon tevoorschijn. 'Ja, zie je wel. Ik had een onverwachte bespreking. Wat zei hij? Was het dringend?'

'Geen idee. Dat heeft hij niet gezegd.'

'Het zal wel over dat gezeik met die vluchtelingen gaan. Het wordt steeds erger. De marechaussee haalt al het vrachtverkeer van de weg voor controle.'

Sascha knikt en knipt een pak spaghetti open.

'Waar is mijn moeder?' vraagt Menno terwijl hij zijn jasje voorzichtig over de stoelleuning hangt.

'Thuis. Het is niet meer nodig dat ze hier de hele dag is. Ze heeft gisteravond nog wel pastasaus gemaakt, dus ik hoef alleen de pasta te koken.'

'Laat mij dat maar doen.' Met zachte hand schuift Menno zijn vrouw opzij en neemt het pak spaghetti van haar over.

'Wat jij wilt. Zal ik iets te drinken inschenken?'

'Een whisky graag. Ik heb ontzettende zin in whisky.'

Sascha loopt naar de glazenkast, één hand laat ze over de rugleuningen van de stoelen glijden, de andere houdt ze voor zich uit. Menno slaat haar gade terwijl ze de glazen zoekt, de fles whisky vindt op de bijzettafel met dranken, en voor zichzelf witte wijn uit de koelkast haalt.

'Ongelooflijk,' zegt hij bewonderend, 'zoals jij je hebt aangepast. Eerst kon je niets, en nu red je je uitstekend.'

Voorzichtig schenkt Sascha haar glas vol, met één vinger over de rand zodat ze weet wanneer ze moet stoppen.

Menno komt tegenover haar staan. 'Proost. Op de mooiste vrouw die ik ken.' Hij tikt met zijn glas tegen dat van Sascha en kust haar. 'Ik ben trots op je, weet je dat?'

Ze glimlacht flauwtjes.

Voor het eerst sinds lange tijd eten ze samen. Luuk is bij een vriend en komt voorlopig niet thuis. Misschien zit seks er wel in, bedenkt Menno. Dat is ook al eeuwen geleden.

De adrenaline raast door hem heen, hij weet er geen raad mee. Gelukkig heeft de whisky een kalmerende invloed. Alles komt goed.

Als iemand hem had herkend, zou de politie nu wel aan de deur verschenen zijn.

Eén moment overweegt hij om Sascha in vertrouwen te nemen, maar dat gaat snel voorbij. Met een beetje geluk komt ze er nooit achter wat hij heeft gedaan.

Na het eten slaat hij zijn arm om haar middel en zegt: 'Wat

denk je ervan? Zullen we naar boven gaan?'

Ze maakt zich van hem los. 'Een andere keer.'

'Hoezo, "een andere keer"? Wanneer dan? We zijn nooit alleen.'

'Ik weet het, maar ik voel me niet zo lekker. Te veel gedaan, denk ik. Het was toch zwaarder dan ik dacht, de hele dag alles zelf doen.'

Met enige moeite onderdrukt hij zijn teleurstelling. 'Oké, ik begrijp het.'

'Zullen we die nieuwe serie op Netflix kijken?'

Het historische drama dat ze bedoelt interesseert hem geen bal, maar het is een van de weinige dingen die Sascha goed kan volgen omdat er niets in gebeurt. De personages voeren eindeloze, voorspelbare gesprekken in sfeervolle kasteelkamers of ze wandelen door de parkachtige tuin. Oervervelend, maar voor vanavond precies goed. Op iets anders kan hij zich toch niet concentreren.

'Eerst even wat mail wegwerken.' Hij pakt zijn jasje van de stoelleuning. 'Zet jij alvast koffie?'

43

Menno zet zijn computer aan en opent zijn bureaula. De map ligt bovenop, vol informatie over de man die hij net heeft doodgeschoten.

Terwijl hij wacht tot zijn computer is opgestart, jaagt hij alle papieren door de shredder. Pas als het laatste vel in onleesbare slierten is veranderd, concentreert hij zich op zijn computer.

Met droge mond zoekt hij de nieuwssites op. En ja hoor, daar heb je het al. Het ene bericht na het andere.

RESTAURANTEIGENAAR VERMOORD

LIQUIDATIE IN AMSTERDAM-NOORD

AFREKENING OP KLAARLICHTE DAG

Gelukkig staat er niets bijzonders in. Alleen dat de eenenvijftigjarige Eduard Kesselaar vanmiddag in zijn eigen restaurant door een onbekende schutter is doodgeschoten.

Hij herademt en leunt naar achteren. De politie zal vast meer informatie hebben dan de kranten, maar voorlopig hebben ze geen idee wie de dader is.

De prepaidtelefoon die hij van Vera heeft gekregen gaat en verschrikt grijpt hij naar zijn broekzak. Het is Vera niet, het is Jan, wie hij het nummer heeft gegeven.

'Jan! Hoe is het?'

'Laat die prietpraat maar zitten,' zegt Jan. 'Ed is dood.'

'Wat zeg je nou?'

'Hij is doodgeschoten. De politie heeft een signalement van de dader en hij lijkt precies op jou.'

Even is het stil. 'Hoezo?' vraagt Menno dan.

'Eén meter vijfentachtig, bruine krullen, spijkerbroek en donkerblauw colbert.'

'Ik denk dat er wel meer mannen zijn die aan die beschrijving voldoen.'

'Maar die hebben niet allemaal een reden om Ed overhoop te knallen. Wat bezielde je, man? Hoe denk je hiermee weg te komen?'

'Jan, luister. Ik heb geen idee...'

'Hou op met die bullshit. Ik ben het! Je hoeft mij geen verhaaltje te vertellen. En je hoeft ook niet bang te zijn dat ik je verraad. Jezus, man, je hebt me enorm geholpen!'

Weer valt er een stilte.

'Wees maar niet bang, je hebt meer mensen een dienst bewezen. Vera ook. Ze was doodsbang voor Ed. Iedereen die voor Ed werkte was bang voor hem. Ik ook.'

'Dus ze staat straks niet bij me aan de deur? Of een van Eds andere werknemers?'

'Nee. Waarschijnlijk neemt de volgende in de pikorde de leiding over en *that's it*.'

'Dus als de politie er niet achter komt...'

'Dan is er niets aan de hand. Ik ben nu op weg naar huis, er is geen reden meer om ondergedoken te zitten. Waarschijnlijk komt de recherche wel bij me langs, want er lopen een paar lijntjes van Ed naar mij. Allemaal onschuldige zaakjes, daar kunnen ze niets mee.'

'En naar mij? Lopen er ook lijntjes van Ed naar mij?'

'Natuurlijk niet, we hebben ervoor gezorgd dat dat niet

gebeurde. Maak je maar geen zorgen, jongen. En mochten ze toch bij jou langskomen, gewoon je mond houden. Als je een advocaat nodig hebt, dan weet je me te vinden.' Jan lacht, maar Menno lacht niet mee.

De koffie staat koud te worden op de salontafel. Sascha kijkt televisie, al kan ze er niet veel van zien. Ze wilde net Netflix aanzetten toen het journaal op RTL4 begon. Omdat Menno nog in zijn werkkamer zat, bleef ze kijken.

Het eerste item was een liquidatie in Amsterdam-Noord. Een restauranteigenaar is vanmiddag in zijn eigen zaak doodgeschoten, voor het oog van zijn gasten. De dader is onbekend, maar er zijn camerabeelden. Die worden niet getoond, in het belang van het onderzoek. De politiewoordvoerder geeft wel een signalement vrij.

Sascha heeft met een half oor zitten luisteren. Bij het horen van de naam van het slachtoffer, die daarna wordt gegeven, kijkt ze met een ruk op, en het signalement van de dader doet haar verstijven. Gespannen luistert ze naar de rest van het verslag, waarna ze doodstil op de bank blijft zitten tot Menno binnenkomt.

'Ik was de tijd vergeten,' zegt hij. 'Die koffie is zeker koud? Ik zal nieuwe zetten.'

Terwijl hij naar de keuken loopt, begint het achtuurjournaal. Ook dat opent met de liquidatie.

Menno komt aanlopen met verse koffie en Sascha zet het geluid wat harder. Het kost haar de grootste moeite om niet naar haar man te kijken. Voorzichtig werpt ze hem een blik toe. Hij is blijven staan, met de bekers in zijn hand. Zoals ze al had verwacht, kijkt hij gebiologeerd naar de televisie.

'Een liquidatie,' zegt ze. 'Vanmiddag, in Amsterdam.'

Menno zet de bekers op tafel en zakt neer op de bank.

'Eduard K,' zegt Sascha.

Met een ontzet gezicht kijkt hij naar de televisie. 'Echt waar?'

'Dat is toch die man die jou chanteerde?'

'Ja... Is hij dood? Wauw.' Op het randje van de bank volgt Menno het nieuwsbericht.

'Dat is goed nieuws voor ons,' zegt Sascha, terwijl ze hem onopvallend in de gaten houdt.

'Ja, zeker. Daar zijn we mooi vanaf.'

Er valt een lange stilte. 'Met wie had jij een afspraak vanmiddag?' vraagt Sascha dan.

'Hè?'

Ze herhaalt haar vraag.

'Gewoon,' zegt Menno. 'Met een bedrijf dat babyvoeding wil vervoeren.'

'Heet dat bedrijf toevallig Kesselaar?'

Even is het stil, dan zegt Menno verbaasd: 'Kesselaar? Hoezo?'

'Laten we ophouden met die spelletjes en bullshit, Menno. Je zou eerlijk tegen me zijn, me alles vertellen. De man die jou chanteerde was Eduard Kesselaar, en die is vanmiddag doodgeschoten. Ze hebben een signalement van de dader, hij lijkt precies op jou. Dus ik moet je dit vragen: heb jij het gedaan?'

'Hoe kom je daar nou bij?' Zijn stem klinkt verontwaardigd.

'Dat vertel ik je net. Bovendien heb ik het dossier gevonden dat je over hem hebt aangelegd.'

De stilte die valt staat strak van de spanning. Nauwlettend houdt Sascha het gezicht van haar man in de gaten, en ze ziet berusting op boosheid volgen.

'Hoe kon jij dat lezen?' vraagt hij.

'Mijn telefoon las het voor. Ik had er foto's van gemaakt.' Ze schuift het lichte schuldgevoel dat haar bekruipt opzij.

Iets niet vertellen is wat anders dan ronduit liegen. Even is ze bang dat hij zal vragen hoe ze die map überhaupt gevonden heeft, maar hij begint het bestaan ervan al te verklaren.

'Ik was bang dat hij me niet met rust zou laten. Daarom besloot ik een dossier over hem aan te leggen, zodat ik hem terug kon pakken als hij me wilde chanteren.'

'En nu is hij vermoord.'

'Maar niet door mij. Die man moet god mag het weten hoeveel vijanden hebben gehad. Echt, Sas, je moet me geloven.'

'Ik weet het niet.'

'Jij denkt dat ik in staat ben om iemand dood te schieten? Meen je dat nou?'

'Ik weet het niet.'

Er valt een lange stilte. Sascha kijkt voor zich uit, maar voelt Menno's blik op haar gericht.

'Ik was het niet,' zegt hij. 'Ik zweer het.'

'Oké.' Langzaam komt ze overeind.

'Wat ga je doen?'

'In bad. Ik heb hoofdpijn.'

'Lieverd, je gelooft me toch wel?'

'Ik weet het niet,' zegt ze, en ze loopt de kamer uit.

44

De eerste dagen kan hij niet tot rust komen. Onophoudelijk is hij in beweging, voortdurend op zoek naar afleiding. Zitten betekent nadenken. Hij wil niet nadenken, hij wil de draad van zijn leven oppakken en vergeten wat er is gebeurd.

Een tijdlang lijkt het alsof dat gaat lukken. Er gebeurt niets. Geen politie aan de deur, geen handlangers van Ed die verhaal komen halen, het leven gaat gewoon zijn gangetje. Nu hij geen drugstransporten meer hoeft te verzorgen, kan Menno zich weer volledig richten op het leiden van zijn bedrijf. Niemand heeft in de gaten gehad wat hij de afgelopen maanden heeft uitgevoerd. Dat mag een wonder mag heten. Hoe meer tijd er verstrijkt, hoe minder waarschijnlijk het is dat zijn illegale transacties aan het licht zullen komen.

Alles zou perfect zijn als zijn relatie met Sascha niet zo stroef was. Als hij 's avonds thuiskomt, zegt ze alleen het hoognodige, en in het weekeinde gaat ze haar eigen gang. Het is alsof ze zich van hem heeft afgekeerd. Hij laat haar maar met rust.

Twee weken na Eds dood, op vrijdagochtend, staat op zijn werk de politie voor de deur. Menno zit net in een bespreking en wuift Laura, die hem komt vertellen dat er bezoek is, ongeduldig weg. Pas als ze in zijn oor fluistert dat het de politie is, breekt hij de vergadering af.

Met bonzend hart neemt hij de lift naar beneden. Twee rechercheurs staan hem op te wachten in de hal.

'Meneer Riebeek? Mijn naam is Dijkman van de politie Kennemerland, en dit is rechercheur Meiland.' Beide rechercheurs laten hun legitimatie zien. 'Kunnen wij u even spreken?'

'Natuurlijk,' zegt Menno met droge mond. 'Zullen we daar gaan zitten?' Hij wijst naar een vergaderkamer.

Meiland schudt zijn hoofd. 'We gaan liever naar het bureau.'

'Waarom? Waar gaat het eigenlijk over?' vraagt Menno.

'We onderzoeken de moord op Eduard Kesselaar, die twee weken geleden is doodgeschoten. U kent die naam toch?' De rechercheurs kijken hem met scherpe blik aan.

Nu rustig blijven. Niet ontkennen. Menno knikt bevestigend en zegt. 'Dat is toch die restauranteigenaar uit Amsterdam? De kranten staan er vol van.'

'Precies. Tijdens ons onderzoek is gebleken dat u contact hebt gehad met het slachtoffer, dus we hebben een paar vragen voor u.'

'Ik? Contact met Kesselaar? Niet dat ik weet. Misschien dat onze paden zich in het verleden eens gekruist hebben, zakelijk gezien, maar dat kan ik me niet herinneren.'

'Het is iets recenter,' zegt Meiland niet onvriendelijk. 'Zou u met ons mee willen gaan?'

'Nu?'

'Graag.'

Van alle kanten werpen medewerkers nieuwsgierige blikken op hen. Met een gezicht alsof hij er geen enkel bezwaar tegen heeft om mee te gaan naar het bureau, knikt Menno.

'Prima. Als ik even een paar afspraken kan verzetten, dan ga ik met u mee. Kan ik met mijn eigen auto gaan?'

De rechercheurs knikken en even later loopt hij met hen mee naar buiten. Opgelucht constateert hij dat ze met een onopvallende donkere auto zijn gekomen, die netjes in het vak geparkeerd staat. Geen politiewagen die met grote haast is komen aanrijden en lukraak is neergezet. Geen arrestatie dus. Zijn pistool ligt in een afgesloten kast op kantoor. Niets aan de hand.

Menno herademt. Met een beetje geluk is hij over een uurtje weer terug.

Het gesprek zal worden vastgelegd, laat Dijkman hem weten. Hij wijst naar de opnameapparatuur die in de kamer staat.

Menno laat zijn ogen ronddwalen. Blauwgroen tapijt, witte muren met een kunstreproductie. Hij had zich een verhoorkamer heel anders voorgesteld.

Of hij koffie wil. Dat lijkt hem geen slecht idee, zijn mond wordt steeds droger.

'Waarom wordt dit gesprek opgenomen?' vraagt hij zodra Dijkman een plastic bekertje voor hem heeft neergezet. 'Het is toch geen verhoor?'

'Nee, maar we nemen het toch graag op. Dat doen we wel vaker als we denken dat het interessant kan worden,' zegt Dijkman.

'Dat wordt dan een teleurstelling,' zegt Menno. 'Ik ken die Kesselaar helemaal niet.'

In de auto heeft hij besloten zich van de domme te houden zolang ze niet met harde bewijzen komen. De kans is groot dat ze een vermoeden hebben en een spontane bekentenis proberen uit te lokken. Als ze echt iets hadden, was hij allang gearresteerd.

Die gedachte geeft hem moed. Hopelijk komt hij over als de coöperatieve maar enigszins ongeduldige zakenman die hij probeert neer te zetten. Hij vermoedt van wel, want de rechercheurs behandelen hem voorkomend, stellen bijna verontschuldigd hun vragen en glimlachen bemoedigend.

Waar hij was op de dag dat Eduard Kesselaar werd vermoord. Waar hij hem van kende, en hoelang al.

'Zoals ik net al zei, ik kende hem helemaal niet,' zegt Menno rustig. 'En waar ik die dag was? Eens kijken, het is alweer twee weken geleden. Ik zal wel op kantoor gezeten hebben.'

Daar was hij niet. Ze hebben zijn secretaresse gesproken en volgens haar was hij buiten de deur. Er stond ook geen afspraak in zijn agenda.

'Ik zal eens kijken.' Menno pakt zijn telefoon en raadpleegt zijn agenda. 'Mijn secretaresse heeft gelijk, er stond geen afspraak die dag. Waarschijnlijk ben ik wat eerder naar huis gegaan. Dat doe ik wel vaker sinds mijn vrouw een ongeluk heeft gehad.'

De rechercheurs knikken alsof ze daar alles van weten, wat ook wel het geval zal zijn.

'We houden u al een tijdje in de gaten,' zegt Dijkman. 'Om precies te zijn sinds u de diensten van Jan Leyenberg hebt aangenomen.'

Met een verbaasd gezicht kijkt Menno de rechercheur aan. 'Waarom?'

'Vanwege de reputatie van de heer Leyenberg. We houden iedereen in de gaten die zijn zaken door hem laat behartigen.'

'Jan? Wat is er met hem?'

Dat willen ze hem best uitleggen. Jan Leyenberg heeft een nogal kleurrijke clientèle. Het gebeurt advocaten wel vaker dat ze de grens tussen legale en illegale praktijken niet meer helder zien. Waar had Menno meneer Leyenberg voor nodig?

Blij dat hij op veiliger terrein verkeert, vertelt Menno omstandig hoe een zakelijk contact de handel die hij moest vervoeren achterover had gedrukt. 'Jan zou voor me uitzoeken of ik aansprakelijk was.'

'En, was u dat?'

'Helaas wel.'

'Dat zal een gevoelige klap voor uw bedrijf zijn geweest.'

'Ja, inderdaad.'

'Maar het bedrijf heeft het overleefd.'

'Gelukkig wel.'

Dijkman slaat het ene been over het andere en neemt een paar papieren door. 'Hebt u meneer Leyenberg daarna nog vaker geconsulteerd?'

'Over andere zaken, bedoelt u? Nee.'

'Dus u hebt alleen contact met hem gehad over die oplichtingszaak. Hoeveel gesprekken hebt u daarover gevoerd?'

Menno begint licht te zweten. Het verhoor gaat een kant op die hem niet bevalt. 'Heb ik eigenlijk geen recht op een advocaat?'

'Natuurlijk kunt u zich laten bijstaan, als u dat prettiger vindt.' Dijkman knikt. 'Al is dit geen officieel verhoor. We praten alleen maar wat.'

'Voelt u zich zo slecht op uw gemak?' De scherpe ogen van Meiland lijken hem te doorboren.

'Nee, hoor,' zegt Menno. 'Ik vroeg het me alleen af.'

'U kunt op elk moment met het gesprek stoppen en om een advocaat vragen,' zegt Dijkman, 'maar als u niets te verbergen hebt, waarom zou u dan niet gewoon antwoord geven?'

45

Het laatste wat Menno wil is zich verdacht maken. Hij kan beter meewerken en het wantrouwen zoveel mogelijk wegnemen.

‘Ik heb er geen enkel bezwaar tegen om wat vragen te beantwoorden,’ zegt hij met een glimlach. ‘Wat wilde u ook alweer weten?’

‘De vraag was hoe vaak u contact hebt gehad met meneer Leyenberg over die oplichtingszaak.’

‘Ik weet het niet precies meer. Een paar keer.’

‘Denkt u eens rustig na.’

‘Dat zou ik moeten nakijken. Een keer of zes, denk ik.’

‘Echt? Zo vaak? Voor een zaak die zo duidelijk was?’

‘Zoals ik al zei, weet ik het niet precies meer. Misschien was het minder. Wat doet het ertoe?’

‘Niets,’ zegt Dijkman. ‘Dat wil zeggen, de oplichtingszaak doet er niet toe. Die kon met een of twee telefoontjes afgehandeld worden. U was aansprakelijk, klaar. Toch hebt u in de weken daarna regelmatig contact gehad. Altijd buiten de deur. Wandelend door het park, zittend op een bankje.’

Dit gaat de verkeerde kant op. Om tijd te winnen drinkt Menno van zijn koffie. ‘We zijn bevriend,’ zegt hij vervolgens. ‘Is dat zo vreemd?’

Aan hun gezichten te zien vinden ze dat inderdaad vreemd. Of in ieder geval verdacht.

'Laten we open kaart spelen,' zegt Dijkman. 'Wij denken dat de heer Leyenberg u een voorstel heeft gedaan.'

Menno zegt niets, kijkt hem alleen maar aan.

'Om uit de problemen te komen,' verduidelijkt Dijkman. 'Want uw bedrijf raakte in de problemen door die oplichtingszaak, toch?'

'Nee. Mijn bedrijf was gezond genoeg om de klap op te vangen.'

'Is dat zo? We hebben de cijfers van uw bedrijf opgevraagd bij de Belastingdienst, en daaruit blijkt dat u wel degelijk in zwaar weer zat.'

'Goed, het was een klap.' Menno maakt een gebaar van overgave. 'Maar ik had nog wat zwart geld liggen. Dat zou ik misschien niet moeten zeggen, maar zo was het. Dat geld heb ik gebruikt om de eisende partij schadeloos te stellen.'

De rechercheurs wisselen een blik.

'Ik denk,' zegt Dijkman, 'dat u met Jan Leyenberg in zee bent gegaan. En dat u daarmee een heel grote fout hebt gemaakt.'

'Ik heb geen idee waar jullie het over hebben,' zegt Menno. 'Wat heeft dat trouwens met die kerel uit Amsterdam-Noord te maken?'

Dijkman en Meiland bestuderen hem, vragen zich duidelijk af of hij echt van niets weet of toneelspeelt. Of misschien prikken ze dwars door zijn onschuldige manier van doen heen, weten ze dingen die ze nog niet met hem delen. Hij moet zich niet laten intimideren. Het beste kan hij de confrontatie aan gaan.

'Word ik ergens van verdacht? Want dan wil ik een advocaat.'

'Dat is niet nodig,' zegt Dijkman. 'Dit is geen officieel verhoor en we houden u niet aan.'

'Dus als ik wil, kan ik nu weg.'

Ze knikken.

'Er zijn camerabeelden van de schutter,' zegt Meiland. 'Heel duidelijke beelden van iemand die erg aan u doen denken.'

Menno onderdrukt zijn opkomende paniek. Rustig, ze hebben niets. Hoogstens een paar korrelige zwart-witopnames die je ook altijd in *Opsporing verzocht* ziet.

'Tja, ik neem aan dat er mensen bestaan die op mij lijken,' zegt hij. 'Ik ken die man, die Kesselaar, niet. Ik heb geen enkele reden om hem dood te schieten. En wat zijn dood te maken heeft met Jan Leyenberg begrijp ik niet goed. Ik begrijp sowieso niet waarom ik hier ben.'

'Als wij het maar begrijpen.' Dijkman kijkt hem strak aan. 'We weten hoe het zit, meneer Riebeek, en de bewijzen vinden we nog wel.'

'Prachtig,' zegt Menno terwijl hij opstaat. 'Veel succes ermee. Persoonlijk vind ik dat deze onzin nu wel lang genoeg geduurd heeft, dus als u het niet erg vindt, dan ga ik.'

Met die woorden verlaat hij de verhoorkamer. Hij wordt niet tegengehouden.

Op weg naar kantoor beseft hij dat de recherche ook vragen zal gaan stellen aan Sascha en Luuk. Als ze dat nog niet gedaan hebben.

Hij kan Sascha niet de waarheid vertellen, dat overleeft hun huwelijk niet. Maar ze moet wel weten dat hij verhoord is.

Terwijl hij naar huis rijdt denkt hij na, en even later draait hij de oprijlaan van zijn huis op. Hij betaalt de taxichauffeur en gaat naar binnen. Sascha komt net de trap af.

'Hé,' zegt ze verrast. 'Wat doe jij nou hier?'

'Ik wilde je even spreken. Ik kom net van het politiebureau.'

Verschrikt kijkt Sascha hem aan.

'Ze kwamen me ophalen van kantoor. Wees maar niet bang, het stelde niets voor. Ik kon zo weer gaan.'

'Waarom kwamen ze je dan halen? Daar moeten ze toch een reden voor hebben gehad?'

'Vanwege Jan. Ze weten dat Jan en Ed elkaar goed kennen, en aangezien ik Jan ken en ik voldoe aan het signalement van de schutter...'

'Maar ze hebben je weer laten gaan.'

'Natuurlijk, ze hadden niets. Alleen een signalement, maar je weet hoe die beschrijvingen klinken. Gemiddelde lengte, bruin haar, spijkerbroek. Dat kan iedereen zijn.'

'Maar jij bent het niet.'

'Nee. Dat zweer ik,' zegt hij ernstig.

Ze lijkt er niet van onder de indruk te zijn. 'Wat ga je nu doen? Terug naar je werk?'

'Ik moet wel, er is nog zoveel te doen. Ik ben bang dat ik het weekeinde door moet werken.'

'Jammer, ik wilde weer eens naar mijn moeder gaan. Dat zouden we nu mooi samen kunnen doen.'

'Vandaag lukt niet, maar ik zou zondag een uurtje mee kunnen gaan. Dan haal ik je op en rijd ik daarna weer terug naar kantoor.'

Ze glimlacht. 'Dat zou fijn zijn. Ben je vanavond op tijd thuis voor het eten?'

'Om halfzeven. Goed?'

'Prima.'

'Afgesproken dan.' Hij trekt haar naar zich toe en kust haar.

46

Menno keert de auto en rijdt de oprijlaan weer af. Er ligt op kantoor meer dan alleen werk te wachten: zijn pistool. Ook al heeft hij vanochtend de kast op slot gedaan en was hij van plan het daar te laten liggen, het zit hem bij nader inzien toch niet lekker.

Hij rijdt stevig door, werpt af en toe een blik in zijn achteruitkijkspiegel. Wordt hij nou gevolgd? Hoe hard hij ook rijdt, hij blijft een zilvergrijze Volkswagen Golf zien. Af en toe verdwijnt hij achter een andere auto, en één keer lijkt hij weg te zijn, maar dan duikt hij weer op.

Pas als Menno een afslag neemt, ziet hij de wagen niet meer. Opgelucht zet hij zijn richtingaanwijzer aan en gaat linksaf.

Op het pleintje van het kantorencomplex is het rustig. Normaal gesproken staan de parkeerplaatsen van de bedrijven die daar gevestigd zijn vol, op vrijdag aan het einde van de middag zijn ze nagenoeg leeg.

Hij wil net uitstappen als de zilvergrijze Volkswagen Golf het parkeerterrein van Riebeek Transport op draait.

Een tinteling van schrik trekt over Menno's huid. In zijn achteruitkijkspiegel houdt hij de wagen in de gaten. Twee mannen stappen uit, gekleed in donkere trainingspakken en beiden met een zwarte muts tot vlak boven hun ogen getrokken.

Menno's ademhaling stokt.

Op hetzelfde moment vliegt er iets door zijn achterruit. Het scheert langs zijn hoofd en laat de voorruit in gruzelementen uiteenspatten. Begeleid door glasgerinkel hoort Menno zijn eigen schreeuw.

Er is geen plaats voor gedachten, zijn instinct neemt het onmiddellijk over. Een stoot adrenaline jaagt door zijn aderen. Razendsnel zet hij zijn auto in de eerste versnelling, geeft gas en gooit het stuur om. Terwijl hij doorschakelt, ziet hij de mannen opnieuw hun wapens heffen.

Menno geeft een dot gas en rijdt recht op hen af. Zijn aanvallers duiken opzij.

Nog steeds in de tweede versnelling rijdt hij het pleintje af, de motor brult. Hij slaat rechts af en stort zich in het verkeer. Een eindje achter hem ziet hij de Volkswagen verschijnen.

Als kamikazestrijders zetten de mannen de achtervolging in, zonder oog voor andere weggebruikers.

Onophoudelijk flitst Menno's blik via de spiegel naar achteren. Zijn belagers lopen snel op hem in.

Een kruispunt doemt op, het stoplicht springt op rood. Menno schreeuwt het uit van frustratie.

Hij gooit het stuur om, probeert langs het vertragende verkeer te rijden, raakt een auto die te ver naar links staat, rijdt door. Woedend getoeter is zijn deel, maar Menno is allang blij dat hij geen schade heeft opgelopen die hem tot stilstand brengt.

Hoelang kun je veilig doorrijden nadat het stoplicht op rood is gesprongen? Vijf seconden, tien? Die zijn al voorbij. Toch raast hij in volle vaart het kruispunt op.

Een orkest van claxons, remmen en piepende banden barst los. Het geluid van blik op blik klinkt, de klap werpt hem naar voren. Zijn airbag springt hem tegemoet, vangt hem op.

Een wagen die van rechts kwam is aan de zijkant op hem in

gereden, de achterbank ligt helemaal in elkaar. Menno heeft alleen aandacht voor de Volkswagen. Waar is hij gebleven? Waar zijn die mannen?

Terwijl de airbag leegloopt kijkt hij gedesoriënteerd om zich heen. Van alle kanten stappen mensen uit. Er komt iemand aanrennen. Via zijn zijspiegel ziet hij de grijze Volkswagen het kruispunt op rijden.

Menno kruipt op de stoel naast hem. De grote witte ballon onttrekt hem aan het zicht van het doodseskader, maar hij weet dat ze er dwars doorheen zullen schieten. Hij gooit het portier open en gaat ervandoor.

Achter hem klinkt het gieren van een motor. Hij steekt het kruispunt over, rent een straat in en vloekt. De straat is breed, te breed. De Volkswagen heeft hem in een mum van tijd ingehaald. Terwijl hij over het trottoir rent, komen ze naast hem rijden. Vanuit zijn ooghoek ziet hij een van de mannen met een wapen uit het raam hangen.

Menno maakt een snoekduik en belandt tussen twee geparkeerde auto's. De kogels slaan ratelend in het blik. Op handen en voeten gaat hij verder, tot het trottoir overgaat in een weg en zijn dekking ophoudt.

De Volkswagen heeft de bocht genomen en wacht hem op. Menno kruipt tussen twee auto's door, krabbelt overeind en rent naar de overkant. Een salvo van schoten klinkt, autoalarmen gaan af en mengen zich met het geluid van remmend verkeer en gillende mensen. Een van de kogels fluit langs Menno's hoofd.

Zigzaggend gaat hij verder. De Volkswagen rijdt alweer vlak achter hem. Hij hijgt, houdt zijn hand tegen zijn pijnlijke borst gedrukt.

Hij kijkt over zijn schouder en het volgende moment knalt hij tegen een lantaarnpaal. De klap is zo hard dat hij tegen de grond slaat. Even is hij versuft. Bloed loopt langs zijn gezicht, in zijn ogen. Hij knippert, is meteen weer alert.

Waar zijn ze?

Zonder iets te zien komt hij overeind en zoekt steun bij de lantaarnpaal. Zijn schedel voelt als gebarsten. Terwijl hij het bloed uit zijn ogen veegt, strompelt hij weg, niet wetend uit welke richting de aanval zal komen en wanneer.

Snel genoeg. Hij weet het als er een auto naast hem komt rijden en hij een blik opzij werpt. De loop van het wapen lijkt ver weg, maar is het niet. Integendeel, van deze afstand kan de schutter niet missen.

De straat is opeens leeg. Er zijn geen auto's om achter weg te kruipen, er is niemand om hem te helpen.

Het schot klinkt en er gaat een schokgolf door hem heen. In eerste instantie voelt hij niets. Hij strompelt verder, verbaast zich over al het bloed aan zijn rechterzij. Tegelijk met het besef dat hij gewond is, komt de pijn. Als gif verspreidt hij zich door zijn lichaam, doet hem naar adem happen.

Een tweede schot klinkt en slaat hem tegen de grond.

Witgloeiend vuur in zijn borstkas. Alsof zijn bovenlichaam is geëxplodeerd. De pijn ligt ver boven de grens van wat hij kan verdragen, en er is geen ontsnappen aan. Schreeuwen zou verlichting geven, maar er komt alleen bloed uit zijn mond.

Op hetzelfde moment dat hij de ijzersmaak proeft, krijgt hij geen lucht meer. Hij beseft dat hij stervende is.

De pijn neemt hem in een houdgreep, laat hem smeken om verlossing, en, net als hij denkt dat hij het niet langer kan verdragen, komt er een einde aan.

47

Menno is laat. Halfzeven, heeft hij gezegd, maar het begint al te schemeren en hij is nog steeds niet thuis.

Sascha pakt haar mobieltje en controleert haar WhatsApp. Geen berichten. Ze stuurt er zelf een: *Waar blijf je?*

Geen reactie.

Waarom antwoordt hij niet? Waar hangt hij uit? Misschien is hij helemaal niet naar kantoor gegaan.

Boosheid mengt zich met teleurstelling. Wat is ze toch een idioot dat ze hem elke keer gelooft. Dat ze zijn lievelingsgerecht heeft besteld en kaarsen heeft aangestoken. Ze heeft Luuk net verteld dat haar zicht steeds meer terugkomt, is van plan dat vanavond ook aan Menno te vertellen. Haar zoon reageerde uitgelaten, sloeg zijn armen om haar heen en tilde haar een eindje van de grond. Het is nog maar de vraag of Menno ook zo enthousiast zal zijn. Hij zal nooit geloven dat ze plotseling weer kan zien, en zal gekwetst en beledigd zijn dat ze haar terugkerende gezichtsvermogen niet met hem gedeeld heeft. Maar wat dingen verzwijgen betreft kunnen ze elkaar de hand geven.

'Gaan we al eten?' Luuk komt de keuken in en kijkt naar de gedekte tafel. 'Waar is pap?'

'De hemel mag het weten. Ik heb hem geappt, maar hij reageert niet,' zegt Sascha geërgerd.

'Kunnen we alvast beginnen? Ik heb honger.'

'Ik heb roti besteld, het zou er om halfzeven zijn.'

Luuk zet de televisie aan en ploft op een stoel aan de eettafel. Intussen schenkt Sascha alvast een glas wijn in. Ze had hem willen bewaren voor bij het eten, maar dat duurt haar te lang.

'Waarom heb je daar eigenlijk niets over gezegd, dat je weer wat kon zien?' vraagt Luuk. 'Ik zou dat niet voor me kunnen houden.'

'Ik wilde niet te vroeg juichen. Het ging zo geleidelijk.'

'Nou en?'

'Ach, ik weet het niet. Ik was bang dat iedereen voortdurend zou vragen hoe het ging.'

'En je vond het wel chill dat alles voor je gedaan werd,' zegt Luuk met een plagerig lachje.

Ze glimlacht en pakt haar glas. 'Dat ook.'

Net als ze een slok wijn wil nemen gaat de bel.

'Daar is de roti,' zegt Luuk en hij loopt de hal in. Binnen de kortste keren is hij terug. 'Mam, je moet even komen.'

Iets in zijn stem doet Sascha verstijven. Haar mond zakt open en ze blijft bewegingloos zitten.

'Politie, mam,' zegt Luuk zacht.

Vol bange vermoedens staat Sascha op en loopt naar de deur, waar twee mannen staan. Hun gezichten staan ernstig en Sascha's hart begint zwaar en snel te slaan.

'Mevrouw Riebeek?'

'Ja...'

'Mijn naam is Chris Dijkman en dit is André Meiland, van de politie Haarlem. Mogen we binnenkomen?' vraagt de een, terwijl hij zijn legitimatie laat zien.

'Gaat het over Menno?' vraagt Sascha angstig, terwijl ze de deur verder opendoet.

'Ja. We hebben helaas slecht nieuws.'

Luuk komt naast haar staan en slaat zijn arm om haar heen.

'Uw man is vanmiddag om het leven gekomen bij een schietpartij,' zegt Dijkman.

Sascha staart hem aan. Ze weet niet hoelang. Ze ziet Dijkmans mond bewegen maar hoort niet wat hij zegt. Een duizeling overvalt haar en ze leunt tegen Luuk aan. Hij zegt iets tegen haar en neemt haar mee naar de woonkamer. De rechercheurs volgen.

Terwijl ze op de bank zit dringt het nieuws langzaam tot Sascha door. Ze heeft zich altijd voorgesteld hoe ze zou reageren als er iets met haar man of haar zoon zou gebeuren, en ze nam aan dat ze zou schreeuwen of in tranen zou uitbarsten. In plaats daarvan slaat het bericht al haar emoties naar binnen. Sprakeloos kijkt ze naar Luuk.

Hij zit naast haar, zijn gezicht krijtwit en zijn mond half open. 'Is... is mijn vader dood?' vraagt hij ongelovig.

De rechercheurs knikken.

'Het spijt ons,' zegt Meiland.

'Ik begrijp het niet. Een schietpartij? Hoe kan dat nou? Hij ging naar kantoor,' zegt Sascha met een dun stemmetje.

'We weten nog niet precies wat er is gebeurd. Het lijkt erop dat uw man onderweg is aangevallen. Hij is uit zijn auto gestapt en op de vlucht geslagen, maar uiteindelijk hebben ze hem te pakken gekregen.'

'Ze?' herhaalt Luuk.

Dijkman knikt. 'Volgens getuigen werd hij door twee mannen in een auto achtervolgd.'

'Hebben ze hem op straat doodgeschoten?' Voor Sascha's ogen verschijnt het beeld van een rennende Menno. Ze ziet voor zich hoe hij onder vuur wordt genomen en valt. Ze ziet zijn lichaam, het bloed op de straattegels. Haar ogen vullen zich met tranen. 'Waar is hij nu?'

'Uw man is overgebracht naar het Spaarne Gasthuis.'

'Ik wil naar hem toe.' Sascha komt overeind, de rechercheurs blijven zitten.

'Zouden we u eerst een paar vragen mogen stellen? We begrijpen dat de schok groot is en we vinden het vreselijk, maar als we de daders te pakken willen krijgen, hebben we zo snel mogelijk informatie nodig,' zegt Meiland.

Langzaam laat Sascha zich terugzakken op de bank. Haar hoofd voelt alsof ze zwaar verkouden is, zo vol en zwaar. Het kost haar grote moeite om de vragen tot zich door te laten dringen, de rechercheurs moeten ze twee of drie keer herhalen. Verdoofd kijkt ze voor zich uit, en ze reageert vaag.

Menno is dood. In koelen bloede op straat neergeschoten. Geliquideerd. Het is niet te bevatten. Ze wil niets liever dan alles vertellen wat ze weet, maar iets houdt haar tegen. Als ze prijsgeeft wat ze weet, is het einde zoek, dan ontrafelen ze alles tot in de details. Om bij Luuk en de inbraak uit te komen.

En dus houdt ze zich van de domme. Nee, haar man had geen vijanden en nee, hij gedroeg zich niet anders dan normaal. Ze heeft geen idee wie er achter de liquidatie kan zitten.

Ook Luuk is weinig mededeelzaam. Zwijgend zit hij op het randje van de bank en staart naar het vloerkleed. Meer dan ja of nee komt er niet uit, en ten slotte besluiten de rechercheurs dat het mooi geweest is.

'De rest komt later wel. Kunnen we u een lift naar het ziekenhuis geven?' zegt Dijkman.

Het mortuarium ligt in de kelder van het ziekenhuis. Alleen al het bordje dat de richting aangeeft jaagt een rilling over Sascha's rug. Een uur geleden bereidde ze zich nog voor op een gezellige avond met haar man, nu op een confrontatie met zijn dode lichaam.

Met de armen om elkaar heen geslagen lopen Luuk en zij door de gang en melden zich aan. Even later worden ze de schouwkamer binnengeleid.

Daar ligt Menno.

Sascha voelt een siddering door haar zoon heen gaan. Ze trekt hem tegen zich aan en wil naar voren lopen, maar Luuk blijft staan. Na een korte blik op zijn gezicht loopt ze met de begeleidende arts naar het lichaam van haar man.

Vol ongeloof kijkt ze op hem neer. Het is Menno en toch ook niet. Hij is zo bleek, zo beschadigd.

Ze steekt haar hand uit en beroert met haar vingers zijn gezicht. Achter haar barst Luuk in tranen uit.

48

De eerste fase van verdriet is ontkenning, heeft ze eens gelezen. Hoe onverwachter het verlies, hoe langer het duurt voor je het nieuws aanvaardt. Je hersenen hebben het allang begrepen. In die ene seconde dat je het bericht te horen krijgt, laten ze de toekomst zien zoals die wordt: koud en eenzaam.

Vervolgens sluit je brein zich af en laat het de koude realiteit stukje bij beetje door. Het woord 'nooit' krijgt een onheilspellende betekenis. Nooit meer zijn stem horen. Nooit meer zijn geur ruiken. Nooit meer zijn arm om je heen.

Weg. Verdwenen.

Rouw is een donkere planeet waar je eenzaam en verlaten op ronddoolt. Ze weet dat Astrid en Luuk daar ook zijn, ze ziet en hoort hen wel, maar ze bewegen zich het grootste deel van de tijd langs elkaar heen. Af en toe komen ze elkaar tegen en helpen ze elkaar voort. Het maakt het verdriet niet minder groot, het lost alleen iets van de eenzaamheid op.

Na de begrafenis komt het zwarte gat. Sascha weet niet hoe ze met de leegte en haar verdriet om moet gaan, wat het beste is. Wel of geen kalmeringspillen slikken, wel of niet in therapie, wel of niet overdag slapen en 's nachts door het huis dwalen. Ze doet maar wat. Het leven gaat door en sleept haar mee, of ze wil of niet. Er moeten gewoon boodschappen gedaan worden, wassen worden gedraaid, rekeningen betaald.

Er komen appjes van Oscar, bloemen van Carolien, en Marlies belt haar elke dag. Ook Leonora steunt haar, maar minder dan Sascha had verwacht. Ze begrijpt het wel. Ze is geen leuk gezelschap, al een hele tijd niet meer. Eigenlijk wil ze ook liever geen mensen zien. Dat de politie haar steeds opzoekt, kost haar al energie genoeg.

De rechercheurs hebben begrip voor haar verdriet, maar het weerhoudt hen er niet van Luuk en haar voortdurend op te zoeken met vragen en nog meer vragen. Ze vertellen hun elke keer hetzelfde: dat ze niets weten.

'Het is zo vreemd,' zegt Astrid voor de zoveelste keer. 'Hij heeft een compleet dubbelleven geleid en ik heb niets gemerkt. Jij?'

Sascha schudt haar hoofd. Ze heeft haar schoonmoeder het hele verhaal verteld. Over Luuks gokschuld, de inbraak met zijn vrienden, de problemen binnen het bedrijf en de oplossing die Menno heeft gekozen door met Jan Leyenberg in zee te gaan. Hoe het van kwaad tot erger is gegaan.

Daarna hebben ze samen niets anders gedaan dan terugkijken op de afgelopen maanden.

Af en toe probeert Sascha met Luuk te praten, maar hij heeft zich volledig afgesloten. Twee weken na de begrafenis is hij weer naar school gegaan, en als hij daar niet is, zit hij op zijn kamer met de deur op slot.

'Het is verschrikkelijk voor die jongen,' zegt Astrid. 'Ik maak me zorgen over hem.'

Die zorgen deelt Sascha. Elke keer als ze naar het bleke, ingevallen gezicht van haar zoon kijkt, naar zijn roodomrande ogen, brandt haar hart van medelijden.

'Praatte hij maar met me,' zegt ze. 'Hij is zo'n binnenvetter, je komt er niet achter wat er door hem heen gaat.'

'Laat hem maar, als hij je nodig heeft, komt hij wel. Iedereen verwerkt verdriet op zijn eigen manier.'

'En jij? Hoe gaat het met jou?' Sascha legt haar hand op die van haar schoonmoeder.

Met een vertrokken gezicht kijkt Astrid voor zich uit. 'Laten we het daar maar niet over hebben.'

's Avonds, als ze gegeten hebben, verdwijnt Luuk meteen naar zijn kamer. Besluiteloos kijkt Sascha hem na. Het zicht in haar rechteroog is grotendeels terug, alleen een bloedsliert beperkt haar gezichtsveld nog.

'Ik ruim wel op,' zegt haar schoonmoeder.

Sascha bedankt haar en loopt naar de trap. De deur van Luuks kamer staat half open, en zonder te vragen of ze hem mag storen, gaat Sascha naar binnen.

'We moeten praten,' zegt ze.

Luuk staat te rommelen in zijn kast met games en kijkt om. 'Waarover?'

'Over papa.'

'Ik wil niet praten.'

'Waarom niet?'

'Omdat het geen zin heeft. Hij komt er niet mee terug.'

'Nee, maar ik denk dat het belangrijk is dat we elkaar helpen daarmee om te gaan.'

Stilte. Luuk blijft met zijn rug naar haar toe staan. Om duidelijk te maken dat hij haar niet zo gemakkelijk kan afschepen, gaat Sascha op de rand van zijn bed zitten.

'Ik weet dat het moeilijk is,' zegt ze zacht. 'Je bent niet alleen je vader kwijt, je moet er ook mee dealen dat er van alles over hem beweerd wordt. Maar vlak voor hij werd neergeschoten, hebben we een lang gesprek gehad. Daarin heeft hij me precies verteld hoe het zat, en hij zei dat hij die restauranteigenaar niet vermoord heeft.'

'En dat geloof jij?' Luuk draait zich om.

Verbaasd door de bitterheid in zijn stem kijkt Sascha haar zoon aan. 'Ik twijfelde eerst wel. Maar het is niets voor papa om iemand dood te schieten.'

'Iedereen kan zoiets doen, als ze je maar gek genoeg maken.'

Daar is hij weer, die angstprikkel. De voorbode van nog meer slecht nieuws.

'Wat bedoel je?' vraagt ze gespannen.

'Papa had alle reden om die gast van dat restaurant dood te schieten, en volgens mij heeft hij het gedaan ook.'

'Dat hij een reden had, wil nog niet zeggen dat hij het gedaan heeft.'

'Papa had een pistool.'

'Wat?'

'Ik kwam een keer zijn kamer in en toen zat hij op de een of andere site illegale wapens te bekijken. Hij zei dat hij zichzelf en ons moest beschermen.'

Even is Sascha sprakeloos. 'Dat meen je niet. Heeft hij op internet een pistool gekocht?'

'Nee, dat heb ik hem afgeraden. Ik zei dat ik wel aan een wapen kon komen.'

'Alsjeblieft, Luuk, je gaat me toch niet vertellen dat je je vader aan een wapen geholpen hebt?'

'Wist ik veel dat hij het ging gebruiken? Hij zei dat hij zich veiliger wilde voelen.'

'Maar hij kon niet eens schieten.'

'Jawel, hij had lessen genomen.'

Het wordt steeds erger. Iedere keer als ze denkt dat ze alles weet, komt er weer wat nieuws bij.

'En hoe kwam jij aan dat wapen?' vraagt ze, zodra ze zich van de schok hersteld heeft.

'Via Rodney.'

Sascha sluit een moment haar ogen en opent ze weer. 'Waar is dat pistool nu?'

'Weet ik niet.'

'Alsjeblieft, Luuk, ik moet het weten.'

'Ik weet het niet, dat zeg ik toch. Ik weet ook niet of hij het gebruikt heeft, ik weet helemaal niets!'

Aan de radeloosheid in zijn stem hoort Sascha dat hij de waarheid spreekt. 'Goed,' zegt ze. 'Hoe komen we daarachter?'

'Als we weten welk type wapen voor die gast uit Amsterdam is gebruikt... Ik had voor papa een Glock 26 geregeld.'

Ze zitten een tijdje in stilte bij elkaar. 'Denk jij dat hij het gedaan heeft?' vraagt Sascha ten slotte.

Luuk knikt.

Ze zou het aan de politie moeten vertellen, maar ze kan geen kant op.

Aan Menno's schuld twijfelt ze niet meer. Hij had een pistool en hij heeft schietles genomen. En of dat nog niet erg genoeg is, heeft hij dat wapen laten kopen door Luuk. Was hij helemaal gek geworden? Hoe haalde hij het in zijn hoofd om hun zoon daarbij te betrekken?

Voor het eerst wordt haar verdriet opzijgeschoven door een andere emotie: boosheid. Daar kan ze een stuk beter mee uit de voeten.

In plaats van zich over te geven aan huilbuien gooit ze het servies dat ze met hun trouwen hebben gekregen aan stukken. Ze vloekt en scheldt tot ze buiten adem is. Daarna kalmeert ze en kijkt naar de scherven.

49

Een paar dagen later belt Ruben, die voorlopig Menno's taken heeft overgenomen. Het is vrijdagmiddag, even na halfzes, en zijn stem klinkt verontschuldigend. 'Ik stoor toch niet tijdens het eten?'

'Nee hoor, zeg het maar,' zegt Sascha.

'Sorry dat ik je hiermee lastigval, maar een van de kasten op Menno's kantoor zit op slot en we kunnen de sleutel niet vinden. Zo langzamerhand moet ik die wel hebben, want er staan dossiers in die ik nodig heb.'

'Ik weet niet waar die sleutel is.'

'In zijn jaszak misschien? Of in een broekzak?'

'Misschien, maar ik heb de kleding die hij droeg toen hij werd neergeschoten niet. Die heeft de politie gehouden voor onderzoek.'

'Dan moet ik maar een slotenmaker bellen om de kast open te laten maken.'

'Wacht daar nog even mee,' zegt Sascha haastig. 'Ik regel wel iets.'

'Ik heb die dossiers maandagochtend nodig.'

'Komt goed.' Ze verbreekt de verbinding en kijkt naar Astrid, die de kamer is binnengekomen. 'Ik heb je hulp nodig.'

'Waarmee?'

'Er staat een kast in Menno's kantoor die op slot zit. Ruben wil hem openmaken omdat er dossiers in staan die hij nodig heeft.'

'Nou en?'

Sascha aarzelt, en dan begrijpt Astrid het. 'Je denkt dat Menno daar iets verborgen hield.'

'Waarom zou die kast anders op slot zitten, zonder dat iemand weet waar de sleutel is?'

Een paar seconden kijkt Astrid haar zwijgend aan, dan loopt ze weg. Sascha gaat haar achterna en ziet haar schoonmoeder in de garage verdwijnen. Even later stapt ze met wat gereedschap de hal in. 'Trek je jas aan, we gaan ernaartoe.'

Het kantoor van Riebeek Transport ligt er verlaten bij. De parkeerplaats is leeg, de lichten zijn uit. Sascha is blij dat haar schoonmoeder bij haar is.

'Die zijn snel weg,' zegt Astrid.

'Vrijdagmiddag, dan maken ze het niet laat. Zeker nu niet. Het aantal nieuwe opdrachten neemt steeds verder af.'

'Wat ga je eigenlijk met het bedrijf doen? Heb je daar al over nagedacht?'

'Ik weet het niet. Het is een familiebedrijf. Ik kan het toch niet zomaar verkopen? Misschien wil Luuk het later wel voortzetten.'

'Daar hoef je nu nog niet over te beslissen. Geef het de tijd.' Dat is waar. Voorlopig heeft ze andere dingen aan haar hoofd. Ze voelt zich nog steeds niet veilig.

De bloedsliert die haar zicht belemmert is dunner geworden. Ze kan zich weer redden, zeker op bekend terrein, maar het is wel prettig als er iemand bij haar is. Buitenshuis voelt ze zich nog steeds kwetsbaar en onzeker. Ook met één oog liggen er allerlei hindernissen en gevaren op de loer. Omdat ze geen diepte meer ziet, versmelt haar omgeving tot een vlak, tweedimensionaal beeld. Maar het grootste struikelblok is de blinde vlek aan haar linkerkant, waaruit mensen en verkeer zomaar opeens tevoorschijn komen.

Pas als je je periferiezicht kwijtraakt, besef je hoeveel je hersenen daarmee opvangen, en hoe ze je van aanvullende informatie voorzien. Zonder die beelden, hoe onbewust en vaag ook, verdwijnt een belangrijk deel van de wereld in het grote niets. De enige manier waarop ze een totaalbeeld kan krijgen, is door voortdurend opzij te kijken of door zich half om te draaien. Doodvermoeiend.

Sascha toetst de code in en de deur gaat open. Ze doet het licht in de hal aan en ze gaan de trap op. Het heeft iets sinisters om door een verlaten kantoorgebouw te lopen, zeker als je gezichtsveld beperkt is. Manshoge planten doemen onverwacht op, de kantoren liggen er donker bij en ze schrikt elke keer als ze zichzelf in de ramen weerspiegeld ziet.

Zodra ze Menno's kantoor binnenstapt, wordt ze overspoeld door verdriet.

Astrid kijkt zwijgend om zich heen. Ze komt naast Sascha staan, slaat een arm om haar heen en zegt: 'Niet te geloven, hè?'

Sascha knikt en knippert haar tranen weg. Ze doet het licht aan. Astrid begint aan de kastdeuren te trekken en zegt: 'Deze zit op slot.'

Ze zet de punt van een schroevendraaier in het slot en slaat ertegenaan met de hamer. Het slot wijkt niet.

'Harder,' zegt Sascha.

Haar schoonmoeder deelt zo'n harde klap uit dat het slot kapotspringt. Samen doorzoeken ze de spullen op de planken, Sascha meer met haar handen dan met haar ogen. Ze weet wat ze zoekt en ze is niet verbaasd als ze het vindt.

'O mijn god,' zegt Astrid.

Wezenloos staat Sascha met het pistool in haar handen.

'Wat moest hij daar nou mee?' vraagt haar schoonmoeder.

'Zich verdedigen,' zegt Sascha. 'Maar toen hij het nodig had, lag het hier.'

In de auto zijn ze zwijgzaam. Sascha heeft het pistool in de achterbak gelegd, bang dat het bij een hobbel of kuil af zal gaan.

'Ik denk dat hij naar Eduard Kesselaar is gegaan en hem heeft doodgeschoten,' zegt ze na een tijdje. 'Hij moet wanhopig zijn geweest.'

'Ja. Ze moeten hem wel heel ver hebben gedreven dat hij dat heeft gedaan.' Astrids stem klinkt beverig.

'Ze hebben mij van de weg gereden, wie weet wat ze nog meer van plan waren. Ik denk dat hij geen uitweg zag.'

Het blijft een tijdje stil. Aan de manier waarop Astrid telkens haar hand naar haar ogen brengt, merkt Sascha dat ze huilt.

'Wat doen we met het pistool?' vraagt ze aan haar schoonmoeder.

'Daar moeten we van af.' Astrid remt, parkeert de auto en haalt het pistool uit de achterbak. Vervolgens loopt ze naar de waterkant en slingert het wapen het Spaarne in.

'Zo,' zegt Astrid terwijl ze weer achter het stuur schuift. Ze start en in een diep stilzwijgen rijden ze verder. 'Misschien hebben we het wel helemaal verkeerd gedaan,' zegt ze na een tijdje.

Sascha kijkt haar van opzij aan. 'Wat?'

'Zijn opvoeding. Menno's vader was van de no-nonsense-aanpak, en ik eigenlijk ook wel. Als kind kon Menno een beetje, hoe zeg ik dat, slap zijn. Snel opgeven, boos worden als iets niet lukte, iedereen de schuld geven behalve zichzelf, dat soort gedrag. En altijd bezig met vage handeltjes in plaats van naar school te gaan. Dus pakten we hem aan. Misschien iets te hard.'

'Wat deden jullie dan?'

'Nou, we sloegen hem niet, als je dat bedoelt. We tolereerden gewoon dat slappe gedrag niet, probeerden hem een beetje uit te dagen. Het laatste wat we wilden was dat hij dacht dat hij niets hoefde te presteren omdat hij later toch wel het bedrijf van zijn vader zou overnemen.'

'Jullie mening en waardering zijn altijd erg belangrijk geweest voor Menno.' Er klinkt iets van een verwijt in Sascha's stem door.

'Ik weet het. Ach, het was een andere tijd. Tegenwoordig worden kinderen zo gepamperd. Ze leren niet meer om ergens voor te gaan, krijgen bij elke scheet die ze laten een compliment.'

'Wat is er mis met complimenten?'

Het blijft even stil.

'Niets,' zegt Astrid dan. 'Eigenlijk helemaal niets.'

50

Hij moest zich verdedigen, dat begrijpt ze. Ze begrijpt alles wat Menno heeft gedaan, zelfs al zijn stomme beslissingen. Met enige moeite kan ze zelfs begrijpen dat hij de aanschaf van dat pistool voor haar verzwegen heeft.

Wat ze niet kan aanvaarden is dat hij zo lang tegen haar gelogen heeft. Waarom blijft ze hem dan toch beschermen, zelfs na zijn dood?

'Volgens mij is het inderdaad Menno,' zegt Astrid, ingespannen naar de televisie turend. 'Maar dat komt omdat ik weet wat ik weet. Anders had ik hem niet herkend.'

Opsporing verzocht heeft al een paar keer aandacht aan de zaak-Kesselaar besteed, en via Uitzending Gemist kijken ze die afleveringen terug. Er zijn geen opnames van de moord zelf, maar je ziet iemand bij het restaurant aankomen en weer weggaan. Wegrennen.

Ook al zit Sascha nog zo dicht bij het beeldscherm, ze herkent Menno niet in de korrelige zwart-witopnames. 'Mijn oog is nog te slecht,' zegt ze. 'Is het hem echt?'

Op dat moment komt Luuk binnen. Hij werpt een blik op de televisie. 'Het is hem,' zegt hij. 'Ik heb die beelden al honderd keer bekeken.'

Die nacht probeert Sascha wat te slapen, maar het duurt uren voor haar gedachten tot stilstand komen.

De politie belt met de vraag of ze naar het bureau kan komen. 'Als het door uw zicht een probleem is, willen we u wel komen halen.'

Sascha slaat het aanbod af en neemt een taxi. Op het politiebureau wordt ze naar een kamer begeleid en krijgt ze koffie. De rechercheurs zijn vriendelijk, gedragen zich bijna verontschuldigend.

'Wat is er?' vraagt Sascha. 'Waarom moest ik komen?'

Dijkman slaat een map open, haalt er een paar foto's uit en legt die voor haar neer.

Ze voelt twee paar ogen branden. In eerste instantie zeggen de rechercheurs niets, bestuderen ze alleen haar reactie. Die kan ze onmogelijk verbergen als ze naar de foto's kijkt.

Menno en een donkerharige vrouw op het strand.

Menno die hand in hand loopt met de vrouw.

Menno die de vrouw kust.

Opeens kan Sascha nog maar oppervlakkig ademhalen en ze voelt zich duizelig worden.

'Gaat het?' vraagt Dijkman bezorgd.

Met moeite krijgt Sascha er een paar woorden uit. 'Wie is dat mens?'

'We hoopten dat u ons dat kon vertellen.'

'Nee. Had hij een verhouding met haar?'

Ze zeggen niets, kijken haar alleen maar aan.

'Ik ken die vrouw niet,' zegt Sascha. 'En dat is maar goed ook.'

Ze wil niet huilen, probeert haar zelfbeheersing te bewaren, maar er is geen houden aan. De tranen blijven maar komen, haar lichaam schokt ervan. Tissues worden aangereikt, water wordt ingeschonken. De rechercheurs kijken meelevend en wachten tot ze gekalmeerd is.

'Had u echt geen idee?' vraagt Dijkman.

'Zou ik anders zo reageren?' Bitter schuift Sascha de foto's terug. 'Hij heeft wel eerder een verhouding gehad, maar dat is jaren geleden. Ik had nooit gedacht dat hij me dat nog een keer zou aandoen.' Ze drukt de tissue tegen haar ogen en probeert een nieuwe tranenvloed te voorkomen. 'Ik wil weten wie dat is,' zegt ze als ze opkijkt.

'Wij ook.' Dijkman stopt de foto's terug in de map. 'Zegt de naam Vera van Dijk u iets?'

'Nee. Heet ze zo?'

'We hebben de gesprekken in uw mans mobiele telefoons bekeken. Hij had er een met een abonnement en hij bezat een prepaidtoestel. Met dat laatste had hij contact met Vera, via WhatsApp. Maar dat contact leek niet erg op een liefdesrelatie.'

Verbaasd legt Sascha de verfrommelde tissue in haar schoot. 'Wat dan?'

'Een zakelijk contact. Er stonden alleen plaatsen, tijdstippen en korte berichten in. Dat kan als je een verhouding hebt, maar vaak sturen mensen dan nog icoontjes met kusjes, of ze schrijven "ik mis je", of zoiets. We denken daarom dat Vera zijn contactpersoon was voor heel andere zaken: drugs.'

Er verstrijkt een tiental seconden, waarin de rechercheurs haar reactie afwachten en Sascha zwijgt.

'Wat een onzin,' zegt ze uiteindelijk.

'Dat is niet het enige bewijs dat we tegen uw man hebben, mevrouw Riebeek. Er zijn camerabeelden en ooggetuigenverklaringen. De zaak is zo goed als rond. Alleen het wapen ontbreekt nog. Het zou mooi zijn als we dat vonden, daarom wordt er op dit moment een doorzoeking verricht in uw huis.'

'Wat?'

'Onze mensen gaan netjes te werk en zullen alles achterlaten zoals ze het hebben aangetroffen,' zegt Dijkman. 'Maar ik kan me voorstellen dat het niet prettig is als een team politiemensen door je spullen gaat. Als u ons een tip kunt geven, zou dat mooi zijn. Dan kunnen we de doorzoeking beëindigen.'

'Hebben jullie dat wapen zo hard nodig? Ik dacht dat alles duidelijk was.'

'Dat is het ook, maar het is altijd beter om een zaak sluitend te krijgen.'

Er valt een stilte. De rechercheurs blijven naar haar kijken, maar Sascha geeft geen krimp. Ook al maakt het voor de bewijsvoering niet uit, ze is niet van plan te vertellen dat haar schoonmoeder en zij een strafbaar feit hebben gepleegd door het wapen in het Spaarne te gooien.

'Dus u weet niets van die drugshandel?' vraagt Dijkman.

'Nee, Menno had een hekel aan drugs. Hij zou zoiets nooit doen.'

'Vrijwillig niet, maar onder dwang waarschijnlijk wel. Zoals het er nu naar uitziet, is hij in de val gelopen van een criminele organisatie. Er zijn meer ondernemers slachtoffer geworden van die bende. Eerst brengen ze een bedrijf in de problemen, vervolgens dragen ze de oplossing aan en dan gaat de fuik dicht. Ze schrikken er ook niet voor terug om hun eigen mensen te mishandelen, zoals in die loods, waar het gestolen servies van uw man is teruggevonden.'

'Loods?'

Een paar seconden kijken ze elkaar aan.

'Daar weet ik niets van,' zegt Sascha.

Peinzend neemt Dijkman haar op. 'Dat kan ik me moeilijk voorstellen. U hebt toch wel íéts gemerkt van waar uw man mee bezig was?'

Ze schudt haar hoofd.

'Mevrouw Riebeek, we begrijpen dat u hem niet wilt afvallen. We begrijpen ook dat u uw zoon wilt beschermen, maar uiteindelijk bewijst u daar niemand een dienst mee.

Behalve de criminelen die uw man chanteerden en u aanreden, want zij gaan vrijuit.'

'Ik dacht dat jullie de zaak rond hadden.'

'Wat uw man betreft wel, en zoals het er nu naar uitziet zal hij overal de schuld van krijgen.'

'Maar ik weet echt niets,' zegt Sascha, en dan valt er een lange stilte. Ze wordt zenuwachtig van de manier waarop de twee rechercheurs haar aanstaren, maar ze blijft zwijgen.

Ten slotte legt Dijkman zijn armen op tafel en buigt zich naar haar toe.

'We begrijpen de situatie van uw man heel goed. Hij werd gechanteerd. U werd van de weg gereden, en wie weet wat ze met uw zoon van plan waren. We begrijpen best dat uw man besloot in te grijpen. Ieder mens heeft het recht om zichzelf te verdedigen, maar dan moet er wel accuut levensgevaar zijn. En je moet zeker weten wie je belager is.'

'Wat bedoelt u daarmee?'

'Eduard Kesselaar was niet het hoofd van die organisatie. Sterker nog, hij had met de hele zaak niets te maken. Uw man dacht dat hij de juiste persoon aanpakte, maar het ziet ernaar uit dat hij zich heeft vergist. Hij heeft de verkeerde gedood.'

Er gaat een schok door Sascha heen. Vol ontzetting kijkt ze van Dijkman naar Meiland. Hun gezichten staan zo ernstig dat ze niet aan hun woorden twijfelt. Als verlamd luistert ze naar wat Meiland vertelt.

'Eduard Kesselaar heeft geen brandschoon verleden, maar met zware criminaliteit heeft hij zich nooit beziggehouden. Dat soort figuren zijn echter altijd geneigd om weer even terug te keren op het verkeerde pad als het tegenzit. Zijn restaurant liep niet zo lekker, hij had openstaande rekeningen. Schulden die vrienden van vroeger wel voor hem wilden oplossen. In ruil daarvoor gebruikten ze af en toe zijn naam, om ondernemers als Menno op een dwaalspoor te brengen. Uw man is erin getrapt en is achter de verkeerde aan gegaan. Zelf bleven ze keurig buiten schot.'

Als je denkt dat je alles hebt gehoord en meegemaakt, als je door de hel en terug bent gesleurd en niets je meer kan verrassen, blijkt het allemaal toch nog erger te kunnen.

Wezenloos staart Sascha voor zich uit, een verschrikkelijke hoofdpijn komt opzetten.

'Was dat het?' brengt ze met moeite uit. 'Ik zou nu graag naar huis willen.'

51

Vanwege haar gemoedstoestand wordt ze door een agent naar huis gebracht. Sascha zit op de achterbank en zegt geen woord. Van de rit krijgt ze weinig mee, zo gechoqueerd is ze.

'Gaat het, mevrouw? Zal ik met u meelopen?'

Langzaam dringen de woorden van de agent tot haar door.

'Het gaat wel, dank u.' Ze stapt uit en doet het hek open. Met zware benen loopt ze naar haar huis. Achter haar valt het hek knarsend dicht, de politiewagen keert om en rijdt weg.

Sascha steekt de sleutel in het slot en stapt de hal in. De vertrouwdheid van haar huis heeft haar altijd een beschermd en veilig gevoel gegeven, nu lijkt de ruimte te groot.

'Astrid? Luuk?' roept ze.

Niemand antwoordt. Astrid zal wel naar de begraafplaats zijn, en Luuk, ach, wat weet ze eigenlijk van wat hij uitspookt? Wat weet je ooit van de mensen om je heen?

Ze loopt naar de keuken, pakt een fles wijn uit de koelkast en schenkt met bevende hand een glas in. Net als ze een flinke slok wil nemen, valt haar blik op de klok. Tien over halftwee.

Ze aarzelt, de drank lokt. Even alles vergeten, even die warboel in haar hoofd tot rust brengen. Eén glas moet kunnen.

Maar daar zal het niet bij blijven. In een helder moment ziet ze zichzelf op de bank liggen met nog veel ergere hoofdpijn dan ze nu heeft. Totaal versuft door de alcohol. Terwijl er zoveel is om over na te denken, zoveel dat aan de rand van haar onderbewustzijn knaagt.

Opnieuw trekt ze de koelkast open, pakt de fles wijn weer, en met dezelfde bevende hand giet ze de inhoud van haar glas terug.

Na twee aspirines en een warm bad voelt ze zich wat beter. De mist in haar hoofd trekt op en ze kan weer helder nadenken. Ze gaat naar buiten, een wandeling maken. Het is koud maar zonnig, de frisse lucht zal haar goed doen.

Terwijl ze haar jas aantrekt, wordt er aangebeld. Ze draait zich om naar de deur en ziet op de bewakingscamera dat er iemand bij het hek staat.

Een man met heel kort, bijna gemillimeterd haar.

Een huivering glijdt over haar rug, ze doet een stap terug. De man belt opnieuw aan en ze kijkt wat beter. Oscar.

Opgelucht, maar ook verbaasd, opent Sascha het hek en kijkt toe hoe Oscar aan komt rijden. Hij zet zijn auto vlak bij de deur en pakt een bos bloemen van de achterbank.

'Wat doe jij nou hier?' vraagt ze als hij voor haar staat.

Hij steekt haar de bloemen toe. 'Ik kom even langs. Dat had ik al veel eerder moeten doen. Stoor ik?'

'Nee.' Ze doet een stap naar achteren en trekt de deur verder open. 'Kom erin. Wat aardig van je.'

Een beetje onwennig staan ze tegenover elkaar in de hal.

'Het leek me beter om je voorlopig met rust te laten,' zegt Oscar. 'Hoe gaat het?'

'Wel goed. Kom verder, wil je koffie?'

'Graag.' Hij loopt achter haar aan naar de keuken en kijkt waarderend om zich heen. 'Mooi huis. Lekker ruim.'

'Dank je.' Sascha zet de bloemen met papier en al in het water, die schikt ze later wel. De onrust is terug, haar handen trillen een beetje terwijl ze koffiezet.

Even later zitten ze tegenover elkaar aan de eettafel. 'Gecondoleerd,' zegt Oscar. 'Dat had ik natuurlijk meteen moeten zeggen, maar je keek zo verschrikt.'

'Ik was verbaasd. We hebben elkaar altijd alleen maar in openbare gelegenheden gezien.'

'Ja. Leuk om te zien hoe je woont. Ik bedoel, de omstandigheden zijn natuurlijk ruk, maar…'

'Ik begrijp het. Het is goed. Ik vind het heel lief dat je me komt opzoeken.' Sascha klemt haar hand om haar koffiemok. De vraag die in haar hoofd rondspookt is gênant om te stellen, maar ze moet het antwoord weten. 'Je weet dat ik niet alleen een deel van mijn zicht ben kwijtgeraakt door dat ongeluk, maar ook een stuk van mijn geheugen?'

'Je vriendin vertelde het, ja.' Hij aarzelt even voor hij verder praat. 'Sorry dat ik zo weinig van me heb laten horen. Ik wist dat je blind was en ik dacht, laat ik maar niet appen. Straks vat haar man dat verkeerd op.'

'Je had kunnen bellen.'

Oscar zucht diep. 'Dat had ik inderdaad moeten doen. Om eerlijk te zijn ben ik je bewust uit de weg gegaan, Sas.'

'Waarom?'

'Omdat ik dacht dat het toch nooit wat kon worden tussen ons. Je hield duidelijk te veel van je man om iets achter zijn rug om te doen.'

'Maar dat is wel gebeurd, toch?' Ze knijpt de mok bijna fijn.

'Ja, oké, maar ik nam aan dat je dat als een vergissing beschouwde.' Hij kijkt haar onderzoekend aan. 'Weet je dat nog wel?'

Sascha schudt haar hoofd. 'Ik vermoedde het. Dus het is waar, de avond voor mijn ongeluk hebben wij…'

'Vind je het erg?'

'Ik vind het erg dat ik er niets meer van weet.'

Daar moet hij om lachen. 'Ik ook. Het is niet echt vleiend, maar ik zal het niet persoonlijk opvatten.'

Ze glimlachen naar elkaar en drinken van hun koffie.

'Wat is er nou allemaal precies gebeurd?' vraagt Oscar. 'Eerst die aanslag op jou, en nu op Menno. Heeft dat met elkaar te maken?'

'Dat denk ik wel, maar als je het niet erg vindt, ga ik dat hele verhaal nu niet vertellen. Ik heb vanochtend op het politiebureau gezeten, ik ben moe.'

'Hoeft ook niet. Ik ben zo weer weg.'

'Zo bedoelde ik het niet. Wil je nog koffie?' Sascha staat op en loopt met hun mokken naar het aanrecht. 'Ik wist het eigenlijk wel, van ons tweeën. Toen ik erachter kwam dat ik die nacht een hotelkamer heb genomen, vermoedde ik het al.'

'Maar je hoopte dat het niet zo was?'

'Ik weet het niet. Het is raar als zoiets is gebeurd en je er niets meer van weet. Ik zou me schuldig moeten voelen, maar Menno is mij ook niet altijd trouw geweest.'

'Nee,' zegt Oscar.

Verbaasd draait Sascha zich naar hem toe. 'Wist je dat?'

'Je man heeft een keer een afspraakje gehad in mijn zaak. Daar heb ik foto's van gemaakt en die heb ik aan je laten zien. Maar dat weet je natuurlijk niet meer.'

'Heb je ze nog?' Sascha laat de koffie staan en loopt terug naar de tafel.

Oscar haalt zijn mobieltje tevoorschijn. 'Ja, kijk, hier zijn ze.'

Vanochtend op het politiebureau was de schok enorm, nu is ze voorbereid. Het is dezelfde vrouw als op de foto's van de politie, en haar samenzijn met Menno ziet er weer net zo innig uit.

Sascha kijkt er lang naar. Ze vergroot de foto's, maar daarmee wordt het gezicht van de vrouw wazig.

'Ken jij haar?' vraagt ze.

'Nee, ik had haar nooit eerder gezien. Maar ik hoorde dat ze zich aan Menno voorstelde als Vera van Dijk.'

'Voorstelde?'

'Ja, ze gaf hem een hand en wees naar het tafeltje waar ze zat.' Nadenkend kijkt Oscar voor zich uit. 'Dat klinkt niet echt als een verhouding, hè?'

'Nee. Had ze een tafel gereserveerd?'

Oscar knikt. 'Onder de naam Kesselaar. Heette die vent van dat restaurant niet zo, die kerel die Menno doodgeschoten zou hebben?'

'Ja, maar zijn vrouw heet niet Vera en ze lijkt ook niet op haar. Ik heb het gevoel dat ik haar weleens gezien heb. Weet je zeker dat ze niet eerder in je zaak is geweest?'

'Nou, zeker, zeker... Ze is me niet opgevallen. En dat zegt genoeg, want een mooie vrouw valt me altijd op.'

'Misschien was je er toen niet. Ik heb daar heel vaak koffie gedronken of geluncht, het kan zijn dat zij er toen ook was. Misschien heb ik haar zien zitten of ben ik haar tegengekomen in het toilet.'

'Of misschien herinner je je toch de foto's die ik je de eerste keer heb laten zien. Ik had ze naar je geappt.'

Onmiddellijk pakt Sascha haar telefoon en gaat op zoek. 'Ze staan er niet in. En mijn whatsappjes van jou zijn ook verdwenen. Menno moet ze hebben gewist.' Een steek van woede en pijn gaat door haar heen.

'Ik ga uitzoeken wie die vrouw is,' zegt ze. 'Wil je die foto's nog een keer naar me sturen?'

52

'Van wie zijn die bloemen?' vraagt Astrid tijdens het avondeten. Ze kijkt naar het royale gemengde boeket dat op de eettafel staat.

'Die heb ik van een vriend gekregen,' zegt Sascha.

'Een vriend? Wie?'

'Die ken jij niet.' Zonder op te kijken eet Sascha door. Ze voelt de blik van haar schoonmoeder een tijdje op zich gericht, maar Astrid laat het onderwerp verder rusten.

'Ik wilde morgenochtend tulpen op het graf gaan zetten,' zegt ze. 'Ga je mee?'

'Nee, ik heb met Leonora afgesproken.'

'Ik ga wel mee,' zegt Luuk. 'School kan mij best een uurtje missen.' Uitdagend kijkt hij naar Sascha, en een trek van verrassing glijdt over zijn gezicht als ze instemmend knikt. 'Van wie zijn die bloemen nou?' vraagt hij dan.

'Van Oscar, een kennis van me. Hij is de manager van xo.'

'Die tent op de Grote Markt?'

'Ja.'

'Ik wist niet dat je met die gast bevriend was.'

'Ach, "bevriend" is een groot woord. Ik kom daar weleens met Leonora, vandaar.' Sascha zwijgt even en dan, waarom weet ze niet, misschien vanwege het lichte wantrouwen dat ze bij haar zoon en haar schoonmoeder voelt, voegt ze eraan toe: 'Je vader kwam er ook graag. Met deze vrouw.'

Ze haalt haar telefoon tevoorschijn en laat de foto's zien die Oscar haar heeft geappt. Astrid en Luuk bekijken ze verbijsterd.

'Wie is dat in vredesnaam?' vraagt Astrid.

'Ze heet Vera, maar ik denk niet dat dat haar echte naam is. De politie heeft foto's van haar met Menno op het strand.'

'Ze hebben mij ook gevraagd of ik haar kende,' zegt Luuk.

'En?'

'Ik heb haar weleens gezien. Ze sprak me op het schoolplein aan.'

Sascha kijkt op. 'Echt? Wat zei ze dan?'

'Dat ik tegen papa moest zeggen dat hij haar niet meer moest volgen. Wie is dat mens?'

'Volgens de politie hoort ze bij die criminele organisatie.'

'Dat dacht ik al. Hij heeft me verteld dat hij gechanteerd werd,' zegt Luuk.

'Zou hij een verhouding met haar hebben gehad? Dat hij op die manier in hun klauwen is beland?' vraagt Astrid. 'Want dat vraag ik me voortdurend af: waarom Menno? Hoe wisten ze van de problemen van Riebeek Transport, van die oplichtingszaak? Ik neem aan dat hij dat niet aan iedereen verteld heeft.'

'Jan Leyenberg wist ervan, die heeft hij voor rechtsbijstand ingehuurd,' zegt Sascha. 'En er zullen wel een paar mensen op kantoor zijn die hij ingelicht heeft.'

'Ruben weet alles van ons,' zegt Luuk. 'Waar ik op school zit, wie mijn vrienden zijn, wie jouw vriendinnen zijn, ons dagelijks leven en onze plannen. Via papa was hij helemaal op de hoogte.'

Ze kijken elkaar aan.

Sascha belt de politie om te informeren hoe het met het onderzoek staat. Ze blijken Ruben al uitgebreid gesproken te hebben, en Jan eveneens.

'Jan Leyenberg hadden we natuurlijk meteen al in het vizier,' zegt Dijkman. 'We hebben hem lang ondervraagd, maar we hadden niets om hem voor aan te houden.'

'U gaat me toch niet vertellen dat de daders er ongestraft mee wegkomen?'

'We doen natuurlijk ons uiterste best om dat te voorkomen. Daarom willen we u en uw zoon en uw schoonmoeder graag nog een keer spreken, zodat we alles nog eens goed op een rijtje kunnen zetten. Misschien komen er herinneringen en details boven water waar jullie eerder niet aan gedacht hebben.'

'Goed,' zegt Sascha met een zucht. 'Zeg maar wanneer ik langs kan komen.'

Ze maakt een afspraak voor vanmiddag en loopt dan een beetje doelloos heen en weer tussen de keuken en de woonkamer. Ze heeft om elf uur met Leonora afgesproken en het is nu kwart over negen. Zal ze Jan bellen? Sinds Menno's dood heeft ze hem al willen spreken. Op de begrafenis kwam het er niet van, en het was ook niet het geschikte moment om dieper op de zaken in te gaan. Er spoken nog zoveel vragen door haar hoofd, zoveel dingen die ze niet begrijpt.

Sascha zoekt het nummer van Jans kantoor op en toetst het in. Zijn secretaresse neemt op.

'Advocatenkantoor Leyenberg, met Lisanne.'

'Met Sascha Riebeek. Ik zou meneer Leyenberg graag willen spreken.'

'Mag ik vragen waar het over gaat, mevrouw Riebeek?'

'Dat vertel ik hem liever zelf. Zeg maar gewoon dat Sascha Riebeek aan de telefoon is.'

'Hij heeft het erg druk. Ik zal kijken of hij beschikbaar is. Eén moment.'

Sascha wacht en even later hoort ze Jans stem. 'Sascha, hoe is het met je?'

'Wel goed. De ene dag beter dan de andere.'

'Dat begrijp ik. Fijn dat je even belt. We hebben elkaar niet echt gesproken sinds... nou ja, sinds het gebeurd is.'

'Precies, en dat zou ik wel graag willen. Kunnen we afspreken?'

'Natuurlijk. Heb je zin om te lunchen?'

'Vandaag?'

'Ja, waarom niet? Een mens moet toch eten. Zullen we naar Parnassia gaan?'

Ze denkt even na. Een openbare gelegenheid, mensen om hen heen, dat klinkt goed.

'Prima. Hoe laat?'

'Kun je om twaalf uur?'

Dan moet ze Leonora afzeggen, maar dat moet dan maar. 'Goed,' zegt ze. 'Ik zie je om twaalf uur.'

Als ze de verbinding heeft verbroken, kijkt ze een tijdje nadenkend voor zich uit. Ruben. Met hem zou ze ook graag even willen praten. Ze zou naar kantoor kunnen gaan, en daarna door naar Parnassia. Waarom niet? Alles is beter dan thuiszitten, waar niets uit haar vingers komt. Schilderen lukt maar half zolang die laatste bloedsliert het zicht in haar rechteroog beperkt, en voor boetseren kan ze ook de concentratie niet opbrengen.

'Ik ben even weg,' zegt ze tegen Astrid, die net met de stofzuiger binnenkomt. 'En je hoeft dat echt niet te doen, hoor. Ik red me alweer aardig.'

'Dat weet ik, maar ik doe het graag. Anders zit ik alleen maar te huilen. Je kunt beter bezig blijven.'

Ze omhelzen elkaar zwijgend.

'Moet je nu al naar de oogarts?' vraagt Astrid terwijl ze zich van haar losmaakt.

'Nee, ik ga naar kantoor om met Ruben te praten. En daarna heb ik een lunchafspraak met Jan.'

'Waarom? Wat verwacht je daarvan?'

'Weet ik niet,' zegt Sascha terwijl ze haar tas pakt. 'Het zal wel met afsluiten en verwerken te maken hebben. Ik wil gewoon weten hoe dit allemaal heeft kunnen gebeuren.'

Haar schoonmoeder knikt begrijpend. 'Ik breng je wel even.'

53

'Ik had geen idee,' zegt Ruben. 'Echt geen idee. Menno gedroeg zich wel anders dan normaal. Hij was vaak weg, slecht bereikbaar, en als hij op kantoor zat was hij ver weg met zijn gedachten. Eerst dacht ik dat het kwam door de problemen met het bedrijf, en later door jouw ongeluk. Ik wist niet dat hij gechanteerd werd. Had ik het maar geweten, dan had ik iets kunnen doen.'

Ze zitten met koffie in de vergaderkamer, waar ze ongestoord kunnen praten.

'Zoals?' vraagt Sascha.

'Weet ik veel. Waarschijnlijk niets. Hij zat er al te diep in toen ik iets aan hem merkte.'

Sascha observeert hem zo goed als ze kan. Eigenlijk let ze vooral op zijn houding en zijn stem. Hij praat veel voor iemand die van nature rustig is, op een nerveuze, verdedigende toon.

'Hoe kan het dat je niets gemerkt hebt?' vraagt ze. 'Hij heeft vrachtbrieven vervalst, dat moet toch iemand opgevallen zijn. Het had jóú moeten opvallen.'

'Niet per se. Op de commerciële afdeling hadden ze het kunnen merken, maar alleen als ze die orders goed hadden bekeken. En waarom zouden ze, ze waren immers afgehandeld. Ik ben zelf ook nooit op het idee gekomen om dat te doen.'

'Als iemand wijzigingen in een vrachtbrief aanbrengt, is dan te zien wie dat heeft gedaan?'

'Niet wie het heeft gedaan, wel op welke computer het is gebeurd. Hij moet het 's avonds gedaan hebben, of in het weekend.'

In stilte zitten ze bij elkaar en drinken van hun koffie.

'Die kast in Menno's kantoor was opengebroken,' zegt Ruben opeens. 'Ik wilde de politie bellen, maar ik zag op de bewakingscamera dat jij 's avonds langs bent geweest.'

'Ja, dat klopt. Er lag iets in wat ik wilde hebben.'

'Wat dan?'

'Persoonlijke spullen.'

'Aha,' zegt Ruben slechts.

Hij weet het, natuurlijk weet hij het. Hij moet hebben gezien dat ze dat pistool tevoorschijn haalde. Stom dat ze daar niet aan gedacht heeft.

'Wat heb je met die opname gedaan?' vraagt ze.

'Gewist. Zoals je al zei ging het om persoonlijke spullen. Dat gaat verder niemand wat aan.'

Hun blikken ontmoeten elkaar. Ruben glimlacht en Sascha glimlacht terug.

'Weet je al wat je met het bedrijf gaat doen?' vraagt Ruben na een korte stilte.

'Nee. Het liefst zou ik het willen voortzetten, voor Luuk. Op dit moment heeft hij er geen belangstelling voor, maar dat kan nog komen. Misschien dat hij er in de toekomst mee verder wil. Dat zou Menno graag gewild hebben. Maar misschien verkoop ik het ook wel. De zaken gaan niet echt goed, toch?'

'Het is nu even moeilijk. We hebben reputatieschade opgelopen, maar op een gegeven moment zijn de mensen dat weer vergeten.' Ruben aarzelt even, neemt een slok koffie en zegt: 'Als je er vanaf wilt, dan wil ik het bedrijf wel overnemen. Ik zou je een goed bod doen. Denk er maar eens over na.'

Op weg naar Parnassia staart Sascha uit het raampje van de taxi. Dus Ruben is geïnteresseerd in Riebeek Transport. Wat moet ze daar nou weer van denken? Was hij geïnteresseerd genoeg om het op een akkoordje te gooien met een stel criminelen, om Menno het bedrijf af te nemen? Dat kan ze moeilijk geloven. Aan de andere kant, er is in een halfjaar tijd zoveel verbijsterends gebeurd dat ze nergens meer van opkijkt. Ze herinnert zich Menno's opmerkingen over Rubens werklust, zijn intelligentie, hoe waardevol hij voor het bedrijf was. Zou een jongeman met zoveel ambitie genoegen nemen met de eeuwige tweede plaats?

Ze is iets te laat. Het is fris maar zonnig voorjaarsweer, en Jan zit op het terras achter de glazen wand.

Als hij haar ziet, staat hij op en begroet haar met een kus op beide wangen. 'Sascha, goed je te zien. Ga zitten. Of wil je liever binnen?'

'Nee, buiten is prima. Lekker, in de zon.' Een beetje ongemakkelijk gaat ze zitten.

'Uit de wind is het goed te doen. Wat wil je drinken?'

Ze wil thee, en Jan wenkt de serveerster. Vervolgens pakken ze de menukaart en bestellen ook iets te eten.

'Hoe is het met je oog? Je kwam behoorlijk zelfverzekerd aanstappen,' zegt hij.

'Dat lijkt maar zo. Ik kan me redden, maar ik ga niet graag naar plekken waar ik de weg niet ken.'

'Is het zicht in je rechteroog helemaal terug?'

'Bijna helemaal. Er zitten nog een paar bloedslierten, maar die worden steeds kleiner.'

'Dat is mooi.' Jan gaat verzitten en kijkt haar recht aan.

'Vertel eens, Sascha, hoe is het echt met je? En zeg niet dat het goed gaat, zoals vanmorgen, want dat kan onmogelijk waar zijn.'

'Je hebt gelijk, het is zwaar. 's Morgens als ik wakker word, ben ik even vergeten dat Menno er niet meer is. Ik voel alleen een soort zwaarte in mijn hoofd, alsof ik heel lang heb liggen piekeren. En dan weet ik het weer en komt die schok. Die verschrikkelijke pijn. Dan kan ik even niet ademhalen. Het is moeilijk uit te leggen.' Haar ogen laten zijn gezicht geen moment los, peilen zijn reactie. 'Maar dat hij zoveel voor me verborgen heeft gehouden... daar heb ik het wel moeilijk mee.'

'Het moet een grote schok voor je zijn geweest. Je kunt niet in iemands hoofd kijken, je weet nooit wat mensen bezighoudt. En Menno was natuurlijk een enorme binnenvetter.'

'Ja, altijd geweest.'

'Hij dacht dat hij het kon oplossen, wilde niet dat je je zorgen zou maken.'

'Ik weet het, maar toch. Hij had het me moeten vertellen.'

De lunch wordt gebracht en terwijl ze eten praten ze door. Heel voorzichtig koerst Sascha af op het onderwerp dat haar al een tijdje bezighoudt: Jans rol in het verhaal. Waarom hij Menno bij die misdadigers heeft geïntroduceerd. Intussen houdt ze hem scherp in de gaten, en ze ziet de trek van pijn die over Jans gezicht glijdt.

'Daar zal ik me altijd schuldig over blijven voelen. Als ik dat niet gedaan had, zou hij nog geleefd hebben, en dan was jij niet aangereden. Soms neem je met goede bedoelingen beslissingen die rampzalig uitpakken. Ik heb het niet aan zien komen, ik dacht dat het een goede oplossing voor Menno's problemen zou zijn.'

'Dat je hem zaken liet doen met criminelen?' Haar stem klinkt scherper dan ze wilde.

'Ik heb zo vaak zaken gedaan met criminelen, dat hoeft niet per se tot problemen te leiden. Maar in Menno's geval liep het helemaal uit de hand.' Met een vertrokken gezicht staart hij voor zich uit.

'Kon je er niet voor zorgen dat hij van die gasten af kwam? Je kende ze toch?'

Somber schudt Jan zijn hoofd. 'Dat probeerde ik, en toen werd ik zelf bijna neergeknald. Daarna heb ik een tijdje ondergedoken gezeten.'

'Waarom wilden ze jou liquideren?'

'Menno en ik waren van plan om naar de politie te stappen. Ik wist genoeg van die gasten om ze voor jaren te laten opbergen. Daarna zou ik waarschijnlijk een andere identiteit hebben moeten aannemen, in een getuigenbeschermingsprogramma moeten worden opgenomen, maar ik had geen keus. Het ging niet meer alleen om mijn eigen leven, maar ook om dat van mijn dochters, en dat van Menno, Luuk en jou.'

Sascha zit heel stil te luisteren en laat alles wat ze hoort op zich inwerken. 'Jij was hun voornaamste doelwit, maar ze kregen Menno eerder te pakken.'

'Ja.'

'Maar je hebt hem niet aangeraden om ook onder te duiken.'

'Nee. Zoveel wist hij niet van de bende, eigenlijk helemaal niets. Alles liep via mij. Bovendien had ik geen idee dat ze doorhadden dat we naar de politie wilden gaan. Ik weet nog steeds niet hoe ze erachter zijn gekomen.'

Er valt een lange stilte. Sascha kijkt naar de zee en werpt zo nu en dan een blik op Jans gekwelde gezicht.

'Het is allemaal mijn schuld,' zegt hij uiteindelijk zachtjes. 'Ik had nooit.... Verdomme.' Hij schudt zijn hoofd, zijn mond is een strakke streep.

Hij komt oprecht over, maar Sascha weet niet goed wat ze van zijn verhaal moet denken. Ze pakt haar telefoon en laat de foto's van Menno en Vera zien. 'Ken je die vrouw?'

Jan geeft niet meteen antwoord. Hij pakt de telefoon van haar aan en bestudeert de foto's lange tijd.

'Hoe kom je daaraan?' vraagt hij uiteindelijk.

'Een vriend van me zag ze samen zitten in een grand café. Hij heeft een paar foto's gemaakt en naar mij gestuurd.'

Jan knikt, geeft haar het toestel terug en staart voor zich uit.

'Wat is er? Ken je die vrouw?' vraagt Sascha.

Hij knikt. 'Dat is Vera.'

'Vera?' Zijn openhartigheid verrast haar en ze blijft hem vragend aankijken, benieuwd wat hij nog meer te vertellen heeft.

Om hen heen is het drukker geworden. Een halfuur geleden was het terras zo goed als leeg, nu zijn alle tafeltjes bezet. Een beetje verstoord kijkt Jan het aan. Als er een paar jonge meiden vlak naast hen komen zitten en luid beginnen te praten, zucht hij diep. 'Zullen we een stukje gaan lopen? Er zijn nu wel erg veel oren om ons heen.'

Sascha aarzelt heel even. Dan knikt ze en staat op. Jan legt het verschuldigde bedrag op tafel en ze lopen naar de zee.

'Vertel,' zegt Sascha zodra er niemand meer binnen gehoorsafstand is. 'Wie is Vera?'

'Niet iemand met wie hij vreemdging, als je dat denkt.'

'Hoort ze bij die bende?'

Jan knikt. Een paar wandelaars met honden komen achter hen lopen, en ze versnellen hun pas. Als ze alleen zijn, zegt Jan: 'Inderdaad, ze hoort bij die bende. Zij was Menno's contactpersoon. Heeft de politie al een idee wie ze is?'

'Ja, Vera van Dijk.'

'Dat is vast niet haar echte naam.'

'Nee, dat denk ik ook niet. Jij kent haar dus ook alleen als Vera? Weet je, het klinkt gek, maar ik heb het gevoel dat ik haar eerder heb gezien.'

'Echt? Waar dan?'

'Wist ik het maar. Door dat ongeluk ben ik een stuk van mijn geheugen kwijt, maar dat kan weer terugkomen. Misschien dat ik het dan weer weet.'

'Ja.'

Ze lopen een tijdje in gedachten verzonken langs de vloedlijn.

'Zijn er alweer wat herinneringen teruggekomen?' vraagt Jan.

'Nee, maar mijn zicht wordt wel steeds beter. Ik was van plan om vanmiddag via image searching uit te zoeken wie Vera is.'

'Image searching,' herhaalt Jan.

'Dat is een programma waarmee je de computer op basis van een foto kunt laten zoeken naar iemands identiteit.'

'Ik weet wat het is. Zie je daar goed genoeg voor?'

'Ik kan niet te lang naar een beeldscherm turen, maar ik ga mijn foto's ook naar de politie sturen. Zij zullen er wel wat mee kunnen. Zelf hadden ze alleen een heel wazige foto.'

'Hebben ze een foto van Vera?'

Sascha knikt. 'Een van Menno en haar hier, op het strand. Je ziet nog een stukje van Parnassia. Maar hij is van veraf genomen, dus Vera was niet zo goed te zien. Mijn foto's zijn van dichterbij genomen.'

Jan zegt niets. Hij loopt links van haar, buiten haar blikveld, waardoor ze haar hoofd helemaal naar hem toe moet draaien om hem te kunnen zien. Als ze dat doet, ziet ze dat hij over zijn schouder kijkt.

'We hebben een flink stuk gelopen,' zegt ze.

'Ver genoeg. Mag ik die foto's nog eens zien?' Jan steekt

zijn hand uit, en Sascha pakt haar telefoon.

Ze blijven even staan terwijl hij kijkt. Hij neemt er de tijd voor, en Sascha huivert in de frisse wind. Net als hij haar het toestel wil teruggeven, rolt er een golf het strand op en spoelt om hun enkels. In de sprongen die ze maken om droog te blijven, laat Jan de telefoon vallen.

'Hè, verdomme!' Hij probeert hem snel te pakken, maar door al het schuim is de telefoon even aan het oog onttrokken. Uiteindelijk vist hij het toestel uit het water en geeft het terug aan Sascha.

Ze probeert de telefoon aan te zetten, maar dat lukt niet meer.

'Shit,' zegt ze.

'Je krijgt van mij een nieuwe,' zegt Jan. 'We hadden het over Vera. Ik weet wel iets over haar. Ze was zijn vriendin.'

'Wat? Je zei net...'

'Niet van Menno, van Eduard Kesselaar.'

'Van Kesselaar?' Verbaasd kijkt Sascha hem aan.

'Hij is de grote baas,' zegt Jan. 'En een vriend van mij van vroeger. Toen hield hij zich al bezig met duistere zaakjes, maar in het klein. We verloren elkaar uit het oog, maar zodra ik mijn eigen advocatenpraktijk had geopend, meldde hij zich.'

'De vriendin van Eduard Kesselaar...' zegt Sascha.

'Ja. Ik heb hem een paar keer uit de brand geholpen, maar zijn problemen werden steeds groter. En die van mij daardoor ook.'

'Maar...' Sascha maakt de zin niet af. Haar blik glijdt over het strand. Rechts van haar is het leeg. Links ligt Parnassia, ver weg.

'Wat wilde je zeggen?'

Haar hersenen werken snel, leggen verbanden, plaatsen alles wat ze wist of dacht te weten in een andere context.

'Niets,' zegt ze.

'Je keek alsof je opeens ergens aan dacht.'

'Ik vroeg me alleen af waarom je Menno met Kesselaar in contact hebt gebracht als je zelf al problemen met hem had.' Haar stem trilt licht, maar Jan lijkt het niet te merken.

'Het was kiezen tussen twee kwaden. Zoals het er toen uitzag leek het een goede deal: Kesselaar zou afrekenen met Menno's chanteurs en in ruil daarvoor zou Menno een partij drugs voor hem vervoeren.'

'Was Kesselaar de hoogstgeplaatste in die organisatie?'

'Ja, hij was de baas. Toen ik hoorde dat Kesselaar doodgeschoten was, en ik het signalement van de dader hoorde, begreep ik meteen dat het Menno was. Ik kon mijn oren niet geloven, maar toen de politie bij me kwam, heb ik natuurlijk mijn mond gehouden. Wat mij betreft heeft die Kesselaar gekregen wat hij verdiende. Het was gewoon een stuk tuig.'

Sascha kijkt achter zich. Er zijn geen wandelaars in de buurt. 'Misschien moeten we maar eens teruggaan.'

'Goed,' zegt Jan, maar in plaats van om te keren houdt hij zijn pas in en draait hij zich naar haar toe.

Ze blijft staan en kijkt hem onzeker aan.

'Je gaat het dus uitzoeken. Wie Vera is, bedoel ik,' zegt Jan.

'Ach, misschien laat ik het wel aan de politie over. Wat schiet ik ermee op? Menno krijg ik er niet mee terug.'

'Net klonk je nog heel vastbesloten. Waarom ben je nu opeens van gedachten veranderd?' Jan neem haar met scherpe blik op.

'Ik weet het niet. Soms word ik er zo moe van. Het ene moment wil ik precies weten hoe het allemaal heeft kunnen gebeuren en wie erachter zit, en het volgende moment wil ik het liefst alles achter me laten. Verdergaan met mijn leven.'

'Dat kan ik me voorstellen. Maar kun je dat, alles achter je laten?'

'Ik denk het wel. Zoals ik al zei, Menno krijg ik er niet mee terug.' Haar hart bonst, ze heeft het koud. Weer glijdt haar blik over het strand, naar Parnassia. Te ver weg om het op een lopen te zetten. De paar wandelaars die ze kan onderscheiden zouden haar nooit horen als ze zou schreeuwen. Wandelen dan maar, alsof er niets aan de hand is.

'Zullen we teruggaan? Ik krijg het koud.' Ze draait zich om en zet een paar passen.

Jan blijft staan. 'Je weet het,' zegt hij.

Een plotselinge kilte trekt door haar heen, het kost haar moeite om zich om te draaien. 'Wat bedoel je?'

'Ik merk het aan je. Je kijkt anders, je praat anders. Je weet het.'

'Ik heb geen idee waar je het over hebt. Zullen we nou teruggaan?' Ondanks haar voornemen om rustig en zelfverzekerd over te komen, klinkt haar stem nerveus.

Met gefronste wenkbrauwen kijkt Jan voor zich uit, en dan naar haar. 'Het is jammer.'

'Wat is jammer?'

'Dat je die foto's van Vera hebt. En dat je weer zo goed kunt zien.'

Ze staart hem aan. 'Ik begrijp niet...'

'Laten we ophouden met die spelletjes, Sascha. Je wantrouwde mij, maar tijdens de lunch heb ik dat wantrouwen kunnen wegnemen. Nu wantrouw je me opnieuw. Waarschijnlijk heb ik iets verkeerds gezegd. Wat was het precies?'

Sascha zegt niets. De klank van zijn stem is veranderd, en de blik in zijn ogen eveneens. Er is een hardheid in geslopen die haar angst aanjaagt. Het was Jan. Al die tijd was het Jan. En nu gaat hij met haar afrekenen, ze ziet het aan zijn gezicht.

Ze draait zich om en rent weg. Zo hard ze kan. Over het natte zand, waar de ondergrond vlak is en ze goed snelheid kan maken. Ze ís snel, heeft een goede conditie, en een tijdje weet ze haar voorsprong te behouden.

Maar dan is Jan vlak achter haar, grijpt haar vast en tackelt haar. Hij valt half over haar heen. Met één sprong staat hij weer rechtop en hij trekt Sascha omhoog.

'Waarom?' vraagt ze hijgend. 'Waarom heb je ons dit aangedaan, vuile schoft!'

'Het liep allemaal anders dan gepland,' zegt Jan. 'Jouw ongeluk ook. Als die airbag had gewerkt, was er niet veel aan de hand geweest. Het was als waarschuwing bedoeld.'

Verbijsterd schudt Sascha haar hoofd. 'En Menno? Waarom moest hij dood?'

'De politie had hem in het vizier, hij zou alles verteld hebben. Dat kon ik natuurlijk niet toestaan. Ik begrijp alleen niet waarom je mij opeens niet meer vertrouwde.'

'Je zei net dat Kesselaar de grote baas was, terwijl hij er volgens de politie niets mee te maken had. Menno heeft de verkeerde doodgeschoten. Omdat jij hem allemaal lulkoek had verkocht.' Sascha's hand verdwijnt in haar jaszak, en ze pakt het grote zakmes dat ze vanochtend op Luuks bureau zag liggen. Ze knipt het open, houdt het dreigend voor zich uit en zegt: 'Blijf uit mijn buurt, want ik gebruik het.'

Verbaasd kijkt Jan ernaar, dan schiet hij in de lach. 'Heb je voor de zekerheid een mes meegenomen? Dat vind ik een goeie!' Hij lacht weer en haalt zelf ook iets uit zijn jaszak. En vervolgens nog iets.

'Het spijt me, Sascha,' zegt hij terwijl hij de geluidsdemper op het pistool zet. 'Ik mag je graag, dat weet je. Ik vind het echt heel vervelend dat het zo moet gaan.'

54

Roerloos blijft Sascha staan. Secondelang kan ze alleen maar naar het wapen kijken, niet in staat tot zich door te laten dringen waar ze naar kijkt.

Haar hand omklemt het mes. Ze overweegt toe te steken, maar dan richt Jan het pistool op haar.

'Waarom heb je een pistool bij je? Was je dit al van plan?' Haar stem klinkt dun.

'Ik loop nooit ongewapend rond, en dat komt nu heel goed uit.'

Met droge mond kijkt Sascha om zich heen. Niemand te zien. Wegrennen heeft geen zin. Smeken evenmin, neemt ze aan. Ze probeert het met redelijkheid.

'Jan, luister, dit hoef je niet te doen. Je komt er niet mee weg. Mensen hebben ons zien lunchen en zien weglopen, het zou hartstikke stom zijn om me neer te schieten.'

'Ik ga je ook niet neerschieten, tenzij ik geen keus heb. Jij gaat een eindje zwemmen.'

Ongelovig kijkt Sascha van het pistool naar de grauwe zee.

'Hup,' zegt Jan, en hij gebaart met het wapen.

'Jan, alsjeblieft. Ik...'

'Zwemmen!' schreeuwt hij haar in het gezicht.

Geschrokken deinst Sascha terug. De loop van het pistool is op haar voorhoofd gericht.

'Goed zo, en nu omdraaien en doorlopen.'

Hij meent het. Hij wil dat ze de ijskoude zee in zwemt, onderkoeld raakt en verdrinkt. Dat het lijkt alsof de weduwe van Menno Riebeek alle ellende niet meer aankon en zelfmoord heeft gepleegd. Op een mooie zomerdag is het niet zo'n probleem om een stuk de zee in te zwemmen, maar in april is het water hooguit tien graden. Al ben je nog zo'n goede zwemmer, dat houd je geen uur vol.

Sascha kijkt van links naar rechts. Het strand is zo goed als leeg. In de verte zijn wel een paar wandelaars zichtbaar, maar daar heeft ze niets aan.

Ze bukt zich om haar schoenen uit te trekken, maar Jan zet het pistool op haar hoofd. 'Dat is niet nodig. Opschieten.'

Ze stapt het water in, voelt haar schoenen vollopen. Langzaam gaat ze verder. Het is koud, ontzettend koud, maar dat is niet wat de ene rilling na de andere over haar rug jaagt.

Als ze tot haar knieën in het water staat, kijkt ze over haar schouder, bang dat Jan achter haar aan is gekomen. Maar hij staat nog op het strand, met gestrekte arm.

'Loop door!' Een kogel ketst achter haar in het water.

Zo traag als ze durft waadt ze verder. Hij zal haar niet zo snel neerschieten, daar heeft hij niets aan, maar toch kan ze dat risico niet nemen. Als er wandelaars in de buurt komen, heeft hij geen andere keus dan te schieten.

Het water reikt nu tot haar middel. Een golf komt aanrollen, slaat tegen haar aan. Ze huivert.

Rechts van Sascha verschijnen twee ruiters aan de horizon. Hoop flitst door haar heen. Als ze lang genoeg treuzelt, kan ze naar ze zwaaien, om hulp roepen. Ze moet zo lang mogelijk blijven staan, en dan zal ze doen alsof ze verdrinkt.

Jan heeft de ruiters ook gezien, schreeuwend spoort hij haar aan. Een kogel scheert langs en van schrik valt ze in het water. Opeens is het een stuk dieper. Ze raakt het contact met de bodem kwijt, gaat onder. Hoestend komt ze weer boven.

Haar blik gaat naar het strand, waar Jan tot zijn enkels in het water staat en het pistool op haar gericht houdt. Maar ze is nu een stuk verder bij hem vandaan, ze betwijfelt of hij haar kan raken.

De ruiters komen snel dichterbij. Watertrappelend wacht Sascha ze op, maar ze lijkt steeds verder van het strand verwijderd te raken.

Opeens voelt ze een sterke onderstroom aan haar benen trekken. De zuiging is zo krachtig dat ze in paniek raakt.

Een mui!

Dankzij haar vader weet ze alles van muien. Het is een les die hij haar keer op keer geleerd heeft: water dat naar de kust stroomt, zoekt een weg terug, via de diepste geulen van de bodem. Dat resulteert in een krachtige, levensgevaarlijke stroom die je onverbiddelijk meevoert naar open zee. Als ze nu niet terugkeert, is het te laat.

Tegen de stroming in, zwemt Sascha terug naar het strand.

Ze schreeuwt. Ze zwaait, gaat kopje-onder, komt boven en zwaait opnieuw.

Hebben ze haar gezien? Ze knippert het zoute water weg, krijgt een golf over zich heen en hapt naar adem. Het is moeilijk om te zwaaien en tegelijk boven te blijven. Haar kleding is zwaar en trekt haar naar beneden. Met veel moeite werkt ze zich eerst uit haar jas en daarna doet ze haar schoenen uit. Ze moet onder water om erbij te kunnen, wat haar van een belangrijk deel van haar kracht berooft. Maar als ze de ballast eindelijk kwijt is, beweegt ze zich een stuk lichter.

Hijgend kijkt ze naar het strand.

Tot haar opluchting hebben de ruiters haar gezien. Vlak bij Jan houden ze hun paarden in en kijken in haar richting. Een van hen stijgt af en spreekt Jan aan, de ander lijkt zijn telefoon te pakken.

Sascha blijft zwaaien tot ze er de kracht niet meer voor

heeft. Vol afschuw ziet ze dat Jan de zee in loopt en in de golven duikt. Hij zal haar kopje-onder duwen zodra hij haar te pakken heeft, en doen alsof het een reddingspoging was.

Als Sascha zijn gezichtsuitdrukking ziet, weet ze het zeker. Ze draait zich om en zwemt zo hard ze kan, maar ze heeft al veel kracht verbruikt.

Na een tijdje hoort ze Jan achter zich hijgen en snuiven. Zij zwemt beter, maar ze ligt al een tijdje in het koude water.

Ze beseft dat hij in haar blinde vlek zal opduiken. Snel duikt ze onder, schiet door het water heen, maar Jan is sneller. Opeens voelt ze zijn hand om haar enkel.

Op het strand kijken de ruiters toe, te ver weg om te kunnen zien wat er precies gebeurt.

Sascha haalt uit naar Jan, stompt hem in zijn gezicht. Hij pakt haar bij de haren en duwt haar onder water. In een reflex sluit Sascha haar ogen, dan opent ze ze en ondergaat de onaangename prikkeling van het zoute water.

Zich verzetten heeft geen zin, Jan is veel sterker. Voor de vorm stribbelt ze nog even tegen, dan verslapt ze en uiteindelijk beweegt ze helemaal niet meer. Misschien dat hij eerder loslaat als hij denkt dat ze bewusteloos is.

Om de paniek op afstand te houden en om te weten hoeveel tijd ze nog heeft, telt ze in gedachten. Volkomen slap ondergaat ze de druk van Jans hand op haar hoofd.

Het is een bijna onmogelijke opgave om passief te blijven terwijl de seconden langzaam voorbijgaan, maar het is haar enige kans. Hij weet niet dat ze vrij lang onder water kan blijven.

Nu ze niet meer beweegt, is ze een dankbare prooi voor de onderstroom, die haar uit Jans greep probeert te trekken. Jan wordt zelf ook meegevoerd.

Met opengesperde ogen kijkt Sascha voor zich uit, naar de groenige onderwaterwereld en Jans lichaam.

Dit is wat haar vader heeft gezien vlak voor hij verdronk. Dit heeft hij gevoeld. De pijnlijke druk in je longen die zich steeds verder opbouwt, tergend langzaam, alsof niet elke cel in je lichaam om zuurstof schreeuwt.

De paniek die al die tijd op de loer heeft gelegen, springt naar voren en neemt haar in een wurggreep. Een woeste zuiging van doodsangst gaat door haar heen, met dezelfde kracht als de stroming.

Hij zal niet loslaten. Hij neemt geen enkel risico. Ze houdt het niet lang meer vol, ze moet nu naar boven.

Sascha's hoofd zweeft ter hoogte van zijn kruis. Ze steekt haar hand uit en grijpt hem bij de ballen. De kracht waarmee ze dat doet kost haar het laatste beetje zuurstof, maar ze blijft knijpen. Zelfs onder water hoort ze Jan schreeuwen.

Er is geen tijd om een paar slagen te maken en uit zijn buurt te komen, ze moet omhoog. Bevrijd van zijn greep schiet ze boven het wateroppervlak uit en zuigt de lucht naar binnen.

Jan is vlakbij, maar heeft iets anders aan zijn hoofd.

Nog steeds snakkend naar adem zwemt Sascha vertwijfeld een paar slagen om buiten zijn bereik te komen. Over de golven heen kijken ze elkaar aan, Jans gezicht vertrokken van pijn en haat.

Het strand lijkt onbereikbaar ver weg. Terugkeren is geen optie, van de stroming kan ze niet winnen en langs Jan komt ze niet. Er is maar één uitweg.

Ze draait zich om en zwemt naar open zee.

55

De zee zuigt en trekt. Het is alsof iemand de stop uit een reusachtig bad heeft getrokken en ze in de maalstroom meegesleurd wordt. Haar lichaam wordt geconfronteerd met zoveel kracht dat het zich wel moet overleveren.

Ergens achter haar is ook Jan in de problemen gekomen. Ze ziet hem vechten, in de richting van het strand zwemmen, maaiend met zijn armen. Hoe krachtig zijn slag ook is, voor de zee is hij geen partij. Ook hij wordt meegevoerd. Nog enige tijd is ze getuige van zijn zinloze gevecht tegen de golven, tot ze hem uit het oog verliest.

'Ga de strijd niet aan,' zegt haar vader. 'Je wint hem toch niet. Spaar je energie, laat je meevoeren en zwem rustig zijwaarts, achter de zandbank langs. Die sterke stroming is maar plaatselijk, daarachter wordt hij zwakker.'

Al zou ze het willen, Sascha heeft de kracht niet om naar het strand te zwemmen. De kou verstijft haar, maakt dat boven water blijven haar voornaamste doel is. Haar ogen doen zeer, haar hart pompt als een bezetene. De angst schuurt in haar als een scherp voorwerp dat ze bij elke beweging voelt.

Hoe verder de stroming haar meesleurt, hoe dieper en kouder het water wordt. Het strand is nauwelijks meer zichtbaar, een witte streep aan de horizon.

Haar vader zwemt naast haar. 'Kijk naar de golven,' zegt

hij. 'Naar die grote, met schuimranden. Ze breken op de zandbanken, daar moet je zijn. Zwem er haaks naartoe.'

Ze weet het. In een mui moet je de gladde plekken vermijden. Het lijkt tegenstrijdig, maar daar is de stroming het sterkst. Het water wil zo snel mogelijk naar zee en perst zich door de kleine opening tussen de zeebanken door. Daar is het water een stuk ruwer, maar ze moet er even doorheen.

Als een stuk speelgoed wordt ze ernaartoe gevoerd, en opeens zijn er overal golven. Grote, grijze golven die in een fontein van schuim over haar heen slaan. Ze haalt diep adem als er een komt aanrollen, ondergaat de kracht waarmee ze wordt opgetild en weer neerkomt, beweegt mee op de deining. Ze gaat voortdurend kopje-onder, maar blijft haar benen bewegen en komt steeds weer boven. Ze doet geen pogingen om tegen de stroom in te zwemmen, het enige antwoord dat ze heeft in deze ongelijke strijd.

Op een gegeven moment merkt ze dat de stroming minder krachtig wordt. De golven spoelen nog steeds over haar heen, maar duwen haar ook langzaam maar zeker terug naar de kust. Als ze het niet zo ontzettend koud had, zou ze ernaartoe kunnen zwemmen. Haar armen en benen lijken niet meer bij haar lichaam te horen, ze voelt ze niet meer. De bewegingen waarmee ze boven water blijft worden zwakker, het is ternauwernood genoeg.

'Draai je om,' zegt haar vader. 'Zorg dat je blijft drijven. Laat de zee het werk doen.'

Tot veel meer is ze ook niet in staat. Ze keert zich op haar rug, haalt om de zoveel tijd diep adem, als het water een paar seconden rustig is,en houdt haar adem in als ze weer overspoeld wordt. Het is niet te doen, het water is te onrustig om dit lang vol te kunnen houden. Hoe ver is dat strand nog?

Ze gaat kopje-onder en mist deze keer de kracht om zich naar boven te werken. Ze probeert haar armen en benen te bewegen, maar de kou en de uitputting slaan genadeloos toe. Met een uiterste krachtinspanning weet ze aan het oppervlak te komen. Alleen haar gezicht steekt boven water uit, net ver genoeg om adem te halen voordat er een nieuwe golf komt aanrollen en haar mee naar beneden trekt.

Opeens voelt ze de bodem. Een flits gaat door haar heen, een injectie van hoop. Het is nog diep, maar niet meer zo diep als daarnet. Ze is er bijna.

Ze wentelt zich op haar buik, probeert te zwemmen maar verdwijnt onder water.

Het lijkt minuten te duren voor ze erin slaagt haar hoofd weer boven te krijgen, en dan verdrinkt ze bijna in een donderende lading schuim. Een golf pakt haar beet, tilt haar op en gooit haar op het strand.

Plat op haar buik ligt Sascha in de branding, tussen schelpen en zeewier, hijgend en rochelend, haar hoofd iets geheven om te ademen en zout water uit te spugen. Daarna kruipt ze een meter verder, laat zich in het droge zand vallen en wacht op hulp.

56

Voor de zekerheid wordt ze in het ziekenhuis opgenomen. Ze is onderkoeld, maar de arts die haar behandelt is vooral bang voor het verschijnsel *secondary drowning*.

'Je longblaasjes kunnen beschadigd zijn geraakt door het vocht. Als ze gaan ontsteken, kunnen ze minder goed zuurstof opnemen en kun je alsnog stikken,' zegt ze. 'Voorlopig houden we u hier, mevrouw Riebeek.'

Ze is warm en droog, het is bijna te veel om te bevatten. Stil op haar rug kijkt Sascha naar het plafond, waar de grijze golven zich nog steeds voortbewegen. Ze moet even weggeraakt zijn op het strand, want toen ze bijkwam, zaten de twee ruiters bij haar en lag ze op haar zij.

Astrid en Luuk komen haar opzoeken, volkomen ontdaan, al probeert haar schoonmoeder zoals gewoonlijk de sfeer luchtig te houden.

'Lig je hier nou alweer? Zo kan ik nooit naar mijn eigen huis terug.'

Luuk slaat zijn armen om Sascha heen en blijft zo lange tijd zitten.

Vlak na hun vertrek, buiten bezoektijd, komt Dijkman haar kamer in. 'De dokter zei dat het goed was,' zegt hij. 'Bent u in staat om een paar vragen te beantwoorden?'

'Ik heb er eerst een voor u. Waar is Jan?'

'We hebben zijn lichaam zojuist opgevist.' Dijkman

schuift een krukje aan. 'Hij had een pistool in zijn jaszak.'

'Ja, daarmee dwong hij mij om de zee in te gaan. Toen er ruiters aan kwamen, deed hij alsof hij me wilde redden, maar hij probeerde me te verdrinken.'

'Zoiets heb ik begrepen uit het verhaal van die mensen. Ze vonden het er allemaal een beetje vreemd uitzien. U hebt veel geluk gehad.'

'Ik ben een goede zwemster en ik ken de zee.'

'Dan nog. Het water is erg koud. Meneer Leyenberg kende de zee blijkbaar minder goed. Vertelt u eens, wat is er precies gebeurd?'

Weggezakt in het kussen beschrijft Sascha haar lunchgesprek met Jan, waarbij ze af en toe vermoeid haar ogen sluit.

'Toen ik hem over die foto's van Vera vertelde, schrok hij. Dat had ik op dat moment niet door, maar nu begrijp ik het. Ik had gezegd dat ze me bekend voorkwam en dat ik naar haar op zoek wilde gaan. Hij viel stil, hij wist vast niet dat mijn zicht alweer zo goed was. Dat gaf denk ik de doorslag.'

'U hebt foto's van die dame?'

'Had. Ze stonden op mijn telefoon, maar die doet het natuurlijk niet meer.'

'Hoe kwam u aan die foto's?'

Sascha vertelt hem van Menno's afspraakje in XO, en over Oscar, die hen heeft gezien en de foto's heeft gemaakt. Dijkman maakt er een notitie van.

'Waar denkt u dat u Vera van kent?' vraagt hij.

'Ik weet het niet. Ik heb het gevoel dat ik haar eens ben tegengekomen.'

'Waarschijnlijk is de gelijkenis tussen Vera en Jan u opgevallen. Ze zijn broer en zus.'

Stomverbaasd kijkt Sascha hem aan. 'Echt waar?'

'We doen onderzoek naar Leyenberg. Het heeft er alle schijn van dat hij degene is die uw man chanteerde. Er was geen hogere baas voor wie hij werkte, hij opereerde met zijn zus en een kleine groep criminelen die voor hem werkte. Die aanslag op hem is onzin, die heeft hij in scène gezet.'

'Heeft hij zelf mijn man doodgeschoten?'

Dijkman schudt zijn hoofd. 'Nee, we hebben genoeg beschrijvingen van getuigen om dat te kunnen uitsluiten. Bovendien heeft Leyenberg een sluitend alibi. Waarschijnlijk heeft hij hitmannen op hem afgestuurd.'

'Hitmannen?'

'Huurmoordenaars. De automatische wapens die ze gebruikten wijzen daarop.'

Sascha kijkt een tijdje zwijgend voor zich uit. 'En Vera?'

'Voortvluchtig. Er wordt naar haar gezocht.'

'Vera zal wel niet haar echte naam zijn.'

'Nee, ze heet Rosanne Leyenberg. Ik ben bang dat ze nu in het buitenland zit.'

'Ik begrijp het niet. Jullie hielden haar in de gaten, jullie hadden foto's van haar ontmoeting met Menno op het strand. Hoe kan ze hiermee weggekomen zijn?'

'Tja,' zegt Dijkman, en hij slaakt een zucht. 'Je kunt vermoedens hebben, maar daarmee heb je nog geen bewijs. We hielden die dame inderdaad al een tijdje in de gaten, vanwege andere vergrijpen, maar we konden haar weinig maken.' Hij zwijgt even, alsof hij zich afvraagt of hij die informatie met haar zal delen, en voegt er dan aan toe: 'Die oplichtingszaak waardoor uw man in de problemen kwam, was haar werk. En dat van haar broer natuurlijk.'

'Dus eerst veroorzaakten ze een probleem en vervolgens boden ze de oplossing aan. Om Menno ermee te chanteren.' Sascha's stem klinkt bitter.

'Daar komt het wel op neer. Ze hebben dat kunstje bij meer bedrijven geflikt. Als uw man meteen naar ons toe gekomen was...'

'Dat ging niet. Dan zou hij onze zoon in moeilijkheden hebben gebracht.'

'Omdat hij wiet dealde en had meegedaan aan een gewapende overval.'

Geschrokken kijkt Sascha hem aan. 'Dat weet u?'

'We ontdekken nog wel íéts bij de politie,' zegt Dijkman droog.

'En nu? Gaan jullie Luuk vervolgen?'

'Ik ben bang dat we daar niet onderuit kunnen. Maar gezien zijn leeftijd, zijn rol in het geheel en zijn blanco strafblad zal het met zijn straf wel loslopen. Een taakstraf, denk ik. Maar daar moeten we ons nu even niet mee bezighouden. Belangrijker is dat we mevrouw Leyenberg vinden.'

Sascha knikt, aarzelt en vraagt dan: 'Hoe staat het met het onderzoek naar de dood van Eduard Kesselaar?'

'U bedoelt wat we aan bewijs tegen uw man hebben? Genoeg. Hij heeft het gedaan.'

'Hoe weet u dat zo zeker?'

'We weten dat hij schietlessen heeft gevolgd bij een vereniging in Arnhem en dat hij in het bezit was van een Glock26, het wapen waarmee Kesselaar is doodgeschoten. We weten ook dat uw zoon het wapen heeft geregeld via een vriend, Rodney Ramos.'

'O,' zegt Sascha.

'Daarmee is uw zoon strafbaar, mevrouw Riebeek.'

'Hij dacht dat zijn vader een pistool nodig had om zichzelf en ons te beschermen. Hij kon niet weten dat dit zou gebeuren.'

'Dat ben ik met u eens, en hij zal ook echt niet voor medeplichtigheid aangeklaagd worden, maar wel voor verboden wapenbezit. Het spijt me.'

Sascha bijt op haar lip.

'Wat uw man betreft: een van de medewerkers van het restaurant herinnerde zich dat er een fles water op tafel stond toen de dader met het slachtoffer in gesprek was. Kesselaar bood hem water aan, maar de dader zette de fles opzij. We hebben de fles laten onderzoeken op vingerafdrukken en er was een match met die van uw man.'

Sascha zwijgt en wendt haar blik af.

'Sinds de dood van meneer Kesselaar is het restaurant gesloten en is er, behalve de forensische dienst, niemand in de buurt van die tafel geweest. De vingerafdrukken moeten dus vlak voor de moord op de fles terechtgekomen zijn.'

'Dus Menno's schuld staat vast.'

Dijkman knikt. Hij komt overeind en steekt Sascha de hand toe. 'We spreken elkaar wel weer als u hersteld bent. Wanneer mag u naar huis?'

'Morgen, als er geen complicaties zijn.' Sascha schudt zijn hand en blijft die vasthouden. 'Ben ik in gevaar zolang Vera niet opgepakt is? Of mijn zoon? Ze heeft hem een keer aangesproken, bij zijn school.'

'U was in gevaar toen u nog informatie had die u niet met ons deelde,' zegt Dijkman. 'Nu we alles weten en haar op het spoor zijn, heeft het voor haar niet veel zin om u iets aan te doen. Sterker, als ze nog in het land is, zullen we haar snel te pakken hebben. Maar als ze slim is, is ze ervandoor gegaan en komt ze niet terug.'

Geruststellend knikt hij Sascha toe, trekt zijn hand los en verlaat de kamer.

57

De volgende dag haalt Leonora haar op uit het ziekenhuis. 'Je schoonmoeder vertelde wat er is gebeurd,' zegt ze in de auto. 'Shit hé, het lijkt wel alsof je in de een of andere thriller speelt. Hoe kon dit nou weer gebeuren?'

Sascha doet uitgebreid verslag van de afgelopen maanden. Ze begint bij het begin, met Luuks gokschulden, en alles wat daarop volgde.

Het duurt wel even voor ze klaar is, en al die tijd luistert Leonora zonder commentaar te geven. Wanneer Sascha uitverteld is, blijft het even stil.

'Dus het was Menno's advocaat,' zegt Leonora. 'Wie had dat gedacht. Met zulke vrienden heb je geen vijanden nodig. Ik ben zelf trouwens ook weer niet zo'n goede vriendin voor je geweest. Ik had vaker langs moeten komen. Als ik bedenk waar jij doorheen bent gegaan... Sorry, Sas.'

Sascha knikt maar wat. Eigenlijk kan ze zich er niet meer zo druk om maken. Het afgelopen jaar heeft haar geleerd dat als het erop aan komt ieder mens alleen is, dat je zelf je moeilijkheden moet overwinnen en niet te veel op anderen moet rekenen. Inmiddels is ze daar niet langer verbitterd over, ze weet dat ze veel meer aankan dan ze had gedacht.

'Je wist het niet. Ik wist zelf niet eens wat er allemaal speelde,' zegt ze.

'Dan nog. Na jouw ongeluk en Menno's dood heb ik je

niet genoeg gesteund, en dat spijt me ontzettend.'

'Je kunt het nog goedmaken,' zegt Sascha met een vluchtige glimlach.

'Dat ben ik zeker van plan. Wil je meteen naar huis of zullen we iets leuks gaan doen? Ergens lunchen of zo?'

Sascha denkt even na. Astrid is terug naar haar eigen huis, Luuk zit op school. Er is geen enkele reden om meteen naar huis te gaan. 'Iets leuks is het niet, maar ik zou graag naar de begraafplaats willen.'

'Prima, doen we.' Leonora zet haar richtingaanwijzer aan en verandert van rijbaan. 'Zou je ooit zelf weer kunnen autorijden?'

'Volgens mijn oogarts is dat niet onmogelijk. Het ligt eraan wat mijn gezichtsscherpte en mijn gezichtsveld straks zijn. Dat is moeilijk te meten zolang er nog bloedresten in mijn oog zitten.'

'Maar je moet toch in je spiegels kunnen kijken.'

'Dat kan ik ook, ik moet alleen mijn hoofd wat verder draaien. Het gaat erom dat het centrale deel van mijn gezichtsveld in orde is. En anders krijg je een gedeeltelijke goedkeuring, dus een rijbewijs met beperkingen. Dan mag je alleen in je eigen woonplaats rijden, waar je de wegen goed kent. Daar zou ik al heel blij mee zijn, dan kan ik in ieder geval naar mijn moeder.'

Ze praten erover door tot ze bij de begraafplaats zijn. Het is koud maar zonnig en er staat een stevige wind. Arm in arm lopen ze over de paden naar Menno's graf, dat er kleurig tussenuit springt door de vele tulpen.

'Ach,' zegt Sascha getroffen. 'Wat mooi.' Ze hurkt neer en legt haar hand op de aarde. Ongelooflijk dat Menno hier ligt, koud en stil.

Bewegingloos blijft ze zitten en denkt aan het vorige voorjaar. Toen leefde hij nog. Toen was er nog niets aan de hand.

Hoewel, alles was al in gang gezet door Jan, maar dat wisten ze niet. Ze hadden geen idee van wat hun boven het hoofd hing.

Moeizaam staat ze op, en ze veegt over haar ogen. Leonora slaat een arm om haar heen en zo blijven ze lange tijd staan.

Thuis, voor de poort, ligt een boeket bloemen. Op het kaartje staat: *Deze keer kom ik wat sneller langs. Sterkte. Ik bel je. Oscar.*

'Oscar?' zegt Leonora terwijl ze naar binnen gaan. 'Is er iets wat je me wilt vertellen?'

'Niet echt. Hij vindt me leuk, dat weet je, maar ik heb dat nooit zo serieus genomen.'

'Maar nu stuurt hij bloemen.'

'Ja, en ik heb net de tulpen op het graf van mijn man staan bekijken. Ik zit hier niet op te wachten, Leo.'

'Over een tijdje misschien.'

'Nee, dan ook niet,' zegt Sascha.

Als haar vriendin weg is, loopt ze een beetje doelloos door de woonkamer. Tien over drie en ze heeft zin in een glas wijn.

Ze loopt naar de keuken en zet koffie. Terwijl het apparaat zijn werk doet, trekt ze boven een oud overhemd van Menno aan. Daarna pakt ze haar koffie en gaat naar haar atelier.

Met de beker in de hand loopt Sascha langs haar werk, dat op vensterbanken en bijzettafels staat uitgestald. Haar hand glijdt over een albasten hond, koud en glad. Ze ziet hoe mooi het zonlicht het witte, doorschijnende steen doet oplichten en ze glimlacht.

Sascha laat zich op de kruk achter haar draaischijf zakken en kijkt voor zich uit de tuin in. Ze drinkt haar koffie op en bukt zich om de deksel van de kleibak af te trekken. Ze snijdt een homp af, legt hem voor zich neer en kijkt er besluiteloos naar. Dan trapt ze het voetpedaal in, en langzaam komen de draaischijf en haar handen tot leven.

Het valt niet mee om het gewone leven weer op te pakken, maar ze doet haar best. Op een zondag gaat ze met Luuk naar haar moeder. Ze nemen de bus en onderweg zegt Luuk: 'Zal ik met rijlessen beginnen? Dan breng ik je voortaan.'

'Na je examens. Die gaan voor.'

Aarzelend kijkt hij haar aan. 'Mam, niet boos worden, maar ik denk dat ik het niet ga halen.'

Ze voelt zijn blik op haar gericht en kijkt opzij. 'Sta je er zo slecht voor?'

Met een bedrukt gezicht knikt hij.

Sascha denkt aan de taakstraf die hem nog te wachten staat. Een jaar geleden zou ze in alle staten zijn geweest, nu is ze alleen maar blij dat ze nog leven.

'Ik begrijp het wel,' zegt ze. 'We hebben een moeilijk jaar achter de rug.'

'Die jongens met wie ik omging, Rodney en zo, die zie ik niet meer.'

'Mooi.'

'Als ik klaar ben met school, wil ik in deeltijd gaan studeren, zodat ik in papa's bedrijf kan werken.'

Opnieuw kijkt ze hem van opzij aan. 'Echt?'

'Ja,' zegt hij, en iets in zijn stem vertelt Sascha dat hij het meent.

'Je moet niet naar de overkant gaan, hoor, daar zitten de protestanten,' zegt haar moeder.

'Nee, we blijven hier,' stelt Sascha haar gerust. 'Hoe gaat het, mam?'

'Goed. Wie is dat? Komt hij de televisie maken?' Onderzoekend kijkt haar moeder naar Luuk.

'Is de televisie stuk?' Luuk pakt de afstandsbediening en zet het toestel aan. Onmiddellijk klinkt er geluid en is er beeld.

'Eindelijk. Ik heb de hele week gewacht tot er iemand kwam.'

Met een schuin oog blijft ze naar de tv kijken, al doet Sascha nog zo haar best om een gesprek te beginnen. Na een halfuur dommelt haar moeder in.

Sascha komt overeind en wil de tv uitzetten.

'Laat hem maar aanstaan, anders denkt ze weer dat hij stuk is,' zegt Luuk. Hij kijkt op zijn oma neer, legt even zijn hand op haar frêle schouder.

Ze lopen door de gang naar de centrale huiskamer. Sascha kijkt om zich heen op zoek naar Carolien. Ze heeft haar een tijdje niet gezien en is met opzet weer eens op zondag gekomen.

Caroliens moeder zit in haar rolstoel uit het raam te kijken.

Sascha wendt zich tot Petra, een van de verzorgenden. 'Is Carolien er vandaag niet?'

'Nee, die komt niet meer.'

Niet-begrijpend kijkt Sascha haar aan. 'Op zondag, bedoel je?'

'Helemaal niet meer,' zegt Petra.

'Waarom niet? Is ze verhuisd of zo?' Terwijl ze dat zegt, dringt het tot Sascha door dat dat het niet kan zijn. Carolien zou haar moeder nooit in de steek laten.

'Ze is er opeens mee opgehouden. Heel jammer. Ze was onze trouwste vrijwilligster.'

Totaal in de war kijkt Sascha Petra aan. 'Vrijwilligster? Maar dat is haar moeder!' Ze knikt in de richting van mevrouw Visser.

Petra volgt haar blik. 'Dat is Caroliens moeder niet. Maar

Carolien besteedde wel altijd veel aandacht aan haar.'

'Hoe kan dat nou? Carolien klaagde altijd dat ze er alleen voor stond met de verzorging van haar moeder.'

'Zei ze dat? Wat vreemd. Mevrouw Visser heeft wel een dochter, Daniëlle, maar die komt alleen op woensdag.'

'Weet je dat heel zeker? Zijn het geen zussen?'

'Nee,' zegt Petra stellig. 'Carolien was een van onze vrijwilligers.'

'Mam, wat is er? Wat kijk je raar. Wie is Carolien?' vraagt Luuk.

Sascha antwoordt niet. Ze haalt haar telefoon, die gelukkig gerepareerd kon worden, uit haar tas, zet hem aan en scrolt door haar foto's. 'Hier,' zegt ze. 'Deze foto heb ik een keer stiekem van haar gemaakt. Ik wilde hem naar haar appen, maar ik ben het vergeten.'

Ze laat een foto zien van Carolien, haar blonde haar in een paardenstaart, haar arm om haar moeder heen geslagen.

'Laat eens zien.' Luuk neemt de telefoon van haar over. Terwijl hij de afbeelding bestudeert, verschijnt er een verbijsterde uitdrukking op zijn gezicht. 'Denk dat blonde haar eens weg, en stel je die vrouw voor met lang, donker haar.'

Hij geeft Sascha haar telefoon terug, maar ze kijkt hem niet-begrijpend aan. 'Hoezo? Wat bedoel je?'

'Dat is die vrouw die me aansprak op het schoolplein.'

Het is alsof er een gordijn voor haar ogen wordt weggerukt. De impact van deze ontdekking is zo groot dat Sascha bijna geen adem meer krijgt.

'Vera,' zegt ze.

Verbijsterd kijkt Sascha naar haar zoon.

'Is dat die vriendin met wie je altijd wat ging drinken als je bij oma was geweest?' vraagt hij.

'Ja. Ze was altijd zo belangstellend. Ze wist alles van ons. Alles.'

De wereld lijkt te kantelen, er valt een stilte waarin ze elkaar lange tijd alleen maar aankijken.

'Ook mijn school en lesrooster?' vraagt Luuk dan.

Sascha geeft geen antwoord, maar sluit haar ogen even. Als een razende gaat ze na wat ze allemaal met Carolien besproken heeft. Van alles en nog wat. Over haarzelf, over Luuk, over Menno. Het soort vertrouwelijkheden die vrouwen uitwisselen als ze zich veilig en begrepen voelen. Dingen die mannen elkaar niet zo snel vertellen. Die Jan niet van Menno te weten kwam.

Wat is ze naïef geweest, ongelooflijk naïef.

Een andere verzorgende, Lydia, komt aanlopen en blijft bij hen staan.

'Wat is er aan de hand?'

'Er schijnt een misverstand te zijn over een van onze vrijwilligsters. Carolien,' zegt Petra.

'Ach, Carolien, dat is waar ook.' Lydia wendt zich tot Sascha. 'Voor ze vertrok, vroeg ze of ik een boodschap aan je wilde doorgeven.'

'Een boodschap?' Nog duizelig van de schok kijkt Sascha haar aan.

'Ja. Ik moest je de groeten doen. Ze zei dat ze genoten heeft van jullie gesprekken en dat ze je dankbaar was dat je zoveel aan haar verteld hebt. Ze heeft er veel aan gehad.'

Sascha kan haar alleen maar aanstaren. Het is alsof ze een klap op haar hoofd heeft gekregen en haar hersenen moeite hebben om op gang te komen.

Lydia glimlacht. 'Ze vroeg of ik vooral wilde zeggen dat jullie elkaar beslist nog een keer tegen zullen komen.'

Dankwoord

Elk boek begint met een goed idee, maar daarna heb je heel wat informatie nodig voor je echt kunt gaan schrijven.

Dit dankwoord is voor:

Adrie de Winter, oogarts in het Spaarne Gasthuis in Hoofddorp, voor het meedenken over de oogaandoening die Sascha oploopt door het auto-ongeluk. Hij adviseerde me om haar een glasvochtbloeding te laten krijgen, en heeft me er vervolgens van alles over verteld.

Frits Dix, voor zijn verhaal over de transportsector, de rondleiding door zijn bedrijf NMT Shipping en het meedenken over de problemen waar Menno in terecht kon komen.

Bert Ploeg, werkzaam bij de reddingsbrigade van Wijk aan Zee, die me wijzer heeft gemaakt over zeestromingen en muien.

Bob Met, die tijdens zijn vakantie in Italië proeflezer was en een aantal fouten uit het manuscript heeft gehaald.

En natuurlijk voor mijn redacteur Monique Postma, die over de verhaallijnen meedacht en het beste uit mij heeft weten te halen; voor Wanda Gloude, Anouk Reeskamp en Sabine Mutsaers met hun scherpe blik, en voor het team van Ambo|Anthos dat ook aan dit boek weer met veel enthousiasme en inzet heeft gewerkt.

Meer lezen van Simone van der Vlugt?

De reünie

★ CRIMEZONE AWARD BESTE THRILLERDEBUUT 2004 ★
★ GENOMINEERD VOOR DE NS PUBLIEKSPRIJS ★

Een middelbareschoolreünie rakelt bij Sabine een belangrijke gebeurtenis op uit haar jeugd: de verdwijning van haar klasgenoot Isabel. Ooit waren zij hartsvriendinnen, maar plotseling liet Isabel haar volledig links liggen. Toch voelt Sabine zich enorm schuldig: misschien zou Isabel nooit verdwenen zijn als zij die bewuste dag met haar mee naar huis was gefietst.

'Van *De reünie* moet je bijkomen, je moet het verwerken en laten bezinken... U bent gewaarschuwd.' – *Libelle*

Schaduwzuster

Marjolein is een betrokken, bevlogen docente op een zwarte middelbare school in Rotterdam. Ze haalt veel voldoening uit het goede contact dat ze met haar leerlingen heeft, maar op een dag wordt ze tijdens de les door een van hen bedreigd. Vanaf dat moment verandert haar leven totaal. Ze komt tussen twee vuren te staan: enerzijds wordt er een beroep gedaan op haar loyaliteit ten opzichte van de school; anderzijds is er de angst voor de bedreigingen die niet ophouden. Wie heeft het nu precies op haar gemunt, hoe ver wil die persoon gaan?

'Van der Vlugt bedenkt aan de lopende band plotwendingen, die de lezer op het puntje van zijn stoel houden.' – *Het Parool*

Blauw water

★ WINNAAR ZILVEREN VINGERAFDRUK 2009 ★
★ GENOMINEERD VOOR DE NS PUBLIEKSPRIJS 2008 ★
★ GENOMINEERD VOOR DE GOUDEN STROP 2008 ★

Lisa en haar dochter worden in hun eigen huis gegijzeld door een tbs'er. Ze brengen een zenuwslopende week door waarin Lisa zal moeten proberen zijn vertrouwen te winnen.
Journalist Senta is met haar auto verdwaald in de mist. Als ze besluit aan te bellen bij een dijkhuisje ziet ze tot haar schrik dat daarbinnen een vrouw met een mes wordt bedreigd. Ze vlucht, maar terwijl ze op zoek gaat naar hulp overkomt haar iets vreselijks...

★★★★ 'Leest als een nachtmerrie waaruit ontwaken onmogelijk lijkt. Simone van der Vlugt bouwt op briljante wijze de spanning op.' – *Veronica Magazine*

Herfstlied

Journaliste Nadine zou eigenlijk het liefst schrijfster willen worden. Net als ze erin slaagt een uitgever voor haar werk te interesseren, wordt haar woonplaats Leiden opgeschrikt door de moord op een jonge vrouw. De vermoorde vrouw blijkt qua uiterlijk een sterke gelijkenis met Nadine te vertonen, en ze beseft dat zij en haar zestienjarige dochter Mariëlle ernstig gevaar lopen. Vooral als de moordenaar meer slachtoffers maakt, die allemaal uit haar directe omgeving komen.

'Simone van der Vlugt overtreft zichzelf en weet de spanning tot grote hoogte op te voeren.' – *Noordhollands Dagblad*

Op klaarlichte dag

★ WINNAAR NS PUBLIEKSPRIJS 2010 ★
★ CRIMEZONE AWARD
BESTE NEDERLANDSTALIGE THRILLER 2010 ★

Nathalie is op de vlucht voor haar gewelddadige ex-vriend én voor de politie, die haar wil spreken in verband met de moord op haar beste vriendin. Een toevallige ontmoeting tussen Nathalie en rechercheur Julia Vriens brengt de zaak in een stroomversnelling. Nathalie heeft een nieuwe identiteit aangenomen en Julia heeft geen idee met wie zij te maken heeft. Maar als Nathalies ex op het toneel verschijnt, verandert dat. Dan blijkt dat niets is wat het lijkt...

'Het is duidelijk dat deze veelzijdige schrijfster de lat steeds hoger legt voor zichzelf.' – *De Telegraaf*

In mijn dromen

★ GENOMINEERD VOOR DE NS PUBLIEKSPRIJS 2012 ★

Rosalie heeft voorspellende dromen, maar niemand neemt haar serieus wanneer ze droomt over een terroristische aanslag die zal plaatsvinden tijdens een drukbezocht evenement in Amsterdam. Ze heeft waardevolle informatie om die aanslag te voorkomen, maar de politie wil niet naar haar luisteren. Ondertussen beseft ze dat de tijd begint te dringen.

'Een eigentijdse thriller over een prikkelend onderwerp.'
– *Leeuwarder Courant*

Aan niemand vertellen

★ GENOMINEERD VOOR DE NS PUBLIEKSPRIJS 2013 ★

Op een mistige avond wordt het verminkte lichaam van basisschoolleraar David Hoogland gevonden. Lois Elzinga, rechercheur Moordzaken, afdeling Noord-Holland Noord, wordt op de opmerkelijke zaak gezet. Het onderzoek verloopt moeizaam; alle sporen lijken dood te lopen. Totdat er een tweede moord wordt gepleegd.

★★★★ 'Een spannend verhaal met een verrassende plot.'
– *Noordhollands Dagblad*

'Vaardig geschreven en fascinerend.' – *Margriet*

Morgen ben ik weer thuis

Wanneer de elfjarige Britt na haar turnles niet meer thuiskomt, wordt al snel duidelijk dat dit geen gewone vermissing is. Lois en haar team worden op de zaak gezet. Als het spoor naar het buitenland leidt, ziet Lois zich voor grotere problemen gesteld, want over de grens heeft zij geen bevoegdheden meer.

★★★★ 'Een pakkende thriller. Ook nu loopt het verhaal soepel en is de plot voldoende verrassend en spannend om tot de laatste bladzijde te boeien.' – *Algemeen Dagblad*

'Pakt je bij de strot.' – *NRC Handelsblad*

Vraag niet waarom

Een reeks mysterieuze steekpartijen houdt rechercheur Lois Elzinga bezig. Op het parkeerterrein van een winkelcentrum wordt een vrouw neergestoken. Niet lang daarna overlijdt een schoolmeisje in de steeg achter haar huis en kort daarop wordt er een derde steekpartij gemeld. Er lijkt geen verband te zijn tussen de slachtoffers, waardoor Lois voor een raadsel staat.

'Van der Vlugt begrijpt als geen ander dat het bij een thriller vooral draait om onderhuidse spanning.' – *Marie Claire*

★★★★★ 'Net als je denkt te weten hoe het zit, zit het toch weer anders.' – *De Limburger*

De ooggetuige & Het bosgraf

Twee korte verhalen

Manon Jonker, een slechtziende jonge vrouw, is getuige van een overval bij een juwelier. De daders laten haar met rust omdat ze denken dat ze blind is. Als op het nieuws wordt gemeld dat Manon alleen slechtziend is, slaat de angst toe. Manon vreest dat de daders hun werk komen afmaken...

Daphne en Roelof runnen samen een kledingwinkel. Binnen hun relatie gaat het niet meer helemaal goed. Als het eerste kerstdag is en Daphne enkele familieleden en vrienden heeft uitgenodigd voor een kerstdiner laat Roelof het afweten. Dit tot ergernis van Daphne. Wanneer Daphne op tweede kerstdag wéér alleen thuis zit, barst de bom.

'De ontknoping mag er zijn.' – *Leeuwarder Courant*